乳　房

池波正太郎

文藝春秋

目次

乳房

男の家

一

その日も、江戸は蒸し暑い曇り日であった。

昨日も一昨日も、いや、もう半月も同じような天候がつづいていて、一滴の雨もなかった。

今年は、葉月《はづき》（陰暦の八月——現代の九月）も半ばを過ぎたというのに、どんよりと曇って、風も雨もない蒸し暑い明け暮ればかりで、人びとは苛々《いらいら》と日を送っている。

「まったくもって、蛇の生殺しに会っているようだ」

「残暑の長いのは、閉口ですねえ」

「いっそ、かあっと照りつけてくれたほうが、どんなにいいか知れない」

などと、お松が店《たな》を出て来るときも、老番頭の佐兵衛と手代の文吉《ぶんきち》が、げんなりと店先で語り合っている声が耳に入った。

お松は、浅草・田原町三丁目の足袋問屋〔加賀屋治助〕方の女中で、当年十九歳になるが、だれの目にも二十二、三に見えた。

自分より一つ年下の、加賀屋の娘お千代の供をして店を出たときから、お松は急に頭痛が激しくなり、軽い目眩《めまい》をおぼえた。

いまのお松にとって、頭痛は持病のようなものだけれども、目眩がしたのは初めてであり、背中へ冷汗がふき出してきたのも何となく気味が悪かったし、躰《からだ》のぐあいが悪いといい出て、お千代のお供を他の女中に替えてもらおうとおもったが、

(そんなことをしたら、いよいよ、私の評判が悪くなる……)

それで、我慢をすることにした。

もしもこのとき、お松が外へ出なかったら、どうなったろう。

お松の生涯は、もっと別のものとなっていたにきまっている。

また、お松が願い出れば、

「それはいけない。うちにいて、やすんでおいで」

お千代は、そういってくれたにちがいない。

加賀屋の家族と奉公人の中で、お千代だけが、

(私を、人なみにあつかってくれる……)

このことであった。

それでなくては、他に女中もいるのに、いつも、お松を供につれて出るわけがな

い。

同じ年ごろだし、気だてのやさしいお千代は、みんなから疎《うと》まれているお松を、

(可哀相な……)

と、看《み》ているらしい。

お千代は、来春に、同業の足袋問屋・鎌倉屋長太郎方へ嫁《とつ》ぐことになっている。

お千代の兄で、いずれは加賀屋の跡をつぐ徳之助も土地《ところ》の娘たちが大さわぎをするほどの美男だが、

「どうもね、私はお千代が可愛くて可愛くて……いっそ、徳之助を外へ出して、お千代に養子をとりたいほどだよ」

加賀屋治助が、密《ひそ》かに妻のお谷へ洩らしたこともあるほどだ。

兄同様に、お千代もまた、美しい。

江戸の水で育った娘にしては、

「お千代の顔には、白粉《おしろい》がいらないねえ」

うっとりと、父親の治助が口にするほどに肌が白く、

「姿もいい。鼻すじもきれいだ。口元も可愛い」

手ばなしで、加賀屋治助がいい出しても、それを聞いた人びとは、

「親ばかの見本のようなことをいいなさる」

などと、苦笑を浮かべたりはしない。

治助のいうことが、ほんとうだからであろう。

お千代が、女中のお松へ同情を寄せるのは、おのれの美貌を意識した上での、優越感があるのやも知れなかった。

それを、なんとなく、お松は感じとっていた。

(私を連れて歩けば、自分が尚更に引き立つとおもっている……)

そんな気もしてくる。

だが、そこまでは、お千代も意識してはいない。

これは、お松だけの僻《ひが》みである。

「ねえ、お松。このごろ、お父さんは機嫌がわるいのだよ、私がお嫁に行くものだから……」

東本願寺の境内を抜けて行きながら、お千代が、

「だって仕方がない。私が鎌倉屋の若旦那を好きになってしまったのだもの」

お松は腹の中で、

(ふん、勝手にしやがれ)

そうおもったが、いちいち、うなずいて見せることは忘れなかった。

お千代の機嫌を損《そこ》ねたら、いまの自分に味方が一人もいなくなってしまう。

さまざまな屋台店がたちならぶ境内を行き交《か》う人びとの顔も、あまりの蒸し暑さに、むしろ険《けわ》しかった。

晴れやかな顔をしているのは、お千代だけのように見える。

顔を伏せて、お千代の後からついて行く、お松の額《ひたい》がねっとりと汗に濡《ぬ》れていた。化粧をしていないお松の顔には、左の頰から顎《あご》へかけて薄い刀痕《とうこん》があった。

顔も躰も浮腫《むく》んだようにふくらみ、肌の色も青ぐろく沈んでいる。

切長の両眼が白く光って、唇も薄い。すべてが、陰気だ。

お松は、生まれついたときから陰気であった。

ただ、われながら、少しは増《まし》だとおもうのは、黒く豊かな髪で、こればかりは、お千代もほめてくれる。

眉も濃かった。

この日……。

お千代は池ノ端・仲町にある〔丁字屋《ちょうじや》〕へ、白粉や髪あぶら、小間物などを買いに出かけたのである。

女中を使いに出してもよいのだが、丁字屋では若い娘たちがよろこぶ、めずらしい小間物を京都から取り寄せているので、三月《みつき》に一度は自分で出かけなくてはおさまらないのがお千代なのだ。

日中のことだし、田原町から仲町の丁字屋まで、現代の時間にして急げば三十分ほどだ。

父親の加賀屋治助に知れたら、手代なり小僧なりつけなくては、お千代の外出《そとで》を

ゆるさないだろうが、母親のほうは、

「ああ、行っておいで」

女中がついているなら、すぐにゆるしてくれる。

こうして、丁字屋へ着いたお千代が店へ入り、夢中になって買物をしているうちに、ふいと、お松の姿が消えた。

丁字屋の店の者も、いつ、お松が外へ出て行ったのか気づかなかった。

消えたきり、お松はもどって来なかった。

二

その男を見たとき、なぜ、お松はお千代を置いて外へ出てしまったのか。

思考よりも先に、お松の躰がうごいてしまった。

理屈も何もない。

では、外へ出て、どうしようというのか。

それも、わからぬ。

お松は、物に憑《つ》かれたように、男の後を尾《つ》けはじめた。

男は、勘蔵といって、腕のよい煙管《きせる》職人である。

骨張った躰つきで、背丈が高い。

髭《ひげ》の剃りあとが、気味のわるいほどに青々としている。

勘蔵の体毛が濃いことまで、お松は知っている。

勘蔵は、お松を捨てた男だ。

さんざんにもてあそばれ、鼻をかんだ紙のように捨てられたのだ。

勘蔵は、お松を捨てて姿を暗《くら》ました前の晩に、

「ああ、お前という女は、なんてつまらねえ女なんだろう」

と、吐き出すように、

「まるで、不作の生大根《なまだいこ》をかじっているようだ」

この勘蔵の言葉は、一年たったいまも、お松の胸の底にこびりついてはなれない。

(忘れよう、忘れよう)

自分に、いくらいいきかせても忘れきれない。

お松にとって勘蔵は、はじめての男であった。

ちょうど一年前のいまごろに、勘蔵は姿を消した。

今年とちがって去年のいまごろは、よく雨が降ったものだ。

丁字屋の前を通った勘蔵を、お松は暖簾《のれん》の間から見かけた。

偶然であった。

化粧品や小間物えらびに熱中しているお千代から少しはなれて、お松は自分には縁《えん》のない時間をもてあましていた。

店の中には、ほかにも三人ほどの女客がいる。

微《かす》かにためいきを吐《つ》き、顳顬《こめかみ》のあたりを指で押えながら、お松は何気もなく外の道へ視線を移した。

そのとき、勘蔵が店の前を通って行ったのである。

お松は、ためらうことなく、するりと外へ出た。

「不作の生大根……」

勘蔵の声が、まざまざと脳裡《のうり》によみがえってきた。

「畜生……」

呻《うめ》くように、お松はつぶやいた。

頭痛も忘れ、躰中に火がついたようになった。

小ざっぱりとした身なりの勘蔵は酔っているらしく、ふらふらと歩んでいた。

文清堂という文房具屋の角を曲がった勘蔵は、やがて上野山下へ出た。

そうして、常楽院という寺の門前の茶店へ入り、冷えた麦湯を二杯ものんだ。

それからまた、ふらふらと歩き出し、車坂から坂本へ出た。

この通りは、水戸・奥州両街道へ通じる往還《おうかん》で種々の店屋が軒をつらね、夜も昼も人馬の往来が絶えない。

「不作の生大根……」

勘蔵の、うんざりしたような声が後を尾けているお松の耳に鳴りつづけている。

勘蔵は、一度も後を振り返らなかったし、たとえ振り返って見ても人通りが多いので気がつかなかったろう。

坂本三丁目まで来ると、勘蔵は裏道へ入って行った。

ちょっと裏道へ入ると、まるで景観が変ってしまう。

大小の寺院が密集している小道を抜けると、入谷田圃《たんぼ》がひろがっていた。

ときに、八ツ半（午後三時）ごろであった。

勘蔵は、正洞院《しょうどういん》という寺の裏手にある、小さな百姓家へ入って行った。

藁《わら》屋根も手入れをしていないらしく、雨洩りがするような古い家を、勘蔵が借りているにちがいない。

家へ入ると、勘蔵は水桶の水をたてつづけにのんだ。

家の中には、だれもいない。

着ているものを、かなぐり捨てるように脱ぎ捨てて、勘蔵は打ち倒れるように畳の上へ転がると、すぐに鼾《いびき》をかきはじめた。

お松は、すぐ近くの木蔭に佇《たたず》んでいた。

畑道《はたみち》のあたりに、赤蜻蛉《とんぼ》の群れがさらさらとながれている。

「畜生……」

憎悪に光る眼を据えた、お松の乾いた唇から、また、つぶやきが洩れた。

木蔭から出て、そっと勘蔵の家へ入って行くお松を見たものは、一人もいなかった。

お松は何のために、自分を酷《むご》く捨てた男の後を尾け、その住居をたしかめ、さらに、男の家の中へ入って行ったのだろう。

これまた、理屈ではわからぬことなのだ。

ただもう、五体が燃えるように熱く、乾き切った喉がひりひりして、両眼はつりあがっていたが、それは勘蔵への憎悪ばかりだったかというと、そうともいいきれぬところがある。

憎いことは憎いが、自分を女にした男への未練がわずかながらでも、なかったとはいえない。

もしも、このとき、勘蔵が尾行してくるお松に気づいて、

「お松。あのときはすまなかった」

一言、詫びたとしたら、どうだったろう。お松の憎悪の半分は、消えたに相違ない。

その一言を、お松は無意識のうちに求めていたのではあるまいか。さらにまた、勘蔵が、

「どうだ。前のことは水にながして、もう一度、おれと一緒に暮してみねえか」

こういったら、残る半分の憎しみも、大半は消えてしまったかも知れない。

また一つには、前には自分が一所懸命につくした男が、

(いま、どんなふうに、暮しているのだろう?)

単なる好奇心とはいいきれぬ、その感情もはたらいていたものか……。

裏手の土間の戸は、開け放しになっていた。

勘蔵が水をのんだとき、戸を開けたままだったのである。

お松は、音もなく土間へ踏み込んだ。

家の中は、酒の匂いがこもっていたが、意外にさっぱりと片づいている。

台所の土間につづいて二坪の板の間。その向うに二つの部屋があり、勘蔵は台所に近い六畳間で何か苦しげな鼾声をあげていた。

お松は、家の内を見まわすより先に、下帯一つで眠りこけている勘蔵へ視線を射つけた。

お松が、土間から板の間へあがった。

凝《じっ》と、勘蔵を見つめている。

肋骨《あばらぼね》の浮いた、痩せた躰をまるめるようにして、勘蔵は眠っている。

その躰が、妙に黄ばんで見えた。

見つめているうちに、お松の眼の光りが、いくぶん和《なご》んできた。

お松と共に暮していたころは、煙管職人としての道具もあったのだが、いまは何もない。

何もないことに気づいてから、お松は、はじめて家の中を見まわしたのである。

職人としての道具は何もなかったが、他の道具は、むしろ増えていた。

気がつくと、台所には鍋釜その他の炊事道具が一通りはそろっている。

独り暮しをしているなら、勘蔵という男は鍋釜をそろえるような男ではない。

それは、お松がよくわきまえていることだ。
古びてはいるが、箪笥《たんす》がある。
鏡掛けに、小さな鏡が掛かっている。
そして壁に……。
壁に、女の着物が掛かっているではないか。
その女の着物が目に入った瞬間に、お松の眼の色が変って、
「むう……」
微かに唸《うな》り声を発した。
お松は勘蔵の足許をまわり、箪笥の前に立ち、上の引出しを開けた。
そこには、女の帯や着物が入っていた。
お松の両眼が見ひらかれ、ついで細められ、勘蔵を見やった。
勘蔵の鼾が熄《や》み、ゆっくりと仰向けになった。
勘蔵は、口を開け、死んだように眠っている。
お松に、殺意が生じたのは、このときであった。

三

そのときから、お松の記憶は跡切《とぎ》れ跡切れになってしまう。
全身の血が頭へ駆けのぼってきたかのような昂奮の中で、われ知らず、お松は箪

笥の引出しの中から絞りの扱《しご》きをつかみ出していた。

この扱きは、いまの勘蔵と共に、この家で暮している女のものと看てよい。

簞笥の中の女の衣類は、数も少く、上等の品ではなかったが、このときのお松には、それを見きわめる余裕《ゆとり》とてなかった。

つかみ出した扱きを、お松は勘蔵の頸《くび》へ巻きつけ、男の薄い胸の上へ跨《また》がった。

喉仏《のどぼとけ》がひくひくとうごいていたが、勘蔵は、深い眠りの底に落ち込んだままである。

「畜生!!」

お松が、低く叫んだ。

同時に、扱きをつかみしめた両手にちからをこめ、左右に引き張った。

勘蔵は、悲鳴もあげなかった。

むろんのことに、ここまでされても眠りから覚めなかったわけではない。

わずかに半身を起し、白眼《しろめ》をむき出して、お松を見た勘蔵が、

「ぐ、ぐう……」

異様な音を喉から発して、それでも胸へ跨ったお松を押し退《の》けようとした。

このあたりのことを、お松は、よくおぼえていない。

後になって、よくも、あれだけのことを自分がしてのけられたものだと呆れはてたわけだが、ともかくも無我夢中であった。

二十七歳の勘蔵は、性欲と酒は人一倍の強さだが体力はない。お松と暮していたときも妙な咳をしていたし、自分でも酒をのみながら、

「なあ、お松。おれの先行きは、もう長くねえよ」

などと、口元を歪《ゆが》めながら、いい出したことも何度かあった。

けれども、お松は信じなかった。

煙管職人としては、

「いい腕をもっている……」

と、いわれているのに、仕事は怠ける一方で、それだけはお松の気がかりであったが、長く寝込んだこともないし、自分を抱くときの勘蔵の、凄《すさ》まじいばかりの男のちからには、こちらの肌身が粉々《こなごな》になってしまうかのようで、

（こんなに強いこの人が早死《はやじに》をするわけがない）

そうおもっていたのだ。

お松が、われにかえったとき、すでに勘蔵は息絶えていた。

勘蔵の口からは、おびただしい血汐がふきこぼれてい、お松の着ている単衣《ひとえ》にも付着していたが、血汐の大半は勘蔵の頸すじから畳へこぼれていた。

「あっ……」

血の色に、お松は仰天し、男の躰から飛び退いた。

「もし……も、もし、勘蔵さん……」

お松は、何度か、男の名をよんだ記憶がしている。

死んだのではないとおもい、勘蔵の躰を揺《ゆ》さぶり、その手にも血がついたのを覚えている。

（ま、まさか……）

勘蔵は、生きかえらなかった。

そのことが、はっきりとわかって、

（ああ……私は人、人殺しをしてしまった……）

そのときの惨澹《さんたん》とした心もちを、何といいあらわしたらよかったろう。

で、すぐに逃げたかというと、そうではない。

腰がぬけたようになり、勘蔵の死体の傍にへたり込んだまま、お松はうごかなくなった。

一種の失心状態といってよかったろう。

どれほどの時間《とき》がすぎたのか、それもわからぬ。

長い時間の後に、驟雨《しゅうう》がきた。

墨をながしたような家の中の空間に、稲妻が疾《はし》った。

雷鳴が近寄り、雨が屋根を叩いた。

お松は、はじめて、喉の乾きをおぼえた。

乾きというよりも、痛みであった。

喉がひりひりと痛むほどに、乾き切ってしまっていたのだ。
この痛みを解くためには、水をのまなくてはならぬ。
水をのむには、立たなくてはならぬ。
立って、台所の水瓶の前へ行かねばならぬ。
水をのむという生理的な欲求によって、お松の躰がうごきはじめた。
そして、水をたっぷりとのみ終えたときの充実感が、つぎなる行動をよんだ。
（いつまでも、此処にいては、見つかって捕まるばかりだ）
捕まれば、当時の日本では死罪をまぬがれない。
（いやだ……死ぬのは、いやだ）
お松は、何ものかに突き飛ばされるように外へ走り出た。
雷鳴の最中《さなか》である。
勘蔵の家から飛び出して来た、お松の姿を見たものは一人もいない。
この日は、天明元年（西暦一七八一年）八月十七日であった。

阿呆鴉

一

その日の前日に、長次郎は、下北沢に住む叔父の病気を見舞いに行った。

現代でこそ、東京都世田谷区の内だが、当時は武州・荏原《えばら》郡・下北沢村であった。

このあたりまで来れば、もう、まったくの田園地帯であって、長次郎が住む下谷の茅町《かやちょう》から三里余も歩かなくてはならないが、当時の人びとはそれを苦にしなかった。

叔父は、三十をこえてから、下北沢の大百姓・井沢忠兵衛の婿養子となり、いまは亡き養父の跡をついで、井沢忠兵衛を名乗っており、当年で五十二歳になる。

「なあに、若いころの道楽のむくいがきたのだろうよ。酒がのめぬのは辛いが、もうすぐによくなる。そうしたらアゴよ。また、よろしくたのむぞ」

と、井沢忠兵衛は妻や娘が病間にいないときを見はからい、甥の長次郎へ片眼をつぶって見せた。

叔父が長次郎のことを、

「アゴ」

と、よぶのは、むかしからのことで、それは長次郎の顎《あご》が、すこぶる長いからだ。

大形《おおぎょう》にいうなら、顔の下半分が顎といってよい。

子供のころから顎が長くて、

「アゴちゃん」

と、よばれたり、

「糸瓜《へちま》の化け物」

などとからかわれたりしたものだが、齢をとるにしたがって、いよいよ顎が長くなり、長次郎は、

(われながら、奇妙な面《つら》になってしまったものだ)

手鏡に映る自分の顔を、つくづくとながめ、

(だが、見ていて飽きないねえ、私の顔は……)

にやりと、笑って見たりする。

育ちがよかった所為《せい》か、長次郎には、こうした天性の明るさがあって、四十になったいまも、

(いつ死んだって、こころ残りはない)

そうおもうほどに、この糸瓜の化け物は女にもててきた。

あまりにもてすぎて、女房も子供もいない気楽な独り暮しなのである。

いまの長次郎からも〔糸瓜〕の呼び名は縁を切ってくれない。

〔同業〕の連中も、

「糸瓜の長さん」

とか、ときには、

「アゴ長《ちょう》さん」

面と向って呼ぶし、長次郎の客も、

「お、糸瓜。ちかごろ、いい掘り出しものはないかえ？」

などと、いったりする。

長次郎は、日本橋・大伝馬町の茶問屋・長井屋利《り》三郎《さぶろう》の次男に生まれた。

父母ともに、いまは亡く、兄が家をつぎ、四代目・長井屋利三郎となっている。

下北沢の叔父は、亡父の末弟で、それゆえ長次郎とはあまり齢がちがわぬ。

叔父は井沢家へ婿養子に入るまで、ずっと長次郎の父の世話になっていて、

「アゴや、アゴ公や」

と、長次郎を我子のごとく可愛がってくれた。

長次郎の楽天的な性格は、この叔父に愛されたことによってつくられたと、いえぬこともない。

長次郎が、おのれの長すぎる顎に劣等感をおぼえなかったのも、物ごころがつい

て以来、叔父から「アゴよ、アゴちゃんよ」と、呼び慣《なら》わされていたからやも知れぬ。

それだけに長次郎は、叔父の忠兵衛を父親とも兄とも想い、いま尚、慕いつづけている。

しかも、いまの長次郎は事情《わけ》あって、実家の長井家へ出入りすることを禁じられている。

さいわいなことに、叔父の妻のお里や井沢家の人びとが長次郎が行くと、よろこんで迎えてくれるし、年の暮れから正月にかけて、長次郎は井沢家へ泊り込み、ゆっくりと骨やすめをするのが、ここ数年のならわしとなってしまったほどだ。

「はい。私の実家《さとかた》は下北沢なんでございますよ」

長次郎は、自分の客に問われたときも、自然にこたえていた。

さて……。

叔父の病気が軽快となったのを見とどけ、長次郎が井沢家を出たのは昼すぎであった。

お松が、勘蔵を絞殺して逃げた翌日ということになる。

長次郎は井沢家へ来るときも帰るときも、駒場野を抜ける。

「道玄坂より乾《いぬい》の方十四、五町許《ばかり》をへだて、代々木野につづく広原《こうげん》にして、上目黒村に属す。雲雀《ひばり》、鶉《うずら》、兎《うさぎ》の類多くして、御遊猟《ごゆうりょう》の地なり」

と、物の本にある駒場野だ。

下北沢から駒場野へ出るとき、長次郎は丘陵の裾の細い道をえらぶ。この道は土地《ところ》の人たちのほかには知らぬ近道で木立が深い。

その深い木立をぬけると、前面に駒場野の広原があらわれてくるのだ。

長次郎にいわせると、そのときの気分が、

「何ともいえない、いいこころもちなので……」

それで長次郎は、井沢家からの帰途をたのしみにしているのだ。

「長次郎さんは、変ったお人ですね」

井沢忠兵衛の妻お里が、そういったとき、忠兵衛は、

「アゴはな、あれで、なかなか風流なところのある男なのだよ」

「……………？」

長次郎の何処が風流なのか、お里にはわからないらしい。

この日は朝から薄く曇ってい、木の間を吹きぬけてくる風が冷んやりとしている。

（いいあんばいだ。このぶんなら、町中も涼しいだろう）

もう少しで、木立の細道を抜け、駒場野へ出るところまで来たとき、

（おや……？）

長次郎の足が、ぴたりと停まった。

右側前方の木の間に、妙なものが見えたからだ。

身の軽い長次郎は、細道から木蔭へ入った。

木蔭づたいに音を忍ばせて前へすすんだ。

長次郎が見たものは、女の躰を抱えて、木立の奥へ入って行く旅の男であった。

旅の男は、長次郎に気づいていない。

抱きあげた女を木立の中の窪地へ寝かせ、あたりを見まわした。日に灼《や》けた顔に両眼が白く光っている。

齢のころは、三十前後に見えた。

(何を、していやがるのか？)

咄嗟《とっさ》に、わからなかったが、旅の男が人の目をはばかっていることは事実である。

旅の男よりも、髪をふり乱した女の姿が異様だ。ぐったりと男の腕に抱えられたまま声もあげず、抵抗する様子もない。

では、急病の女を旅の男が介抱しているのかというと、あきらかにそうではない。

男は菅笠をかなぐり捨て、着物の前を押しひろげながら、窪地の草むらの中へ入って行く。

女の姿は、草に隠れてしまったが、

(こいつは、いけねえ)

長次郎は、気をうしなった女を、旅の男が犯そうとしていると看た。

その直感に、狂いはなかったが、

（さて、どうしたらいいものか……）

腕力に自信はない。

旅の男は体格からいっても、面がまえを見ても、長次郎が追い払えるような相手ではない。

しかし、女の難儀とあれば、捨ててはおけないのが長次郎である。

この女は、お松であった。

二

「人殺し!!」

咄嗟に、長次郎は叫んでいた。

（いまは、こうするよりほかに、仕方がない）

このことであった。

「人殺し!!」

叫びながら長次郎は、相手が窪地から飛びだして来て、自分へ襲いかかって来ることも考え、二歩三歩と後退しながら、

「みんな、来てくれぇ。こっちだ、こっちだ。女が殺されそうだ。人殺し、人殺し!!」

大声を張りあげた。

さいわいに、長次郎の地声は大きい。

いつであったか、叔父と語り合っているのを聞いた叔母が、こういったこともある。

「まるで、うちの旦那が、長さんに怒鳴りつけられているのかとおもいましたよ」

その長次郎が精一杯張りあげる声なのだから、たまったものではない。

「みんな来てくれぇ。早く、早く来てくれぇ。人殺しだよう!!」

旅の男が、窪地から飛び出して来た。

男の股間に、白いものがひらひらしている。

それは、下帯であった。

「人殺し。人殺し!!」

一瞬、男は、きょろきょろとあたりを見まわしていたが、脱兎《だっと》のごとく逃げにかかった。

こちらへ向ってではない。窪地の向う側の丘の裾の方へ逃げた。笠も小荷物も拋《ほう》り捨てたまま、必死に逃げて行った。

たちまちに、男の姿は彼方の木蔭に消えてしまった。

長次郎は、ほっとした。

(なあんだ。さほどのやつでもなかったらしい)

窪地へ走り込んで見ると、果して、女は草むらの中で気をうしなっていた。

髪が乱れている、というよりも、すっかり崩れてしまった髪を自分の手で巻きしめたように見えた。

胸もとが大きく開《はだ》けてい、左の乳房が青白く、こんもりと露出している。

裾は乱れに乱れ、双の太腿《ふともも》が八の字にひらかれ、腿のつけ根まではっきりと見える。

女……お松は、かたく歯を食い縛《しば》ったまま失心していた。

「ふうむ……」

微《かす》かに唸った長次郎が其処に立ったまま、凝と、お松を見下《みおろ》して両腕を組んだ。

長次郎の両眼へ、少しずつ、光りが加わってくる。

その眼の光りは害意あってのものではなかった。

ところで……。

そもそも、お松は、どうして、このような場所にいたのであろう。

それは、お松にもわからぬ。

後になって、いくら考えても、何処を通り、どれほどの時間をかけて、このあたりまで逃げのびて来たのか思い出せなかった。

下谷の入谷田圃から駒場野までは、さしわたしにして、およそ三里半ほどもあろうか。

だが、お松は最短距離の三里半を歩いて、此処まで来たのではあるまい。

いえば無闇矢鱈《むやみやたら》に逃げて来たのだから、ずいぶんと廻り道をしたにちがいないのだ。

それでも、夜が明けたときは、江戸の中心から出ていて、木蔭をつたい、人の目を避けながらも、一種の放心状態で休むこともなく歩いて来た。

絞殺した勘蔵の口からふきこぼれ、お松の着物にも付着した血の汚れは、あの激しい驟雨に打ち叩かれたので、すっかり消えてしまっていたが、そのかわりに汗と泥にまみれていた。

お松は、気をうしなったときのことも、よくおぼえていない。

おそらく、通りかかった旅の男は、打ち倒れているお松を見て欲情をそそられ、木立の中の窪地へ運んで来たものとみえる。

(それにしても、この女……どこで、何をしていたものか……?)

さすがの長次郎にも見当がつきかねたようである。

やがて、長次郎は身を屈《かが》め、お松の着物の乱れを直してやった。

髪の乱れをなでつけてやろうとして、手が額にふれたとき、

「こりゃあ、ひどい熱だ」

と、長次郎がつぶやいた。

(これは、刀傷《かたなきず》らしいが……)

お松の左頬の、薄い傷痕を指でさわってみてから、

「おい、おい……おい……」

お松の躰を揺すったが、依然、正気にもどらぬまま、低い呻き声を発しはじめた。

(熱に浮かされているらしい)

長次郎はお松を抱き、半身を起し、たくみに、自分の背中へもたせかけた。

こうしたことには、よほど慣れているものとみえる。

お松を背負った長次郎は、木立の中を駒場野の方へ向って歩み出した。

三

駒場野から渋谷の道玄坂の上へかかろうとするあたりに大きな欅《けやき》の樹があって、その傍《かたわら》に藁屋根の茶店が一つ。

別に屋号もない小さな茶店だが、土地《ところ》の人びとは、

「けやきや」

などと、よんでいるようだ。

茶店は老夫婦だけでやっている。ひとりむすめは、すでに嫁いでいた。

老夫婦の名を又六《またろく》・おやすという。

この夫婦は、むかし、下北沢の大百姓・井沢家に先代のころから奉公をしていた。

道玄坂上へ茶店を出してやったのも、先代である。

こうしたわけで、いまも井沢家と老夫婦の縁は切れていない。

したがって長次郎も、よく見知っており、下北沢への往きも帰りも又六の茶店へ立ち寄り、足をやすめることになっていた。

木蔭を縫って長次郎が、お松を担《かつ》ぎ込んだのは、この茶店であった。

ちょうど、客もいなかった。

裏手から、若い女を担ぎ込んで来た長次郎へ、

「いったい、どうしなすった？」

「爺《とっ》つぁん。ひどい熱を出しているのだ。寝かせてやって下さいよ」

「いいともね」

「おかみさんは？」

「うん。ちょっと坂の下まで出かけたが……さ、こっちへよこしなされ。なるほど、こりゃあ、ひどい熱だ」

「医者に診《み》せなくても、大丈夫かね？」

「診せても、いいのかね？」

ずばりと、又六に尋《き》かれて、長次郎が、

「さて、どんなものかなあ」

「わけありの女なんだろうね、長次郎さん」

「ま、そうらしい。くわしいことは何もわからないが……」

手早く、長次郎が、お松を助けた事情を語った。

「ふむ、ふむ」

うなずきつつ、又六は奥の一間へ寝床をのべ、お松の躰を横たえ、桶に汲んだ冷たい井戸水でしぼった手ぬぐいを、お松の額へ乗せる。

六十を一つ二つは越えているのだろうが、若いころから労働で鍛えている又六の身うごきはきびきびしていた。

「う、うう……」

お松が呻いた。

「よし、よし。水をのむかえ」

又六が、土びんの中へ水を入れ、お松の口にあてがうと、お松が喉を鳴らしてむさぼりのんだ。

「爺つぁん。気がついたらしいね」

「うむ」

お松は、小ぶりの土びんの中の水をのみほしてから、虚《うつ》ろな眼で、自分を抱きかかえている又六を見ていたが、すぐに、また気をうしなってしまった。いや、半分は眠りに落ち込んだといってよい。物事を考えるちからが、まだ頭脳《あたま》へもどって来ないらしい。

「ま、このぶんなら、医者に診せなくともいいだろう。お前さんも、そのほうがいいのだろうね？」

「齢は二十《はたち》を一つ二つ、出ているかね」

「そんなところだろうね」

「お前さんの商売に関わり合いのある女かね？」

「だから、いまもはなしたとおり、こいつは通りかかって助けた女なのだよ」

「あ、そうだった、そうだった」

長次郎の表向きの商売は小間物（雑貨）屋であった。

下谷・茅町に、ほんの申しわけのような小さな店を出しているが、このほうは雇い婆さんのお兼にまかせきりで、実は裏へまわり、長次郎は別の商売をしている。

この別の商売を、叔父の井沢忠兵衛と、茶店の老夫婦は知っているが、井沢家の他の人びとは、長次郎が小間物屋をしているとばかりおもい込んでいた。

長次郎の別の商売は、人にはばかる商売である。

「ただではすまぬ……」

お上《かみ》に知れたなら、
この商売をする者に、
商売なのである。

「阿呆鴉《あほうがらす》」

という名称が、密《ひそ》かにあたえられている。

「あほうがらす」というのは、おのれの店もなく、抱え女もなく、単独で女を客にとりもつことを業《なりわい》とする者で、これを他の売春業者が軽蔑してよぶ名称《よびな》であった。

「あのやつどもは、口先ひとつで甘い汁を吸っていやがる。とんでもないやつらだ」

と、彼らは〔あほうがらす〕を憎悪している。

投資もしないし、店もない。女を客にとりもって、客からもらう金の何割かをふところへ入れてしまえば、いわゆる丸儲けになる。

だが〔あほうがらす〕にも上から下まであって、長次郎などは、

（あほうがらすの中でも、おれほどの芸を持つ者は、江戸に十人とはいまいよ。そのためには、わからねえところへ金をつぎ込んでいるのだ）

このまねだけは、新吉原や諸方の岡場所（官許以外の私娼を置いた遊里）の業者が、

（へっ、逆立ちしても、できるものじゃあない）

などと、長次郎の誇りたるや大変なものなのである。

質のよい娼婦を、いかにも素人ふうの女に仕立て、これも質のよい客へさしむけるという〔芸〕は、

（なまなかな修業では、できるものじゃあない）

夫に死なれ、老人・子供を抱えている気の毒な寡婦というふれこみで女をとりもつとすれば、この娼婦を三月《みつき》も半年もかかって、それらしく仕立て込まねばならない。

いや、その通りの素人女が困窮をしのぎかねて客をとる場合も少くないのだ。

いずれにせよ、自分が気に入った客へ、気に入った女をとりもち、双方に傷がつかぬようにし、さらには、そうすることによって、女を幸福《しあわせ》にしてやることができなくては、

（真のあほうがらすではない）

長次郎は、おもいきわめている。

この道へ入って、もう十三年になる長次郎だが、それまでは、どのように生きていたか、もはや語りのべるまでもあるまい。

（泥棒と人殺しのほかの悪事は残らずしてきた）

なればこそ、兄の長井屋利三郎はじめ親類一同から、出入りをさしとめられてしまったのだ。

「ええもう、どうなとなれ」

自暴自棄になった長次郎を、

「お前さんは見込みがある。どうだえ、わしの手許で修業をしてみねえか」

そういってくれたのが、あほうがらすの宗七《そうしち》老人であった。

前に何度も、長次郎は宗七の世話で女を買っていたのだ。

こうして長次郎は、宗七老人の下で「あほうがらす」の修業とやらに入ったのだが、いまは宗七、この世の人ではない。

「長次郎さんよ」

よびかけた茶店の又六が、お松の枕元へ坐っている長次郎へ、

「お前さん。事と次第によっては、この女を仕込むつもりだね」

「さあ、ねえ……」

「いや、どうもそうらしい」

「いけないかね？」

「いや、そりゃあ、お前さんのすることだが……こんな女、ものになるのかねえ」

又六にいわれて、長次郎が微《かす》かに笑った。

「おかしいかね、わしのいったことが……」

「たしかに、まあ、見たところは、こんな水気のねえ真桑瓜《まくわうり》のような女だが……」

「そうだろう。わしも、そうおもうがなあ」

「だがねえ、女という生きものは、裸にむいて見なけりゃぁわからない。いえ、肌身を見ても、よほどの眼力がなくては、ほんとうのところはわからないからねえ」

長次郎はこういって、一両小判を出し、懐紙の上へ置き、

「爺つぁん。少いが、取っておいて下さいよ」

「よしなせえ、こんなこと……」

「いや、世話をたのみたいのだ。私は明後日《あさって》、また来るから、この女が正気にもどったら、うまくいっておいて下さい」

「でも、こんなに……」

「ま、いいじゃぁありませんか」

金一両といえば、親子四人が楽々と一ヵ月余を暮すことができる金高だ。

お松が正気にもどったのは、この日の夜に入ってからであった。

十一屋語り草

一

旅の男に犯されかけたお松が、あほうがらすの長次郎に救われた同じ日の昼下りのことだが……。

浅草の駒形に住む御用聞の三次郎が出先から帰って来ると、客が待っていた。

三次郎は、女房のおしんに近くの並木町で〔十一屋〕という蕎麦《そば》屋を経営させている。

その十一屋に、自分を待つ客がいると、留守番の小女《こおんな》から聞いて、すぐさま、三次郎は並木町へ向った。

御用聞は、町奉行所の手先（刑事、探偵）となってはたらくわけだが、町奉行所に直属しているわけではない。奉行所の与力・同心の下について自在のはたらきをする。

このため、

「お上の御用をつとめる……」

十手風をふかせ、陰へまわると、悪辣《あくらつ》なまねをする御用聞が少くない。

だが、三次郎は、

「駒形の親分」

とか、

「十一屋の親分」

とか、土地《ところ》の人びとによばれて、人望が高い。

三次郎は、父親の代から御用聞をつとめていて、奉行所の信頼も厚いという。

「お上の御用をつとめるからには、先ず、手前の暮しを他の商売で立てておかねえと、ついつい、悪いことに手を出してしまうものだ」

と、三次郎の父親・仁兵衛《にへえ》が蕎麦屋を開業し、これを女房（三次郎の母）に経営させた。それが十一屋なのである。

この年、四十二歳になった三次郎の両親は、すでに、世を去っている。

「客っていうなあ、だれだい？」

十一屋の裏口から入った三次郎が、女房のおしんに声をかけると、帳場にいたおしんが立ちあがって、

「まあ、二階へ行ってごらんなさいよ」

意味ありげな目つきをするではないか。

「妙なやつだな。だれだよ？」

「銕《てつ》つぁんですよ」

「え……？」

咄嗟に、三次郎はわからなかった。

「いやですねえ、もう、忘れてしまいなすったのかえ」

「だから、お前……」

「銕つぁんですよ。本所の銕つぁんですよ」

「えっ……まさか……」

「ふ、ふふ……もう、銕つぁんなんて、なれなれしくは呼べませんねえ。長谷川様の殿さまにおなんなすったのだものねえ」

「ほ、ほんとうか……」

三次郎の声は、上擦《うわず》っていた。

「早く行ってごらんなさいよ。そりゃもう、立派におなんなすったから……」

草履をはね飛ばし、三次郎は二階の小座敷へ駆けあがって行った。

この時刻の蕎麦屋は、客が込み入っている。

三次郎を見送ったおしんは、すぐに酒肴の仕度にかかった。

二階の小座敷では、息をはずませて入って来た三次郎へ、

「おお。しばらくだなあ」

待っていた客が、笑いかけてきた。

夏羽織に袴をつけた、立派な風采《ふうさい》の侍であった。

齢のころは三十五、六でもあろうか。

月代《さかやき》、髭の剃りあとも青々として、切長の両眼があたたかい光りをたたえ、中肉中背の躰つきなのだが、見る人が見れば、この侍の体軀が尋常のものではないと気づくはずである。剣か、槍か、よほどに武術で鍛えられたものだ。

侍の名を、長谷川平蔵宣以《のぶため》という。

四百石の旗本だが、むかし、鉄三郎《てつさぶろう》と名乗っていたころの長谷川平蔵は、妾腹に生まれたこともあって狷介《けんかい》な継母から憎まれ、ほとんど勘当同様となり、本所の父の屋敷を飛び出し、無頼の群れに身を投じた。

継母は、ついに子を生めぬまま、他界してしまい、約五年後に平蔵は父の許へ帰り、徳川十代将軍の家治《いえはる》に拝謁《はいえつ》し、家督《かとく》をゆるされた。

平蔵が、御用聞の三次郎と知り合ったのは、鉄三郎時代の若き日で、三次郎もまた父の跡をついだばかりの御用聞であった。

当時は、飲む、打つ、買うの三拍子がそろった放埒《ほうらつ》無頼の明け暮れを送っていた平蔵だけに、三次郎に捕《つか》まり、意見されたことなど、

「数え切れない……」

といってよかった。

だが、無頼といっても一つではない。

同じ無頼者でも悪辣をきわめていて、おだやかに暮している町民たちを苦しめたり、殺傷したりするやつどもに対して、長谷川平蔵は、

「おれなぞは、いつ、死んでも心残りはない」

とばかり、身を張って立ち向って行った。

四百石の家督もつげぬ身となっていた、当時の平蔵の自暴自棄は、

「悪の汁を吸いながら、悪の実《み》と闘う……」

ことへ、向けられてもいたのである。

ゆえに、本所・深川・浅草にかけての平蔵の人気は大したもので、

「本所の銕つぁん」

とか、

「入江町の銕つぁん」

などとよばれて、無辜《むこ》の人びとには慕われ、土地《ところ》の悪党どもを圧倒するようになった。

しかし、何といっても無頼相手の大喧嘩が絶えず、それが三次郎の縄張りでおこなわれるようになれば、御用聞として黙ってはいられない。

二度三度は、平蔵へ御縄をかけたこともある。こうしたときの平蔵は決して抵抗をしなかった……というのも平蔵も三次郎の人柄を、よくわきまえていたのであろ

う。

三次郎は、平蔵へ縄をかけても、牢へ送るようなことはせず、自宅へ引っ張って行き、引退をした親父の仁兵衛ともども意見をした上で釈放している。

「鋏つぁんはなあ……」

と、いつか仁兵衛が、三次郎へ洩らしたことがある。

「大きな声ではいえねえが、おれたちの手が足りねえところを、補ってくれているようなものだ」

父・宣雄《のぶお》の屋敷へもどった長谷川平蔵は、結婚をした翌年、京都町奉行に就任した父に従って、新妻をともない、京都へおもむいている。このとき、すでに継母は病歿していた。

幕府の能吏で、その人柄も高く買われていた父の長谷川宣雄は、町奉行となった翌年に、京都で病歿した。ときに五十五歳で、平蔵はしみじみと、

「父上の死を早めたのは、この平蔵の放埒だ」

妻の久栄《ひさえ》にいったそうな。

平蔵は、とりあえず父の遺体を千本の華光寺へ葬《ほうむ》り、江戸へ帰り、父の遺跡をつぎ、四百石の旗本となった。

江戸へ帰った平蔵は、本所の屋敷へは他の旗本が入っていたので、幕府から新たに目白台へ屋敷をもらって落ちついた。

これが、八年前のことである。

平蔵は、京都へおもむく際に、仁兵衛と三次郎へ別れを告げにあらわれたが、以来、九年ぶりに三次郎の前へ姿をあらわしたことになる。

江戸へもどってからの長谷川平蔵は〔西の丸・書院番〕をつとめていた所為《せい》もあり、屋敷も替ってしまったし、四百石の旗本ともなれば、勘当同様の若いころのように、ふらふらと自分勝手に出歩くこともできぬ。また、つつしまねばならぬ。

「いやまったく、いまのおれときたら、神棚へ祀《まつ》ってもらいたいほどだわ」

口調は、むかしのままに砕けていて、三次郎が、おもわず、

「銕つぁん……」

よびかけてしまったときも、平蔵はまったく、こだわることがなく、

「おう」

むしろ、うれしげに、こたえたものである。

二

この日の朝。

長谷川平蔵は、妻の実父・大橋与惣兵衛《よそべえ》親英《ちかひで》の病気を見舞うため、神田・小川町の大橋屋敷を訪れたが、その帰途に、ふと思いたって、

「こちらへ、まわってみたのだ。これから本所あたりをぶらぶらして、屋敷へ帰ろ

うとおもう」

と、平蔵が三次郎にいい、

「そうだ、忘れていた」

うしろへ手をのばし、置いてあった菓子箱を引き寄せ、

「めずらしくもない、すぐ其処の、笹屋の羽衣煎餅《はごろもせんべい》だ。こちらへまわるつもりではなかったので、みやげ物の仕度もしてこなかった」

三次郎の前へ置き、

「こころばかりよ」

「こ、これはどうも……へえ、恐れ入りましてございます」

「今日はなあ、供もなしの一人歩きで、神田川から舟で大川（隅田川）へ出た。何年ぶりのことだろうか……一人歩きのたのしさを、久しぶりに味わって、清々したわ」

「そんなことをなすって、よろしいのでございますか？」

「なあに……」

ほろ苦く笑った長谷川平蔵が、

「御城づとめは気骨が折れることよ。やはり、おれには向いていない」

「そんなものでございますかねえ」

平蔵は、一カ月ほど前に西の丸・書院番を解任せられたが、十二月になると〔西

の丸・御徒頭《おかちがしら》〕に就任し、布衣《ほい》をゆるされることになっており、その内示を受けている。

このように、幕臣としての長谷川平蔵は順調な歩みをつづけているわけだが、六年後の秋となって〔火付盗賊改方《ひっけとうぞくあらためかた》〕という、一種の特別警察の頭《かしら》となり、盗賊追捕《ついぶ》の御役目につき、

「鬼の平蔵」

などとよばれ、盗賊どもを畏怖《いふ》せしめることになろうとは、夢にも想ってはいなかった。

「ときに親分……」

「いえ、長谷川様。どうか、その親分だけはおやめになって下さいまし」

「いいじゃあねえか」

平蔵が、むかしの〔入江町の銕〕の口調になって、

「今日はまた、何ぞ悪い事件《こと》でも起きたのか？」

「御存じでございましょう、田原町の加賀屋を」

「あの、足袋問屋の……」

「さようで。そこの女中で十九になる、お松という女が、昨日から行方知れずになってしまいまして……」

「ほう、物騒《ぶっそう》な」

「それが、その……」

と、三次郎は、昨日の午後に、加賀屋の娘お千代の供をして池ノ端・仲町の〔丁字屋〕へ出向いた女中のお松の姿が消えたことを、ざっと語って、

「こりゃあ、どうも勾引《かどわか》しではございませんね。お松は、われから姿を消したのだとおもいます」

「ふむ、ふむ……」

膝を乗り出すようにして、聞き入っていた長谷川平蔵が、

「どうして親分は、そう決めこむのだ？」

三次郎が呆れたように平蔵を見やり、

「長谷川様。こんなはなしは、あなたさまに関わり合いのないことで……」

「そりゃあそうだが、おもしろい」

「どこが、おもしろいので？」

「ああ……」

深いためいきを吐いて、

「世の中には、毎日のように、いろいろなことが起きているのだなあ。おれなぞは、つい先ごろまで裃《かみしも》に身をかため、御城へあがって、おじぎばかりしていたのだ。むかしのおれがことをおもってもみてくれ。そのつまらなさ、退屈さかげんというものは、筆や口にはつくしがたいのだよ」

「へえ……？」

「つまらぬ。せっかくに御役を解かれたとおもったら、また、年の暮から新しい御役目につくことになった」

「それは、まことに、おめでとう存じ……」

「何がめでたいものか。いまのおれは、亡き父上へかけた不孝不埒をつぐなうがため、何事にも我慢をし、凝《じっ》と息をひそめて生きているようなものだ」

おもいがけぬ平蔵の告白に、三次郎は目を白黒させている。

「もう少し、のませてくれ。今日は本所へまわるより、此処で、親分の世間ばなしを聞いたほうが、どうやらおもしろそうだ」

「これはどうも……」

「仁兵衛さんは、亡くなったそうだな」

「四年前でございました」

「少しも知らなんだ。四年前といえば、江戸へもどって来ていたのに、線香もあげられなかった。まことにすまない」

一介の御用聞にすぎぬ自分へ頭を下げる長谷川平蔵に、三次郎は、わけもなく眼頭が熱くなってきた。

(銕つぁんの人柄は、むかしと少しも変らねえ)

このことであった。

むかしのことはさておき、いまの長谷川平蔵は、四百石の旗本で、幕府《こうぎ》の御役目にも就き、三次郎とはまったく身分というものがちがう。

それなのに、近くの菓子舗で手みやげまでととのえ、およそ十年の歳月の経過を感じさせないのだ。

(お若いころも大したものだったが、こんなに立派な、お人柄になろうとはなあ……)

三次郎は酒肴を取り替えに立った。

帳場へ降りて行くと、女房が、

「親分。どうでした?」

「胴も頭もあるものか。まだ、動悸《どうき》がしずまらねえ」

三

長谷川平蔵が、浅草から町駕籠で目白台の自邸へ帰ったのは、夕闇が濃くなってからだ。

平蔵は居間へ入り、妻の久栄に、

「今日は、小川町の帰りに、久しぶりで浅草へまわって来た」

こういって、さも、うれしげに笑いかけた。

「まあ。道理で、お帰りが遅くに……」

「そのことよ。十一屋へまわり、三次郎と酒をのんだが、仁兵衛は四年前に死んだそうな」

久栄の実家の大橋家は二百俵の幕臣で、以前は屋敷が本所・入江町にあり、しかも長谷川家に隣り合わせていた。

ゆえに久栄は、平蔵の若き日の姿を見知っているし、十一屋の御用聞父子のこともわきまえている。

「近いうちに三次郎が、新蕎麦を打って、此処まで運んでくれるそうな」

「まあ、うれしいことで……」

「夕餉《ゆうげ》を、半刻（一時間）ほど遅らせてもらいたい」

「いろいろと、おいしいものを召しあがっておいでになりましたな」

「おお、目白の田舎においては食えぬものを、な」

たしかに、あまり空腹ではなかったけれども、夕餉を遅らせたのはそればかりではなかった。

十一屋で、御用聞の三次郎は、土地《ところ》の世間ばなしをいろいろとしてくれたが、その中で最も平蔵の興味をひいたのが、加賀屋の女中お松の失踪事件であった。

それには、それなりのわけがある。

着替えをしたのち、平蔵は居間に接した小さな納戸《なんど》へ入って行った。

この納戸には自分の手まわりの品々や書物、そして亡父の形見の品を納めてある。

平蔵の父・長谷川宣雄は謹直な人物で、これといった道楽もせず、家をついでからは御役目一筋に生きてきたが、ただ一つ、煙管の蒐集《しゅうしゅう》をしていた。それも古物《こぶつ》ではなく、自分の気に入った煙管師へ注文してつくらせたり、出まわっているものを集めていたのである。

いま、平蔵が愛用している亡父遺愛の銀煙管は、京都にいたころ、新竹屋町寺町西入ルところに住む煙管師・後藤兵左衛門につくらせた携帯用のもので、長谷川家の家紋の一つである〔釘抜〕が薄く彫り込まれている逸品だ。

亡父が集めた煙管は百二十ほどだが、その中でも、

「これは、さして名もなき煙管師にあつらえたのだが、なかなか吸い心地がよい」

と、亡父が洩らしていた銀延の煙管は、これも携帯用で、雁首に猪が彫り込んであある。亡父は亥年の生まれであった。

「この煙管はな、深川に住む勘蔵という老いた煙管師につくらせたものじゃ」

と、亡父はいっていた……ようにおもう。

平蔵も父同様に煙草好きゆえ、したがって煙管には興味をもたざるを得ないところがある。

さて……。

今日は浅草の十一屋の二階座敷で、三次郎は、加賀屋の女中の失踪事件についてふれたとき、

「その、お松という女中は、深川の外れの漁師の娘で、このあたりに浅い切り傷の痕がありました。何でも、大酒のみの父親が酔っぱらって、大暴れをしたあげく、鰺《あじ》切り庖丁で、何と、おのれの娘へ切りつけたのだそうでございますよ。こんな父親ですから、お松が十七のときに死んでしまって、お松も、ほっとしたことでございましょう。はい、母親は十年も前に死んでおります」

そして、つぎに、

「お松は、魚や貝を売って、ひとりで暮していたそうでございますがね。そのうちに、とんでもねえ男に引っかかってしまいました。これも深川にいた煙管師で、勘蔵という男だったそうでございますがね」

「………？」

このときは、平蔵の脳裡《のうり》で勘蔵の名と亡父遺愛の煙管とが、まだ、むすびついてはいなかった。

（煙管師・勘蔵……はて、耳にしたことがあるような……）

そう、おもったのみだ。

そして、町駕籠に揺られて帰る途中で、

（深川の煙管師、勘蔵というからには、もしやして、あの煙管の……？）

おもいが、かたまってきたのである。

そこで帰邸するや、先ず、納戸へ入り、件《くだん》の銀煙管を桐箱の中から取り出し、同時に箱へおさめられてある亡父自筆の覚え書も手に取り、居間へ引き返した。

覚え書は、蒐集した煙管についてのもので、入手経路や年月日、煙管師の名がわかっているものは、それも記してある。

「あった……」

覚え書を目で追ううち、おもわず平蔵は声をあげた。

〔猪煙管　深川冬木町寺裏・煙管師勘蔵　明和二年十月〕

と、記されているではないか。

明和二年(一七六五年)というと十六年も前のことで、平蔵が〔本所の銕〕とよばれ、暴れまわっていた最中《さなか》である。

(まさかに、この勘蔵が、近年に小娘を騙《だま》したわけではあるまい)

(もしやして、この勘蔵の息子ではないのか?)

息子が父の家業をつぐとき、名前もつぐことは当時、めずらしくない。

ことに煙管師のように、手工の芸にたずさわる者ならば尚更のことだといってよい。

今日は三次郎のはなしを聞くのみで、何もいわなかったけれども、三次郎は、

「明日にも深川へ行き、あたってみるつもりでございます。私は、どうも、一年もたたねえうち、お松を捨てて何処かへ逃げてしまったという勘蔵という男が、また、お松をそそのかし、一緒に逃げたのだとおもいます」

そういっていた。

勘蔵に捨てられたお松を、あわれにおもい、加賀屋の女中奉公へ世話してくれたのは、深川・富岡八幡宮の料理屋〔山富貴《やまぶき》〕の女中頭で、加賀屋がよく〔山富貴〕をつかうところから、うまく、はなしがまとまった。

それゆえ、加賀屋でも、お松の身状《みじょう》について、或程度はわきまえていたらしい。

「ですが、加賀屋さんでは、さして心配をしていないらしいので。それというのも、お松は、どうも陰気で、他人《ひと》からきらわれていたからでございましょう。お松に目をかけていたのは、加賀屋さんの娘のお千代さんだけだったといいます。ま、こんな事件《こと》は近ごろ、めずらしくもありませんが、何にしても女がひとり、行方知れずになったのですから、一応は、あたってみるつもりでおります」

と、三次郎は平蔵に語った。

長谷川平蔵は、夕餉がすんだ後に、三次郎へあてて、亡父遺愛の、先代（とおもわれる）勘蔵つくるところの銀煙管の由来をしたためた。

何か、三次郎の探索の参考になればとおもってみたまでである。

そして、用人の松浦与助をよび、

「この手紙を、浅草並木町の蕎麦屋、十一屋へ届けさせよ」

と命じた。

渋谷・道玄坂上の茶店で、お松が正気にもどったのは、ちょうど、そのころである。

ったろう。

四

三次郎が、長谷川平蔵の屋敷へ、手打ちの蕎麦をたっぷりと持ち運んで来たのは、それから半月後のことであった。

さしもの残暑も、すでに去った。

高く晴れあがった空に秋の雲が浮き、長谷川屋敷の中庭の木犀《もくせい》が白い花をつけ、芳香をはなっている。

「せっかくの御馳走だ。すぐに手繰《たぐ》ろうではないか」

平蔵は、清酒を居間へ運ばせ、蕎麦へかけまわしながら、

(どうだ。よくおぼえているだろう)

というように、三次郎へ笑いかけた。

みやげの蕎麦には、酒を振りかけるのが最もよい。

久栄は酒肴の仕度をしておいて、別の間へ去った。三次郎は、平蔵の家族から奉公人の分まで、若い者と二人で蕎麦を運んで来てくれたのである。

「いつぞやは、わざわざ御手紙をいただきまして、まことにどうも、恐れ入りましてございます。あの、加賀屋の女中が……」

「あ……すっかり、忘れていたわ。これでは仕方がないなあ。まだ惚《ぼ》ける齢でもあ

るまいに」

平蔵は、三次郎の顔をのぞきこむようにして、

「で、いくらか、役に立ったか？」

「そりゃあもう、ずいぶんと助かりましてございますよ」

「そうか。それでは、あの女中が見つかったのだな」

「いえ、それがその……」

「だめか？」

「はい。手はつくしましたが、どうにも手がかりがつかめません。ですが鋏……いえ、長谷川様。御手紙にありましたとおり、お松を騙したのは、やはり、先代勘蔵の倅《せがれ》でございました。はい、先代の名もつぎ、なかなか腕のいい煙管師だったようで」

「それが何で、女を騙すような男に……」

「さて、その辺のことはよくわからねえのですが、お松を家へ引き入れたときは、手がつけられねえほどの大酒のみになっていて、ろくに仕事もせずに……」

「ふうむ……」

「どうも、その、厄介な病気にかかり、自棄《やけ》になってしまったようだ、と、土地《ところ》の人が申しておりました」

「何の病気にかかったのだ」

「労咳《ろうがい》でございます」

「なるほど」

労咳とは肺結核のことで、現代では恐ろしい病気とはいえぬが、つい四十年ほど前までは〔死病〕とされた難病である。

「お松という小娘は、勘蔵の世話をよくしていたようで、近所の人たちも、しきりに気の毒がっていました」

「ほう」

「何しろ、土地の人たちは、お松の生い立ちから、よく見ていますのでねえ」

「よくよく、運のない女とみえる」

「さようでございます」

「女は、男しだいよ」

「まったく……」

「男は、女しだい。親分のところなぞは、双方がよいから申すところはない」

「じょ、冗談をおっしゃってはいけません」

「むう……」

「どうなさいました？」

「旨《うま》いな、親分のところの蕎麦は、むかしと少しも変らぬ。この前のときも、そうおもった」

「ありがとう存じます。さぞ、女房がよろこびますことでございましょう」

「また、たのむ」

「ほんとうに？」

「ほんとうだとも。そしてな、将軍様の家来という牢屋の中であくびをしている、この平蔵へおもしろい世間ばなしを聞かせてくれ」

「ようござんすとも」

「たのむぞ、忘れるなよ」

「ええもう、女房に殺されたって、忘れるこっちゃあございません」

「おい、これ。なんでここへ、親分の女房が出て来なくてはならぬのだ」

「え……まったく、どういうわけなのでございましょうねえ」

「あは、はは……」

三次郎は、蕎麦湯までも運んで来てくれた。

いったん、台所へ出て行き、三次郎が蕎麦湯をあたためて居間へもどったとき、長谷川平蔵は一本の銀煙管に見入っていた。

「お、三次郎。この煙管が先代の勘蔵の手になるものだ。見てごらん」

「はい」

「こちらが、京の後藤兵左衛門の手になるものだ」

「ははあ……見事なものでございますねえ」

「細工は、くらべものにならぬ。ところが、吸い心地は勘蔵のも引けはとらぬぞ。まあ、勘蔵の煙管で一服つけてみるがよい」

「いえ、そんな……」

「遠慮はいらぬ」

と、平蔵が先代勘蔵作の銀煙管へ、手ずから煙草を詰めてやり、

「さ、やってみてくれ」

煙草盆を押しやった。

「これは、どうも、恐れ入りますでございます」

「親分。いちいち恐れ入るなよ。さ、やってみるがよい」

「はい。では……」

「どうだ？」

「こりゃあ、どうも……はい、なるほど、これは……」

「よい吸い心地だろう？」

「大したもので」

「およそ、先代勘蔵の、煙管師としての人柄が知れようというものではないか」

「まったく、もって……」

「なあ、親分」

「へ……？」

「その、お松とかいう女のことよ」

「……………?」

「お松のような女は、むかしから絶えたことがない。いまの世では、損をするのが女ばかりだ」

「そうとも、いいきれませんがねえ」

「ほう、そうか」

「ちかごろの女の中には、滅法《めっぽう》、凄まじいのがおりますよ」

「そうした女のはなしを、今日はゆっくりと聞こうではないか」

「こりゃあ、どうも……」

「それにしても……」

蕎麦湯を啜《すす》りつつ、長谷川平蔵が呟《つぶや》くように、

「その、お松という女を見てみたいものだなあ」

と、いった。

けれども、お松一件の事については、それから一カ月もすると、平蔵も三次郎も忘れ去ってしまったようである。

倉ヶ野の旦那

一

「ねえ、旦那。その、お松という女のことでございますがね。まあ、その、いまのところ、見かけはよくない。たしかにはい、よい女だとは申せませんが……」

いいさして、長次郎は、糸瓜のように長い顎を撫でつつ、相手の顔を盗み見るような目つきになり、

「ですが、これは一つ、旦那に目をかけていただきたいので」

といい出た。

この日の長次郎は、小間物屋の長次郎ではなく、阿呆鴉の長次郎として相手にはなしかけている。

ここは、神田明神社に近い湯島横町にある鰻屋《うなぎや》〔森川〕の二階座敷である。

近年になって、江戸市中に鰻屋の店が増えた。

つい、十五、六年ほど前までは深川や本所などの場末にしかなかった鰻屋が、い

まや一つの流行となって増えつつある。

それも、むかしのような屋台店ではなく、小ぎれいな座敷もあり、調理の仕方も蒸して脂をぬき、やわらかい上品な味を出すようになって、身分の高い武家が頭巾に顔を隠し、微《び》行《こう》で食べに来るようになった。

〔森川〕も、そうした店の一つであった。

「そんなに見かけのよくない女を、お前さんが、しきりにすすめなさるところをみると、こりゃあ何か曰《いわ》くがあるようだね」

こういって相手の男が、盃の酒を品のよい手つきで、しずかにのみほし、

「さ、一つ」

長次郎へ盃をわたし、酌をする。

小肥りの身につけている着物・羽織も上等の品で、白いものがまじった髪をきれいにととのえ、太い眉毛の下の細い両眼がいかにも優しげである。

齢のころは五十一、二というところであろうか。

この男を、長次郎は、

「倉《くら》ヶ野《の》の旦那」

と、よんでいる。

名は、徳兵衛とか聞いたが、それはどうでもよい。長次郎にとっては〔倉ヶ野の旦那〕で充分なのだ。

江戸から中仙道を二十四里三十余丁。倉ヶ野の宿場の大きな商家の主人《あるじ》だという徳兵衛と、長次郎が知り合ったのは去年の春だ。

二人を引き合わせたのは、これも古手《ふるて》の〔あほうがらす〕の、与吉という老爺で、

「なあ、アゴ長《の》さんよ。ちょうどいま、おれのところには、倉ヶ野の旦那が気に入るような手持ち女がいねえのだ。ひとつ、お前さんがいい女を世話してやっておくれ」

と、長次郎にたのんだ。

徳兵衛は、金持ちだというが、むやみやたらに金を振りまいたりはしない。

それでいて、世話をした女のみか、長次郎にまで、何かと気をつかってくれる様子に少しも高ぶったところがない。

長次郎が客に世話をする女の大半は、いずれも客商売で肌を荒らしてはいない素人女で、生計のために、やむを得ず客をとる。したがって金もかかるが、水仕事に荒れた手をしているくせに肌身は新鮮な女に惹《ひ》かれて、客は跡を絶たぬ。

いずれにせよ、私娼に対する奉行所の監視はきびしいし、長次郎なども捕まったら最後、ただではすまない。

それだけに、客種をよくよくえらばなくてはならぬし、世話をする女が女だけに、紛争を起すような客では困る。しっかりと、それを見きわめておかなくてはいけない。

この、客を看る目が〔あほうがらす〕の〔あほうがらす〕たる所以《ゆえん》といってもよい。

中には、男と遊ぶのが好きでたまらないという素人女もいないではないが、客をとって困苦をぬけ出したときは、また、もとの素人の暮しへもどしてやらなくてはならぬ。

(おれなぞは、将軍さまでもできねえ人助けをしているようなものだ)

と、長次郎は密かに自負している。

ともかく、客も女も、それぞれに秘密をまもりぬけないと、長次郎の身に危険がおよぶわけだが、そこがまた、長次郎にいわせると、

「この道の、おもしろいところ……」

なのであろう。

「ま、お前さんのいいように、はからってもらいましょうかね」

と、倉ヶ野の旦那がいった。

長次郎は、今度の女は事情があるので、初めに遊んでいただくときの金は受け取りません、と念を入れた。

すると、徳兵衛は、

「ああ、そうですか、わかりましたよ」

そうこたえた。

他の客なら、気前を見せて、

「まあ、そんなことをいいなさるな。出すものは出しますよ」

とでもいうところなのだが、徳兵衛は一にも二にも、長次郎のいうままにしてくれる。

たとえば、

「今度の女には、少しばかりわけがありますんで、いつもの倍ほど出していただきたい」

長次郎がそういったとすれば、何もいわずに、

「わかりましたよ」

よけいなことは一言《ひとこと》もいわずに、うなずいてくれる。

倉ヶ野の旦那の、こういうところが、長次郎は好きなのだ。

「旦那の御都合は、いつがよろしいので？」

「そうだねえ……明後日《あさって》は、どうだろう」

「結構でございます。では、いつものところで、いつものように……」

「ああ、そうしておくれ」

「それから旦那。その、お松という女のことで、前もって申しあげておきたいことが……」

「なんだろう？」

「いえね、お松の顔には、傷痕がございます」

「ほう……」

「旦那が気になさるといけませんので申しあげますが、その傷は、いまはこの世にいねえ大酒のみの父親が、酒に狂い、鰺切り庖丁で切りつけたのだそうで……」

「ふうむ……」

「念のために、このことだけを、お耳に……」

「わかりましたよ」

「ま、ひとつ、見てやって下さいまし、お松という女を……」

そこへ、女中が焼きたての鰻を運んで来た。

「よい匂いでございますなあ」

長次郎の小鼻が、ひくひくとうごいたのは、鰻が大好物だからだ。

すでに、秋の最中《さなか》であった。

倉ヶ野の旦那が障子を開け、高く澄みわたった空を見あげ、

「暑くもなし、寒くもなし……いまが極楽だねえ」

ためいきを吐くように、いった。

「旦那。今度は、いつまで江戸に……？」

「半月ほどはいますよ。それから、ちょいと商売のことで上方まで行かなくてはならない。面倒なことさ」

「そりゃあ、大変でございますなあ」

倉ヶ野の旦那が何処の宿屋に泊っているか、長次郎は知らない。また、知らなくてもよいのだ。

隠れ遊びをする旦那方は、めったに自分の所在をあかさぬ。

徳兵衛は江戸へ出て来ると、この鰻屋の〔森川〕へあらわれ、長次郎への伝言をたのむ。すると、すぐに連絡がつくようになっていた。

ゆえに徳兵衛は、長次郎が下谷の茅町で小間物屋をしていることも知らぬし、また詮索もしない。

この日は、お松が勘蔵を殺して行方知れずになってから、二十日後にあたる。

二

いま、お松は、長次郎の家にいる。

長次郎が小さな店を出している下谷・茅町という町は、西側の崖上の大名屋敷と、東面の上野・不忍池《しのばずのいけ》にはさまれていて、まわりには大小の寺院が多い。

古いむかしのころ、このあたりは奥州街道が通っていて、一円の茅野原であったそうな。

唐物屋《とうぶつや》、書物屋、植木屋、種々の細工物師などが町内に住み、まことに閑静な町であった。

長次郎がやっている小間物屋には、別に屋号などついていない。

土地《ところ》の人たちは、

「アゴ屋、アゴ屋」

と、よんでいる。

雨や雪の日は別として、主人の長次郎は、日中ほとんど家にいないが、夜はかならず帰る。

店番の雇い婆さんのお兼は、となりの竹細工師・仙助老人の女房で、当年六十になる。この老夫婦には子供がいないし、仙助は昼も夜も竹細工に熱中しているので、お兼は、店番をよろこんで引き受けていた。

何しろ、長次郎は月に二分《ぶ》、盆暮には別に一両もの報酬を出すものだから、お兼は熱心につとめてくれる。

ちかごろは、昼と夕の食事のときは家へ帰らず、長次郎の家の台所で仕度をして、となりにいる老夫へ、

「ちょいと、お前さん。仕度ができたよ」

知らせると、無口な仙助老人が、のこのこと長次郎の家へやって来る。

お兼は、そのとき、長次郎のために酒の肴の一つもこしらえておいてくれるのである。

こうしたときの、魚や野菜の代金などは、きちんと自分のふところから払うし、

折れ釘のような仮名文字で帳面をつけ、長次郎に見せる。

当時の、お兼のような老婆が、おぼつかないながらも読み書きができるというのは大変なことで、

「お兼さんは、えらいねえ」

いつだったか、長次郎が思わずほめると、お兼はにやりとして、

「うちの爺《とっ》つぁんが、辛抱強く教えてくれたのですよ」

と、こたえた。

うちの爺つぁんというのは、いうまでもなく仙助老人のことなのだが、仙助は女房のお兼より三つ四つ年下らしい。

お兼も、仙助同様、よけいな口は一つもきかない。

土地《ところ》の人びとのうわさでは、三十年ほど前に、お兼は、

「品川で女郎をしていた……」

とか、

「いや、吉原にいたそうだよ」

とか、いろいろにいわれている。

また、女郎あがりの女房なぞというのは、当時、格別にめずらしくはなかった。

長次郎が茅町へ引き移って来たのは、五年ほど前のことだが、はじめのうちは〔あほうがらす〕の正体を、お兼にも隠していたけれども、二年三年と店番をさせ

ているうちに、

（これならば、大丈夫だ）

見きわめがついたので、長次郎はおもいきって、正体を打ちあけた。

何しろ、留守にしていることが多いので、客との連絡のためにも、お兼に心得ていてもらったほうが便利にきまっている。

長次郎の正体が〔あほうがらす〕だと聞かされたとき、お兼はおどろきもせず、

「わかりましたよ。旦那、まあ、心配をなさるにはおよびません」

淡々と、しかも、しっかりと受け合ってくれた。

「お前さんの御亭主には、内証《ないしょ》にしておいておくれ」

「そういたしましょうよ」

これだけで、たがいの胸の内が通じ合ってしまったのだから、

（やっぱり、あの婆さんは徒《ただ》の婆さんではない）

長次郎は打ちあけて、よかったとおもった。

以後、客からの連絡にも、お兼は、

「堂に入った……」

ところを見せ、これまでに一度の失敗もなかった。

（いよいよ、もって……）

徒の婆さんではないのである。

このような信頼が、お兼との間に生じていなかったら、長次郎もお松を自分の家へ引き取らなかったにちがいない。

お松のことを、ざっとはなして、

「どうだろう、面倒を見てやってくれるかね？」

長次郎がいうと、お兼は、

「よほど旦那の眼がねにかなった女《こ》だとみえますねえ」

「まあ、そんなところだ」

「これまでに、家まで連れておいでなすった女は、一人も見ませんでしたが……」

「だから、お松には、身を落ちつけるところがないのだよ」

「へえ……」

「くわしいことを尋ねてもみないが、自分の父親に、女の顔を傷つけられたというのだから、よほど……」

「旦那。よく御存知でしょうが、女の嘘は切りがないものでござんすよ」

「まあ、ね」

「何も彼も、わきまえていなさるのだから、こりゃあ、よけいなことでしたかね」

「ああいう女に、安心のできる男をつけて、生き返らせてやりたい。これが、あほうがらすの生き甲斐だからね」

「ですから、妙な名でよばれるんですよ」

「まったく、阿呆でなけりゃあ、こんな稼業は成り立たない。お兼さんの店番で、少し儲けた金さえ、つぎ込むこともあるのだからねえ」

「ま、ともかくも連れておいでなさい。看てさしあげましょうよ」

「たのむ」

こうして長次郎が、道玄坂上の茶店から、お松を連れて来たわけだが、お松は何も彼も長次郎にまかせて逆《さか》らわなかった。

だが、内心では、さすがに動揺していたのだ。

下谷の茅町といえば、加賀屋の娘の買物の供をして、しばしば浅草から出向いて来た池ノ端・仲町の〔丁字屋〕とは、目と鼻の先の近間《ちかま》ではないか。

勘蔵を絞殺した入谷田圃も下谷の内である。

けれども、こうなったからには、

(どんなに足掻《あが》いたって、仕方がない……)

のである。

むろんのことに、お松は、勘蔵を殺した事実を長次郎に告げてはいない。

お千代が買物をしている隙に逃げたのは、世間から疎《うと》まれている自分に愛想がつきて、自殺するつもりだったのだが、

「どうしても、死に切れなかった……」

と、告げた。

自分の生い立ちから、加賀屋へ奉公に出るまでのいきさつは、簡短《かんたん》に語っておいたが、生い育った土地が深川であることは隠しておいた。何となれば、深川では、自分と勘蔵が共に暮していたことを知られているからであった。

その一方では、まさかに十九の自分が、男ひとりを絞殺したことを、だれも気づくまい、と、居直った気持にもなり、

(もう、どんなになっても、かまやしない)

それにしても、

(だれにもきらわれていた、私のような女を、長次郎さんは、どういうつもりで、こんなに面倒をみてくれるのか……?)

それが、わからなかった。

茶店の夫婦のやりとりを見ていても、長次郎が悪人でないことは、お松にもよくわかった。

茅町の家へ連れて行かれるまで、お松は長次郎の〔あほうがらす〕の正体を知らなかった。

三

お松が、渋谷・道玄坂上の茶店にいたのは五日ほどで、それから町駕籠に乗せられ、長次郎の家へ移された。

お松は生まれてはじめて駕籠に乗ったことになる。

これは、お松のほうから長次郎へたのんだのではない。ないが、しかし、人殺しをした自分の顔をさらして下谷方面へ行くことに、お松が怖れを抱いたのは事実であった。

その、お松の胸の内を見とおしたように、長次郎は町駕籠を雇ってくれた。

(長次郎さんという人は、いったい、何をしていなさるのだろう?)

そうした懸念《けねん》が、お松の顔に出ていたのだろうか……ある日、長次郎が姿を見せぬときに、茶店の老爺の又六がこういった。

「お前さん。何処かへ行く当てがないのだったら、おもいきって、長さんに、その身をあずけてごらん。なあに、もしも、あの人のいうことが腑に落ちなかったら、さっさと好きなところへ行くがいい。あの人は強《し》いて止めまいよ。あの人はなあ、他の人とは、ちょいとちがっている、おもしろい人なのでな。決して心配をしなさるなよ」

心配はしていなかった。むろんのことに、落ちつく場所もないのだし、

(もう、どうにでもなれ)

なのだから、世間の水にながされて行くよりほかに、仕方もないのである。

けれども、半ば無意識のうちに、

(こうなったら、この身を沈めることになるのではないか……)

考えないこともなかった。

当時、お松のような女が崖の淵へ立ってしまえば、躰を売るよりほかに道はない。

女の苦界は、世間を憚《はばか》る闇の別世界だ。

深川にいた少女のころに、同じ土地から、そうした苦界へ身を沈めて行った女たちを、お松は見てきている。

その苦界へ、女を手引きする者もいて、父親が死んだときも、二人ほど、お松の家を訪ねて来た男がいる。

(長次郎さんも、そうした人なのではあるまいか?)

そう考えなくては、これだけ、赤の他人の自分の面倒をみてくれるはずがないではないか。

(もし、そうなら……いっそ、そのほうがいい)

このことであった。

もしも、長次郎が、たとえば知り合いの商家などへ女中奉公に世話するといい出たら、お松は却って困ったろう。

堅気の世間を、

(私は、もう渡って行ける身じゃあないのだもの)

だから、長次郎が、お松を自分の家へ引き取ってから七日目に、

「実はねえ……」

おのれの正体を打ちあけたときも、お松はそれほどにおどろかなかった。

長次郎もまた、おどろかぬお松を見て、意外の様子ではなかったのである。

この十余日の間に、お松は見ちがえるようになっていた。

顔の傷痕が消えたわけではないけれど、駒場野で雨に打たれ、泥まみれとなった躰を旅人に犯されかかったときの面影はない。

茶店で正気にもどってから、

「まるで、瘧《おこり》が落ちたようだ」

と、又六が洩らしたように、お松は旺盛な食欲を見せた。

「女という生きものは、これだから強い」

長次郎が又六夫婦へ、そっと、ささやいたものだ。

当時の十九歳の女といえば、子供が一人や二人いてもおかしくはなかったが、それにしても、まだ躰は若い。見る見るうちに、お松の顔にも躰にも血色がよみがえってきた。

これも、お松自身は気づいていないことであったが、加賀屋での明け暮れにくらべると、茶店や長次郎宅におけるそれは、まったくちがっていた。

それは何故か……。

茶店の老夫婦や、長次郎や、お兼婆さんがお松を見る眼の色には、いささかも疎ましさがなかったからである。

お松はお兼婆さんにいわれなくとも、家の掃除から洗濯にいたるまで、やってのけた。

そこは、母親が死んでしまった少女のころから、家の中のことを、小さな手ひとつでやってきただけに、何でもなかった。

むしろ、加賀屋にいたときのほうが、ふてくされて怠けていたといってよい。

躰をうごかせば、よく食べられる。食べれば躰に肉がつき、精気も生まれるのが物の道理だ。

「人の……いえ、女の躰は、ことさらに、そうできていますのさ。ねえ、旦那」

お兼は長次郎へ、そういった。

そうしたときに、長次郎は、あの〔倉ヶ野の旦那〕のことを、お松へ告げたのであった。

「男は女しだい、女は男しだいという。どうだね、お松。おじさんが見きわめをつけた旦那の相手になってみる気はないかえ？」

お松は沈黙したが、ややあって、

「おまかせします」

うつむいて、低い声でこたえた。

「そうか、そりゃあ何よりだ」

「あの……」

「遠慮はいらない。何でもいってごらん。それでなくては、おじさんが困る。こんなことは、私の口からいわずとも、お前がだんだんにわかってくることだが、おじさんはね、お前が何とか倖《しあわ》せになるようにとおもって、事を運んでいるつもりなのだからね」

「はい」

「さ、いってごらん」

「あの、名前……名前を変えなくてもいいのでしょうか？」

「名前……お前の？」

「はい」

「ふうむ……」

一瞬、長次郎の眼が光った。

お松は、眼を伏せた。

「ま、いまのところはいいだろうよ。相手の旦那は、そんな心配のいらないお人だ」

「はい」

長次郎は、自分のことを、どれほど知っているのだろう。

(まさかに、私が男ひとりを殺したとは……)

知っているはずがない。

その夜。

となりの家へ帰るお兼が、夜の道へ送って出た長次郎へ、

「旦那の眼鏡に、狂いはござんせんね」

「お松のことかね？」

「ええ……」

「そうかい。お兼さんも、そう看なさるか」

「相手をする男しだいで、いまにね、あの顔つきも変ってきましょうよ」

「何しろ、拾ったときの、あの女ときたら、まるで溝の中の捨て猫だったが……」

「旦那の目は高い」

「それが稼業、というよりも私の道楽のようなものだ」

「旦那、また明日」

「御苦労さん」

秋の月が出ていた。

崖の上の、榊原家の下屋敷にいる中間《ちゅうげん》が二人、酒に酔ってふらふらと道を歩んでいる。

四

翌々日の八ツ（午後二時）ごろに、お松は長次郎に連れられて家を出た。

着物は、鳶《とび》色の地味な古着を、お兼が仕立て直してくれたもので、髪も、お兼が器用にゆいあげてくれた。

家を出る前に、長次郎が、

「これを、おつかい」

絹の女頭巾を、お松へわたした。

この日は駕籠をつかわなかった。

それも道理で、茅町の家から間近い不忍池のほとりの、出合茶屋へおもむいたのである。

この長次郎の心づかいが、お松には、どんなにうれしかったろう。

不忍池の、すぐ近くが池ノ端・仲町なのだ。

お千代の供をして、このあたりを何度も歩いているお松だったし、もしも、仲町の丁字屋の店の者がお松を見かけたなら、すぐにわかってしまう。

「いいかい、お松。お前は、お前のおもうままに、ふるまっていいのだからね」

池畔の道を、ゆっくりと歩みつつ、長次郎が明るい声で、

「そのほうが却っていいのだよ。わかったね？」

「はい」

お松とて処女《きむすめ》ではない。短い月日ではあっても、勘蔵と同棲していたのだ。

「口をききたくなけりゃあ、黙っていてもいい。倉ヶ野の旦那をきらいならば、は

っきりとそういうがいいよ」

「……？」

長次郎のいうことが、いちいち腑に落ちない。けれども、それだけに、このおじさんの言葉には妙に真実がこもっている。今日ばかりではなく、長次郎の傍にいると、お松はわれながら素直な気分になってくる。

今日の長次郎は羽織を着て、どこぞの商家のあるじと見られても、ふしぎはないほどであった。

そこは、大店の茶問屋・長井屋の次男坊に生まれた生い立ちが、物をいうのであろう。

風もない、おだやかに晴れわたった秋の午後で、渡り鳥の群れが空をわたっている。

「さて……」

いいさした長次郎が眼を細め、自分の可愛い姪《めい》を見るように笑いかけて、

「どんなことになるかなあ」

「……」

「おじさんは、きっと、うまくゆくとおもうよ」

そういわれて、うつむいたお松の襟あしへ血がのぼってきた。

間もなく、出合茶屋の〔月むら〕へ、二人は入って行った。

不忍池のほとりには、茶屋や茶店が多い。出合茶屋は男女が逢引に利用する茶屋だが、普通の茶屋と区別してあるわけではない。しかし、中へ入ると、おのずから、それらしい密室めいた造りになってい、表構えも風雅で、しかも目立たぬようになっている。

さすがに、お松は緊張をしていて、長次郎の背中へ身を寄せるようにして、足を運んだ。

長次郎は柴垣に沿って庭へ入りながら、

「さ、もう頭巾を除《と》るがいい」

と、いう。

お松は頭巾を除った。

庭の向うに不忍池が見わたせるので、せまい庭がひろくおもわれる。

左手に、渡り廊下が曲りくねって奥へ消えていた。

「こっちだよ」

長次郎は渡り廊下の途中に設《もう》けてある沓脱《くつぬ》ぎの石の上へ履物をぬぎ、渡り廊下へあがった。

この間、長次郎はだれかに目礼をしたようだが、その相手の顔も、お松は見ていない。

まったく、人の気配もないようであった。

長次郎は、お松をうながし、渡り廊下を奥へ向った。

渡り廊下の突当りが、六畳と、長四畳の二間つづきの離れ屋になっている。

その控えの間の襖《ふすま》を開けて、長次郎が、

「もし、おいでなさいますか？」

声をかけると、

「早かったね」

まぎれもなく、倉ヶ野の旦那がこたえてよこした。

「それでは旦那。お松をここへ……」

「いいとも、案ずるにはおよばないよ」

「それでは、私はこれで、ごめんをこうむります」

長次郎は、旦那の顔も見ようとはせず、お松へ、

「さ、ここへ、お入り」

うなずいて、お松が長四畳へ入って坐ると、

「気を楽にして……さっき、おじさんがいったように。いいね？」

長次郎がささやき、渡り廊下へ出て、襖を閉めた。

お松は、身を固くしてうつむいたままである。

香の匂いが、微かにたちこめていて、向うの六畳との境いの襖は閉まっていた。

どれほどの時間《とき》がすぎたろう。

お松には、ずいぶんと長くおもえたが、後でおもえば、ほんの短い間であったのだろう。

「お松さんといったね。こちらへ、お入りなさい」

襖の向うで、倉ヶ野の旦那の声がした。

「さあ、お入り」

「はい……」

こたえたが、声にはならなかったやも知れぬ。

お松は襖を開け、下を向いたままで、六畳の間へ入って行った。

倉ヶ野の旦那・徳兵衛は火鉢の向うにいた。

その火鉢が、お松には長火鉢に見えたのだがそうではない。もっと小さな火鉢だ。さりとて単なる箱火鉢でもない。もっと、しゃれた造りのもので、このような火鉢を、お松は見たことがなかった。

後でわかったことだが、六畳の間の向うには、わずか一坪の湯殿まで設けてあり、湯殿の向うには小部屋が、もう一つあったのだ。

徳兵衛の前の膳には酒肴がととのえられている。

徳兵衛は、手酌で酒をのみながら、お松を見つめた。

お松は、まだ、徳兵衛の顔をろくに見ていない。うつむいたままである。

「なるほど。お前さんは、長次郎さんがいったとおりの女《ひと》らしい」

ひとりごとのように、徳兵衛がつぶやく。

(おじさんは、私のことを、旦那に何といったのだろう?)

きちんと坐っていた徳兵衛が、膝をくずし、

「お前さんは、鰻を好きかね?」

「は、はい」

お松が生まれ育った深川には、鰻の辻売りが多い。だから口にしないこともなかったのだ。

鰻そのものには別に変りはないが、調理の方法と食べさせる場所によって、代金に差ができる。

「そうか……それなら、明日はひとつ、鰻でも一緒に食べようかね」

旦那は、明日も、お松と会うつもりらしい。

「明日のいまごろ、森川まで来ておくれ。そういえば、長次郎さんが心得ている」

こういって、徳兵衛はごろりと身を横たえ、

「お松さん。ここへおいで」

と、いった。

五

いうまでもなく、お松は処女ではない。

だから、羽織をぬぎ、身を横たえた倉ヶ野の旦那の徳兵衛から、

「ここへおいで」

そういわれたときには、

（いよいよ……）

と、おもったし、別に怖いとおもったわけではない。

徳兵衛は少し躰を浮かせて、帯を解きにかかった……と、見えたが、そうではない。

結び目を解き、帯をゆるめただけなのである。

これほどの出合茶屋なのだから、夜着がないはずはない。けれども、この部屋には臥床《ふしど》の仕度はしてなかった。

それなら、別の部屋に仕度がしてあるのか……。

だが徳兵衛は、帯をゆるめたまま俯《うつぶ》せになって、

「さ、ここへ来ておくれ」

もう一度、お松をうながした。

「は、はい……」

考えてみれば、こうしたことも、ふしぎではない。

お松が殺した煙管師の勘蔵は、朝であろうが日中だろうが構うこともなく、おのれの欲望を押えきれなくなると、いきなり飛びかかってきて、お松を押し倒したも

のだ。

　それにしても、妙だ。女の躰を抱こうというのに、何も俯せになることはないではないか。

　近づいて行きながら、お松は、どうしたらよいのか、わからなかった。

　すると、徳兵衛が、

「そこの壁へ摑《つか》まって、私の腰の上へ、そっと乗っておくれ」

「……？」

　どうも、わからない。

　徳兵衛は壁ぎわへ寝ているのだが、いったい、何をさせようというのだろう。お松は、どぎまぎして、

「あの……？」

「いいから乗っておくれ。お前さんの足で、私の腰を踏んでもらいたい。ちかごろ、腰のあたりが凝《こ》ってかなわない。手で揉《も》んだくらいでは、こたえないのだよ」

　なるほど、こういってくれれば、お松にもわからないではないが、当時、女が男の躰を踏みつけるなどというのは、たとえ、それが按摩《あんま》のかわりであるにせよ、考えおよばぬことであった。

　お松が、ためらっていると、

「遠慮はいらない。私がたのんでいるのだ。さ、早くお乗り」

「はい……」

おずおずと、お松は壁へ手をのばし、倉ヶ野の旦那の腰へ乗った。

「あの、痛かございませんか？」

「ちょうどいいよ。足を……足をね、横へ向けて……そうそう、それでいいから、ゆっくりと押すように踏んでみておくれ。ああ、それでいい。お前さんの躰の重みがちょうどいい」

徳兵衛は、いかにも心地よげな唸り声を発しつつ、

「もう少し下を……」

とか、

「今度は、お尻のところを踏んでおくれ」

とか、

「今度は下の、腿《もも》のところをたのむ」

などと、注文をする。

お松は、長次郎から、

「倉ヶ野の旦那は若く見えるが、五十の坂を一つ二つは越えていなさるそうだよ」

と、聞いていた。

当時の五十男は、もう老人といってよい。

五十で死んでも、それは人間の定命《じょうみょう》で、早すぎることはなかったのである。

それにしては、徳兵衛の躰に弾力があるのに、お松はおどろいた。

小肥りの躰の肉を踏まれて心地よいというのだから、それだけ健康なのであろう。

これまで、お松が知っている男の躰は勘蔵ひとりだが、もし、勘蔵の腰だの腿だのを踏んだりしたら、骨が折れてしまったろうとおもわれるほどに、勘蔵の躰は貧しかった。

抱かれているときも、男の肌身を感じるよりも、どこもかしこもゴツゴツと骨張っているだけなのだ。

徳兵衛の躰を踏んでいるうちに、お松は汗ばんできた。

このようなまねをしたのは初めてだが、踏んでいるほうも何となく気もちがよいのだ。

踏まれながら、徳兵衛が、

「お松さんは、十九だってね」

はなしかけてきたが、決して、お松の痛いところを衝《つ》くような問いかけをしない。

「好きな食べものは、どんなものだね？」

とか、

「長次郎さんという人は、おもしろい人だね」

とか、語りかける。

徳兵衛の躰を足で踏んでいる所為《せい》か、お松も、いつになく心やすい気分になって

きて、

「あとで、肩をお揉みしましょうか？」

と、いい出た。

「そうだね。肩のほうは踏みにくいだろうから、それでは揉んでもらおうか」

「はい」

言葉だけをかわしているのではなく、女の足と男の躰がふれ合い、踏み、踏まれていながら語り合うというのは、知らず知らずに親しみがこもってくる。

(ああ、この旦那は、ほんとうに、いいお人だ)

お松は、わが足の裏からそう感じはじめた。

結句《けっく》、この日は倉ヶ野の旦那の躰を踏んだり、揉んだりしただけで、お松は長次郎の家へ帰って来た。

旦那の徳兵衛は、別れるときに、

「では明日、鰻屋の森川で待っているからね」

そういったのみで、お松に金をわたしたりはせず、お松もまた、そうしたことは念頭になかった。

帰って来たお松から、すべてを聞いて、長次郎が、

「よかった、よかった。旦那は、お前が気に入ったらしい。お前はどうだえ？」

「……………」

「赤くなったね」

「いやですよ、おじさん」

「ああ、これでいい。これでいい」

何がいいのだか知らないが、長次郎は満足そうに何度もうなずき、

「明日の、鰻屋へは私が連れて行くからね」

「はい」

鰻屋で鰻を御馳走になってから、また、腰を踏まされるのだろうか……。

按摩《あんま》のまねをするだけで、相手がつとまるのだろうか。

どうも、よくわからなかったが、長次郎もよろこんでいるし、倉ヶ野の旦那も、
また「明日、来ておくれ」というのだから、お松は、

（きらわれているのではない）

と、おもった。

いずれにせよ、こうなったら、すべて長次郎をたよるよりほかに道はないのだ。

この夜、お松は、ぐっすりと眠った。

六

翌日の昼すぎに、湯島横町の鰻屋〔森川〕へ、お松は出向いた。

この日、長次郎はお松を町駕籠へ乗せ、つきそって来てくれた。

〔森川〕の二階座敷には、すでに倉ヶ野の旦那の徳兵衛が待っていて、長次郎へ、

「お前さんも、いっしょに鰻をやらないか」

さそったが、長次郎は、

「いえ、私はすませてまいりました」

と、いい、すぐに階下へ降りて行ってしまった。

徳兵衛は、お松に、

「すぐに、もどってくるから……」

やさしく、いい置いてから、長次郎の後を追うようにして階下へ去ったが、はなしはすぐに終ったと見え、お松が茶を一口のんだところへ、徳兵衛はもどって来て、

「お松さん。まさかに、お昼を食べてきたのじゃあないだろうね？」

長次郎は、早めに昼餉《ひるげ》をすませたが、お松へは、

「お前は旦那に、御馳走になるのだから、お腹を空かしておかなければいけない」

と、いった。

「そうか。長次郎さんがそういったのか……」

「はい」

徳兵衛とは昨日のことがあるので、お松は気も楽になっている。

徳兵衛にいわれるまでもなく、酒が運ばれてくると、すぐに酌をした。酒の酌は
勘蔵にもしたことがある。

酌をする、お松の手つきを徳兵衛は凝と見ていたが、

「ちょっと……」

声をかけて、お松の左手を取り、掌《てのひら》を見てから、つぎに右手の掌を見た。

「あの……手相をごらんになるのでございますか？」

「うむ。少し……」

いいさして、やや沈黙したまま、お松の掌を見ていた徳兵衛が、

「ふうむ……」

低く、唸った。

「私の手相は、いけないんでございましょうか？」

「小さいころから、お前さんは、ずいぶんと苦労をしたようだねえ」

たしかに、そのとおりだ。

「手相や人相は、人によって変るものだ。ことに女は、ね」

「そんなものでございましょうか……」

「うむ、うむ」

「私は、先行き、どうなりましょうか？」

「さて、ね……」

そこへ、鰻が運ばれてきた。

「さ、いっしょに食べようかね。お腹が空いたろう。たくさんおあがり」

「はい」

その鰻のうまかったことは、お松にとって、口にはつくせぬものであった。

深川にいたとき、辻売りの鰻はよく食べたし、ことに、勘蔵と同棲していたところは、

「こいつは滅法、精がつくのだ」

勘蔵が、よく買って来たし、お松も食べた。

ところが〔森川〕の鰻は、これが同じ鰻かとおもうほどに、やわらかい。

安い辻売り鰻の垂《たれ》とちがって、焼きあげた鰻にからむ垂の味のよさときたら、何ともいえなかった。

「うまいかえ？」

「はい」

「おかわりをしてもいいのだよ」

後になって、はずかしいおもいをしたのだが、あまりにうまいので、お松はおもわず、おかわりをしてしまったのである。

鰻を食べ終え、半刻も食やすみをしている間に、徳兵衛が、

「お前さんの両親は、お達者なのかね？」

問いかけてきた。

してみると、お松が長次郎に語った身性《みじよう》を、徳兵衛は耳にしていなかったことに

なる。それとも、知っていて、わざと尋ねたのであろうか。

「二人とも、死んでしまいました」

「そうか……これは、いけないことを尋《き》いてしまったようだね」

「いいえ、かまいません」

「お父つぁんは、何をしていなすった？」

「深川の漁師でございました」

「ふうむ……」

つぎに、顔の傷痕について尋ねてくるかと、お松はおもったが、徳兵衛はそれにふれることなく、

「お前さんは、言葉づかいがきれいだね」

と、いう。

お松は、びっくりした。

このようなことをいわれるのは、はじめてである。

もっとも加賀屋へ奉公をしたときは、大店だけに、言葉づかいだけはきびしくしつけられた。

それだけは、主人夫婦も口やかましく、いちいち注意をされたものだが、いま、この場で倉ヶ野の旦那からほめられようとは、おもってもみなかった。

お松は、目をみはったまま、何とこたえてよいかわからなかった。

「また、たのもうかね」

微笑《ほほえ》んだ徳兵衛が、壁ぎわへ身をずらし、羽織をぬぎ、帯をゆるめたのを見て、

「はい」

たちまちにわかって、お松は、むしろいそいそと、俯せになった徳兵衛の腰へ乗った。

二度目であったし、足の踏み方も心得てきて、こころよげな徳兵衛の唸り声が、すぐに洩れはじめた。

「お前さんは、江戸を、はなれたことがないだろうね」

踏み揉まれながら、徳兵衛がいった。

「はい。江戸の中も、よく知りません」

「なるほど……」

「あの、痛かございませんか？」

「いや、ちょうどいいよ」

「ここのところは？」

「ああ、踏んでおくれ。ときに、お松さん、京の都を見物したくはないか？」

「きょう……？」

咄嗟に、わからなかった。

京・大坂のことは、人から聞かされていても、お松にとっては、夢のように遠い、

あまりにも遥《はる》かな土地のことで実感がわいてこなかった。

そのことを素直にいうと、徳兵衛はうなずいていたが、

「どうだ、私といっしょに、上方見物をする気はないかね？」

「……」

「いやか？」

「でも、あの……そんなことが、できるのでございましょうか」

「お前さんの気もち一つだ」

「長次郎さんの、おじさんに相談を……」

「それなら、私からはなす。いまは、お前さんの気もちを尋いているのだ」

「連れて行っていただけますならば……」

「行くかい？」

「はい」

お松の、胸が躍ってきた。

(私が、江戸をはなれる……)

これこそ、いまのお松にとっては、

(願ってもないこと……)

だといってよい。

「よし。それできまった」

倉ヶ野の旦那が、さも、たのしげにいった。

（でも、こんな、私のような女を上方見物に連れて行って、どこがおもしろいのだろう？）

どうも、わからぬ。

わからないことばかりだ。

この日も、徳兵衛はお松を抱こうとはしなかったが、翌々日の午後に、昨日の出合茶屋へ、

「来ておくれ」

と、いったのである。

七

お松が、倉ヶ野の旦那の徳兵衛に抱かれたのは、二度目に不忍池畔の出合茶屋で逢った日の、夕暮れになってからである。

すでに、お松は徳兵衛に打ち解けていたし、せまいが風雅な造りの湯殿から出て、その向うの寝間へ入って行くときも、ごく、自然な気分になっていた。

お松にとって、徳兵衛は二人目の男ということになる。

ともかくも勘蔵と徳兵衛とは、何から何まで、

（まったく、ちがっていた……）

のである。

勘蔵との、激しいまじわりは、男の一方的な荒々しさに翻弄されていただけだが、何しろ、それまでは男を知らなかったお松ゆえ、

(男なんて、みんな、こんなものか……)

うたぐってもみなかったところもあった。

勘蔵は、獣《けもの》のように飛びかかってきて、お松をむさぼった。

その愛撫……いや、愛撫などというものではなく、

「あっ……」

という間に、おのれの性欲を遂げると、勘蔵は、いまにも死ぬかとおもうような荒い息づかいになり、ぐったりしてしまう。

そのときの勘蔵は、妙に弱々しく、お松が、

「大丈夫？」

背中をさすってやると、子供のようにお松の乳房へ顔を埋めて、息がしずまるまでうごかなかった。

徳兵衛と勘蔵とのちがいは、健康な躰と死病に取りつかれた躰とのそれだといってよい。

骨張って、かさかさに乾いた勘蔵の躰が、お松とまじわるうち、冷たい汗に濡れてきて、それが何とも気味悪かった。

二度ほど、お松を抱いている最中に、勘蔵が血を吐いたこともあった。

そうした勘蔵にくらべると、徳兵衛は息づかいも静かなもので、激しく躰をうごかしたりはしない。

五十をすぎている男の肌ともおもわれぬほど、徳兵衛の肌には照《てり》があって、あたたかかった。

そして……。

日が暮れてから、町駕籠をよんでもらい、長次郎の家へ帰ってくる間も、お松は自分の躰が、

(何だか、宙に浮いている……)

ような気がした。

長次郎の店の戸は、まだ開いていて、近くの町家の女房が総楊枝《ふさようじ》（むかしの歯ブラシ）と付木《つけぎ》（むかしのマッチのようなもの）を買いに来ていて、店番のお兼婆さんが相手をしていた。

「ただいま」

お松が、絹の頭巾をぬぎながら声をかけると、

「ああ、お帰り」

お兼は、お松のほうへ目を向けずに、いつもと変らぬ口調でこたえた。

客が帰ると、すぐに、

「お松つぁん、旦那は用足しに出ていなさるけれど、すぐに、もどっておいでなさるだろう。もう、戸を閉めておくれ」

「はい」

「私も、今夜はちょいとうちに用があるから、これで帰らせてもらいますよ」

「あ、どうも……」

お松は、いつものように受けこたえができなくて、うつむいたままだ。

「では、おやすみ」

お兼は、さっさと帰ってしまった。

それから一刻(二時間)ほどして、長次郎が裏口から帰って来た。

長次郎の躰から、酒のにおいがしている。

「いままで、倉ヶ野の旦那の相手をして、森川にいたものだから、帰りが遅くなってしまった」

長次郎は、そういった。

徳兵衛は、お松が駕籠で帰った後、出合茶屋を出て、例の鰻屋へ行き、長次郎と会ったのであろう。

「何もいらないが、茶漬けを一杯だけもらおうかね」

「はい。すぐに……」

店の奥が長次郎の部屋で、台所に接している。このほかに中二階に一間があり、お松は、そこで寝起きしていた。

台所に入ったお松へ、長次郎が、

「倉ヶ野の旦那は、すっかり、お前が気に入ったようだが……お前は、どうだね？」

「………」

「どうなのだよ。遠慮なく、いってごらん」

「でも……」

「でも？」

「私の……こんな、私のような女の、どこが旦那は、お気に入ったのでしょう。どうしても、わかりません」

これが、お松の本音であった。

見ず知らずの自分をたすけてくれた長次郎といい、倉ヶ野の旦那といい、あまりにも、

(物好きにすぎる……)

ような気がする。

まるで、狐にでも騙《だま》されているおもいなのだ。

もっとも、大の男が二人して、お松を騙したところで仕様もないはずだ。

(この上の、地獄へ落ちることはない)

このことであった。

平気でいるように見えても、お松は、勘蔵を殺してしまったことへの後悔にさいなまれ、ときには夜も眠れぬほどに苦悩している。

（あのときの私は、どうかしていた……）

けれども、それですむことではない。

（勘蔵さん。かんべんしておくれ）

日に何度も、お松は胸の内で、勘蔵に詫びていた。

同時に、また、お上の御縄へかかることに怯《おび》えていた。

浅草・田原町の〔加賀屋〕から、自分の姿が消えたとなれば、おそらく、

（十一屋の親分が来て、はなしを聞き、私を探しているにちがいない）

勘蔵のほうも、死体が発見されれば、お上は、犯人の探索にかかるはずだ。

現代とちがって、新聞もテレビもない時代だから、同じ江戸市中で起った事件でも、それからそれへと糸がほぐれてこないと見当がつけにくい。

それにしても、お松は怖かった。探し出されて、お上のきびしい訊問を受けたなら、

（私は、きっと、みんな白状してしまうだろう）

殺人を自白すれば、女でも死刑はまぬがれない。

それを想うと、躰中が、それこそ冷汗で濡れてくる。

「お松や」

この夜、長次郎は茶漬けを食べながら、こういった。

「倉ヶ野の旦那がいいなさるには、あと半月ほどしたら、上方へ、お前を連れて行きたいそうな。一昨日《おととい》、お前の肚《はら》の内は耳にしておいたから、おじさんは承知してきたよ。それでいいのだね？」

「はい」

再・十一屋語り草

一

浅草・駒形の御用聞三次郎が、目白台の長谷川平蔵邸へあらわれたのは、この年の神無月《かんなづき》（陰暦十月）も半ばを過ぎた或日のことであった。

平蔵宣以は、まだ、新しい役目に就任しておらず、

「おれが、この前に申したことを忘れずに、よく来てくれた」

「あつかましいことでございます」

「何をいう。おりゃ、親分の世間ばなしを、たのしみにしていたのだ」

「おそれ入りますでございます」

「今日も蕎麦を、たくさんにいただいたそうな。ありがとうよ」

「とんでもないことでございます」

平蔵は、酒肴の仕度をさせ、

「さ、ゆるりと、世間ばなしを聞こうではないか」

「はい。実は、その……」

「ま、ひとつ」

　平蔵が、三次郎の盃へ酌をしてやり、

「何ぞ、おもしろいことが起ったかえ？」

「お忘れでございましょうが、この前、お耳に入れました、加賀屋の女中のお松が行方知れずになったという……」

「あ、すっかり忘れていた。お松が見つかったのか？」

「いえ、お松のほうは皆目《かいもく》、見当がつかないのですが、以前に、お松といっしょに暮していた煙管師の勘蔵のことがわかりまして……」

「見つかったのか？」

「はい、死体となって見つかりました。と、申しても昨日や一昨日のことではございません。この秋のはじめのことなので」

「ほう」

「あれから、いろいろ探ってみましたが、どうにも手がかりがないので、私も他の事件《こと》で、急にいそがしくなり、すっかり忘れておりました」

「ふむ、ふむ」

　と、長谷川平蔵は、膝を乗り出すようにして耳をかたむける。いかにも聞き上手であった。

「長谷川様も御存知でございましょう、花川戸の三河屋という料理屋を」

「おお、知っているとも。むかし、何度か足を運んだことがある。あそこの主人《あるじ》は、たしか養子だったな」

「よくまあ、おぼえておいでに……」

「たしか、おれよりは二つ三つ年上の、いかにも養子らしい、温和《おとな》しい男だったが、それがどうかしたのか？」

「つい十日ばかり前、夜が更けてから、私のところへやってまいりまして」

「親分とは昵懇《じっこん》の間柄だったのか？」

「へえ、まあ……それほど、親しくはなかったのでございますが、よほどに困り果てて、私のことをおもい出したのでございましょう」

「なある……」

その三河屋の主人・弥助は、当年三十九歳になる。

弥助は、日本橋大伝馬町の料理屋〔松屋安右衛門〕の三男に生まれ、二十歳のときに、三河屋の養子となった。

三河屋の家つき娘・おひでと夫婦になったわけだが、おひでは一つ年上である。

弥助が、いかにも養子らしいのと同様に、おひでは見るからに権高《けんだか》な女房で、平蔵が若いころから、

「三河屋は、養子でもっている……」

などと、評判されていたものだ。

夫婦の間に、男女ひとりずつ、子が生まれている。

三河屋弥助は一人きりで、三次郎の住居へあらわれた。

「これは、三河屋の旦那じゃございませんか。御用ならば、お使いをいただけりゃあ、すぐにこっちからうかがいましたのに」

三次郎は、すぐに、

(これは、他人にいえない事が、もちあがったのだな)

看てとった。そこは御用聞のことである。

「旦那。ここでは、ろくにお茶もさしあげられません。並木町の店のほうへまいりましょう」

「いや、親分……」

手をあげて、これをとどめた三河屋弥助が、蒼《あお》ざめた顔に泣き笑いのようなものを浮かべて、

「今夜は、他人に、この顔を見られたくないのでございますよ」

「え……？」

「恥をしのんでまいりました。此処には、いま、親分だけでございますか？」

「さようで」

留守番の小女は、そのとき、十一屋の店のほうへ行っていた。

「それでは、まあ、何のおかまいもできませんが、おあがりなさいまし」

「ごめんをこうむります」

腰の低い弥助は、ぼってりと肥えた躰を折り屈《かが》めるようにして入って来た。

これを、奥の部屋へ案内し、茶を出しておいてから三次郎が、

「旦那も御存知でございましょうが、私は死んだ親父の代から、お上の御用にはたらいております」

「はい、はい……」

「親父や私が、どのようにはたらいてきたかを、あなたもうわさに聞いておいでのこととおもいます」

「はい」

「旦那のためにならぬようには、決してはからいませんから、そのかわりに、包み隠さず、おっしゃってみて下さいまし」

すると、三河屋弥助がびっくりして、

「では、親分はあの、みんな、御存知なのでございますか」

「旦那。何があったか知るわけがございませんよ」

苦笑した三次郎は、

「でも、この夜更けに、旦那がおひとりで、そっと私のところへお見えになるというのは、よほどのことがあるからだと存じます。そうじゃあございませんか」

「はい、はい……まったく、そのとおりなので……こんなことが、女房《うちのもの》の耳へ入りましたら、どんなことになるか、知れたものじゃあございません」

ふっくらとした、福助人形のような弥助の顔に冷汗がにじんでいる。

「旦那。博打《ばくち》をなさいましたか？」

強く、かぶりを振った三河屋弥助が、手ぬぐいを出して顔の汗をぬぐった。

「ふうむ。これは、おもしろそうだな」

と、長谷川平蔵が、好奇の眼を光らせ、

「ま、一息入れてくれ」

酒をすすめつつ、

「親分。それでは、三河屋弥助が悪い女にでも引っかかったというのか？」

「よくまあ、おわかりに……」

「大方、そんなところよ」

「ですが、あの堅人《かたじん》が、まさかとおもいましたが……」

「堅人なればこそ、女に迷うのだ。あの三河屋の女房と一緒に暮していては、息もつけないよ」

「そりゃあ、まあ、そうなんでございますが……」

「さて、親分。はなしのつづきを聞こうか」

このとき、お松は、すでに東海道を上り、京都へ到着している。

二

花川戸で四代もつづいている料理屋〔三河屋〕の主人・弥助が、御用聞の三次郎へ語ったところによると、つまり、

「悪い女に、引っかかった……」

のであった。

女は、名をおさんというそうだが、本名だかどうだか、

「知れたものではございません」

三次郎は、長谷川平蔵にそういった。

おさんは、ひとむかし前まで、

「牙僧女《すあい》」

などとよばれていた、一種の娼婦である。

この呼び名は廃《すた》れても、同種の女たちが絶えたわけではない。

〔牙僧〕の語源は、何でも売買の取りつぎを意味するものだそうな。

牙僧女たちは、諸方の宿屋、船宿、茶屋などの客を相手に、小間物などを売って歩くという、女行商人の名目をたてて、お上の取締りの目を逃《のが》れ、裏へまわっては色を売る。これこそ真の目的なのだ。

こうした売春のかたちは、元禄の時代《ころ》に発生し、約七十年後の、長谷川平蔵が若きころまで、

「流行を、きわめていた」

などと、いわれている。

三河屋弥助が、同業の寄合の席で、

「ねえ、三河屋さん。たまには気ばらしをしないと寿命がちぢまりますよ。おたがいに養子の仲じゃありませんか。ねえ、養子の辛さは、なってみたものでなけりゃあ、わかりませんからねえ」

芝の神明宮・門前にある料理屋・浅田屋新太郎にさそわれ、つい、その気になり、浅草今戸の船宿〔山野井〕で、牙僧女のおさんと遊んだ。

「これが、今年の夏だそうでございます」

「ふむ、ふむ」

うなずきながら、長谷川平蔵が亡父遺愛の銀煙管へ煙草をつめ、煙草盆を引き寄せた。

空は曇っていて肌寒く、障子を閉ざした居間の火鉢には、赤々と炭が燃えている。

庭の何処かで、しきりに鵙《もず》が鳴いていた。

「三河屋の旦那が、いくら堅人だからといって、これまでに一度も女遊びをしたことがないというわけでもないので」

「男ならば、な……」

「ですから、何のことはないとおもったのでしょうが、一度、抱いてみると、その、おさんという女がすっかり気に入ってしまったのでございますよ」

「家つきの女房とは、大分に、ちがった肌身の……」

平蔵がいいかけたとき、妻の久栄と侍女が、酒と肴を新しく運んであらわれたものだから、平蔵はくびをすくめた。

三河屋は、二度三度と、たてつづけに、おさんと逢い、年増ざかりの女体に溺れ込んでしまった。

だが、これを家つきの女房が気づいたわけではない。ないが、しかし、気づかれそうになってきた。

というのは、秋のはじめになって、おさんの態度が急に変った。

「旦那。急に……急にねえ、どうしても、まとまった金《もの》が入用《いりよう》になって、どうにもならないんですよ」

「五両ほどなら、何とかなるよ」

「いいえ、それだけでは……」

「では、十両かえ？」

「いいえ、五十両ばかり……」

「と、とんでもない。そ、そんな大金が、私の自由になるものじゃあない」

「あれだけのお店の、旦那でも？」

「私は養子だ」

「ええ、知っていますよ」

「帳場は、家つきの女房が取りしきっていて、どうにもなりゃあしないよ」

「では、旦那……」

このとき、おさんの口調が、がらりと変って、

「私から、おかみさんへおたのみ申しましょうかね」

「な、何だって……」

「私は、かまいませんよ。よござんすか、こう見えても、私はれっきとした亭主も子供もいるのだからね」

おさんの正体を見て、三河屋弥助はふるえあがった。

「それが、秋のはじめという……」

「さようで」

「では、煙管師の勘蔵が殺害されたことと、関わり合いがあるのだな」

「はい。もっと、かいつまんで申しあげましょうか？」

「いや、かいつままなくともよい。ゆっくりと、おれをたのしませてくれ」

「こんなはなしが、どうして殿様に、おもしろいのでございますかねえ」

「これ、親分。その殿様は、どうにかならぬか」

「私を、親分とおよびになるのも、いやでございますねえ」

ともかくも、三河屋弥助は女房の目を盗み、ようやく十五両の金をおさんにわたしたが、

「旦那。ありがとう存じます。ほんとうに助かります」

金包みを押しいただいて、しまい込んだものだから、

（やれやれ……）

これで、おさまったとおもうと、そうではない。

「後の三十五両は、いつ、都合して下さいますか？」

「えっ……」

どうにもならぬ。

三河屋弥助という男が、どういう男なのか、おさんは鼻毛を読みつくしてしまっていた。

弥助は、それから必死のおもいで、実家の兄に十五両を借り、

「どうか、これで、かんべんしておくれ。このとおりだ」

手をつき、頭を下げると、

「それじゃあ、まあ、よござんす」

承知をして、おさんは合わせて三十両を強請《ゆすり》とった。

（これですんだ。まあ、よかった）

そうおもったのも束の間のことで、十日もすると、人相のよくない男が、おさんの使いにやって来て弥助を外へよび出し、おさんからの手紙をわたして去った。

「あさっての、八ツごろに、玉姫稲荷《たまひめいなり》へ約束のお金を……」

もって来てくれというのである。

手紙の文字も、おさんが書いたものとはおもわれぬ。男の筆であった。

ここにいたって、三河屋弥助も、

(手遅れになっては、取り返しがつかないことになる……)

まる一日、悩みに悩んだあげく、

(十一屋の親分が、うわさに聞いたようなお人なら、おすがりするよりほかに道はない)

ようやくに決意をかためた。

「ようございます。私に、おまかせなさい」

「だ、大丈夫でございましょうか」

「こういう女は、いくらでもおります。だれの耳へも入らないようにして、方《かた》をつけてさしあげましょうよ」

「親分、このとおりでございます」

泪《なみだ》ぐんだ三河屋弥助が、両手を合わせて三次郎を拝むかたちになった。

弥助が、礼金として用意した金十両を差し出すと、三次郎が、

「旦那。こんなことをなすっちゃあいけません。それよりも、これから先行き、女にはくれぐれも気をつけなすって下さいまし」

「は、はい、はい……」

「こんなことは、女も悪いが男も悪い。いまの世の中で、お上の仕置きを受けるのは、どうしても女のほうになってしまうが、こいつは本来、片手落というものでございます。そんな女をつけあがらせるのも、男という生きものゆえなのでございますからね」

「も、申しわけもございません。申しわけ……」

三

玉姫稲荷の社《やしろ》は、浅草・山谷の田圃の中の、こんもりとした木立に囲まれていて、日中でも、あたりに人影はない。

その日、御用聞の三次郎は三河屋弥助の後について、玉姫稲荷へおもむいた。

先ず、弥助が木立の中へ入って行くと、

「あら、旦那。やっぱり来ておくんなさいましたね」

手ぬぐいを頭からかけたおさんが、尻端折りをした三十男と共にあらわれた。

それを木蔭から見とどけておいて、三次郎が飛び出して行き、弥助に、

「さ、旦那は、もう帰ってようござんす」

「はい」

弥助が、さっと逃げる。

「お前さんは何だよ!!」

叫ぶおさんの後ろから、

「野郎、待て!!」

男が、三河屋弥助を追おうと走り出て来るのへ、

「これが見えねえのか」

三次郎は、ふところから出した十手で、男の肩を殴りつけた。

「あっ……」

よろめいて、逃げにかかる男には目もくれず、

「おさんといったな。一緒に来てもらおうか」

「畜生……」

おさんは、呻いた。

「私は、田原町の御用聞で三次郎というものだ」

「う……」

「悪足掻《わるあが》きはしねえがいい」

三次郎に右腕をつかまれた、おさんの強《きつ》い目の光りが、すぐにおとろえた。

「どうだ、わかったか」

「親分。相すみません」

三次郎は、その場で、おさんの取り調べにかかった。

そこまで、はなしを聞いていた長谷川平蔵が、

「ははあ……すると、その女が、勘蔵を殺したのか」

「いえ、おさんは、勘蔵と一緒に暮していましたが、殺してはおりませんよ」

「だが、よくも白状したものよ」

「こいつ、ほかにも悪さをしているにちがいないとにらみ、ちょっと強く責めつけましたら、おもいがけず、勘蔵のことを吐きましたので」

あの日、おさんが家の近くまで帰って来ると、絞殺された勘蔵の死体を、酒をのみにさそいに来た遊び仲間の男が見つけ、大さわぎになっていた。

近くの御用聞で、亀五郎というのが出張って来ていたし、

(こいつはいけない)

お上の目をはばかり、色を売るおさんだけに、その場から素早く姿を消してしまったという。

「嘘をついているようには見えませんでした。大金がほしかったのも、何しろ世帯道具から着物まで、みんな置きっぱなしにして来たので金がほしかったのでございましょうが、それにもう一つ、死んだ勘蔵の墓をたててやりたかったと申しておりました」

「ふうむ……勘蔵は、絞め殺されていたと申したな？」

「さようで。ま、酒と博打と病いに身も心も喰いつぶされ、どうにもならぬ男でございますから、お上のほうでも強いて詮索はいたさなかったようでございます」

「お松が行方知れずになった日は？」

「今年の、たしか八月十七日でございました」

「で、勘蔵が殺された日は？」

「そこのところが、おさんはよくおぼえておりません。明日にでも入谷へ行き、御用聞の亀五郎さんに尋ねてみるつもりでございます」

「むう……」

「ですが長谷川様。女の手で、昼日中《ひるひなか》に、大の男を絞め殺すことは、ちょいとむりでございますよ」

「男が酔いつぶれていたとしたら、どうかな……？」

三次郎の顔色が、少し変って、

「そのように、お考えでございますか？」

「考えられぬこともない」

「……」

三次郎は沈黙していたが、ややあって、

「ですが、お松は、勘蔵とおさんの住居を知っていたとは思えません。加賀屋へ奉公をするようになってからは、そのような気《け》ぶりもなかったと申します」

「それで、おさんの身柄は？」

「牢へ入れました。お調べしだいで、島送りになりましょう」

「女は、莫迦《ばか》を見るのう」

「いたし方もございません。ここで三河屋の旦那を表沙汰にいたしますと、旦那の身柄だけではすまなくなりましょう」

「三河屋の商売にも、さしつかえような」

「そのとおりでございます。何人もの奉公人まで泣きを見ることに……」

「親分も、いろいろと、むずかしいことよ」

「まったく……ときには、御用聞が嫌になってしまいます」

「そうだろう、そうだろう」

「いずれにしても、おさんについては、もう少し深く調べておきませぬと……」

「おさんが殺したのなら、われから白状することもあるまいし、な……」

「強請《ゆすり》は何度もしておりますが、根っから悪い女だとも思えません」

「お前さんが、そう看るのなら間違いはあるまい」

「おそれ入りましてございます」

「今日は、ゆるりとして行ってくれ。帰るときには駕籠をよぶゆえ、な」

「とんでもないことでございます。ときに長谷川様、新しい御役目には、まだ……？」

「少し延びた。来春《らいはる》になろうよ。それを思うと、いまからうんざりするわ」

「おめでたいことではございませんか」

「そのようにおもうか？」

ためいきを吐いた長谷川平蔵が、

「父上が、亡き義母《はは》との間に子をもうけていたなら、むかしのままの銕三郎で一生を終えることができたのに……」

しみじみと、そう洩らすのを見て、三次郎は、

(何という、欲のないお方なのだろう)

めずらしい物でも見るように、平蔵の顔にながめ入った。

その翌日。

三次郎は入谷へ出かけ、前に顔を見知っている、下谷・坂本の御用聞亀五郎と会い、語り合った。

亀五郎は、勘蔵が殺された日を書きとめていた。八月十七日である。

「だがねえ、三次郎さん。この一件は、たがいに忘れてしまうことにしよう。何しろ、あの勘蔵というのは、煮ても焼いても食えねえというやつで、調べれば調べるほど悪さをしていやぁがる。このあたりでも、泣きを見た女が二人や三人じゃあね

えということだ。あんなやつは一日も早く、この世の中から消えてもらったほうがいい。それでなけりゃあ、おれたちの躰が、いくつあっても足りるものじゃあねえ」

亀五郎は、苦虫をかみつぶしたような顔つきで、そういった。

四

年が明けて、天明二年となった。

御用聞の三次郎は、お松の行方を探索することをあきらめた。

何しろ、江戸では、大小の事件が諸方で起る。

奉行所も御用聞も、亀五郎の言種《いいぐさ》ではないが、

「躰が、いくつあっても足りない……」

のである。

それに、お松が奉公をしていた田原町の足袋問屋・加賀屋治助方では、お松の行方を案ずるどころではなく、娘お千代の婚礼の仕度に熱中している始末だから、三次郎の関心も薄くなるのは当然であった。

長谷川平蔵は年が明けると、西の丸・御徒頭という新しい役目に就任し、布衣をゆるされた。

三次郎は年始に出たきり、目白台の長谷川邸へ顔を出さなかった。三次郎の縄張

り内で、殺人事件が、つづけざまに起ったからだ。

ゆえに、平蔵の就任祝いには、三次郎の女房おしんが出向いたのである。

然《そ》う斯《こ》うするうちに、天明二年の春も過ぎようとしている。

阿呆鴉の長次郎は、相変らず、のんびりと日を送っていた。

倉ヶ野の旦那と共に、上方へのぼったお松からは、便り一つなかった。

それには、わけがある。

お松が、いよいよ江戸を発つというときに、長次郎はこういった。

「お松。よく聞いておくれよ。おじさんはね、今度のことを、お前のためによかれとおもい、はなしをすすめてきたのだ。お前も肚がきまって、倉ヶ野の旦那に身も心もまかせ、遠いところへ旅立つわけで……いまさら、あらためて尋くこともないようなものだが、お松、お前に心残りはないのだろうね？」

「ありません」

お松のこたえには、翳《かげ》りも澱《よど》みもなかった。

長い顎を撫でつつ、そのお松の顔を凝と見ていた長次郎が、

「それでよし。お前は、やはり、おじさんがおもっていたとおりの女だ。生き返るのが早い」

と、いう。

お松は、眼を伏せた。

（もしかしたら、このおじさんは、私が人殺しをしたと、感づいているのかも知れない……？）

このことであった。

「旦那は、お前が気に入って、おじさんも過分にお金をいただいた。ありがとうよ」

「いえ、おじさん。私こそ……」

「それでね、江戸をはなれたら、お前は、おじさんのことをすっぱりと忘れてしまうのだ。どうだ、約束をしてくれないか」

「そんな……忘れることなんか、できません」

「いや、忘れておしまい。おじさんのことばかりか、これまでにあったことを、みんな忘れてしまって、お前さんは生まれ変ったつもりにならなくてはいけない」

「どうして、そんな……」

「男とちがって女という生きものは、何度でも生まれ変ることができる。また、不幸だった女は、尚更に、それでなくてはいけない。なあに、あと五年もすれば、おじさんのいうことがよくわかるよ」

「でも、御恩をうけた、おじさんを……」

「御恩も糸瓜《へちま》もない。おじさんだって、お前のおかげで稼がせてもらったのだからね。だから、上方へ行っても、おじさんに手紙なんか書いてはいけないよ。手紙なんてものは、おじさんにとって、何にもならないのだからね。いいね、お松。お前は江戸のことを、みんな、忘れてしまうのだ。わかっておくれだね」

「は、はい……」

「おじさんも、この上、お前との縁がつながっているのは、まっぴらごめんというところだ」

そういった長次郎の声が、まるで別人のようにきびしく、冷やかだったので、お松はびっくりした。

「もしも、向うへいって、おじさんのいうことがわからないようなら、倉ヶ野の旦那に尋いてごらん」

「……」

「それから、もう一つ。お前が、また、江戸へ帰って来て、たとえば、おじさんと道で出会っても、知らぬ顔をしていなけりゃあいけませんよ。おじさんもそうする。お前が江戸をはなれた、その日から縁が切れるのだからね」

先ず、こんなぐあいだったのである。

お松が、江戸を発つ前々日の夕暮れどきに、倉ヶ野の旦那が迎えの町駕籠を、出合茶屋の〔月むら〕へ差しむけてよこした。

駕籠につきそって来たのは、倉ヶ野の旦那の番頭をしている芳之助という四十男で、長次郎も二度ほど、〔森川〕で会ったことがある。

芳之助は、見るからに実直そうな番頭で、旦那が江戸へ出て来るときは、いつも一緒らしい。

倉ヶ野の旦那は、江戸の何処かの定宿へ泊っているのであろうが、われから所在を打ちあけてはいない。

ゆえに長次郎も、強いて尋こうともしない。

これが、真の阿呆鴉と客との〔定法《じょうほう》〕であった。双方の信頼がくずれてしまったら、成り立つものではないのだ。

お松は、長次郎の家へ来てから、お兼婆さんがととのえてくれた身のまわりの品々と、わずかな衣類を小さな葛籠《つづら》一つに納め、これを、芳之助が背負ってくれた。

「番頭さん。相すみませんねえ。旦那は、お松が身一つで来ればいいと、そういっておいでなさいましたが、それでもねえ……」

「なあに、こんなことは慣れておりますよ」

「へえ、番頭さんでも？」

「旦那と江戸へ来たときは、小僧もおりませんしね」

「なるほど」

長次郎は一両小判を一枚、紙に包み、

「まことに失礼ですが番頭さん。これで、お好きなものでもあがって下さい」

差し出すと芳之助は、

「これはどうも。おそれいりました。ありがたく頂戴いたします」

こだわるところなく、ちょっと押しいただくようにして、ふところへ仕舞った。

この日、お松と長次郎は約束の時刻に出合茶屋へ来て、迎えを待っていたのである。

「お、おじさん……」

駕籠へ乗ったお松は、さすがに胸がせまってきて、両眼に泪をため、切なげに何かいいかけようとするのへ、

「達者でな」

長次郎が、駕籠の垂れをばらりと落し、

「番頭さん。旦那へよろしく」

「承知いたしました」

お松を乗せた駕籠と葛籠を背負った芳之助が、夕闇の中を広小路の方へ去って行くのを見送ってから、長次郎は帰途についた。

(それにしても、倉ヶ野の旦那は、いったい、どんな商売をしていなさるのだろう?)

これは、他の客に対しても同じことなのだ。

(何にしても、お松は初手《しょて》から、いい客がついたものだ。倉ヶ野の旦那が、あれほど気に入ってくれようとはおもわなかった。上方見物をさせてもらった、その後は

どうなるかな……あの旦那のことだから、悪いようにはしないだろう）

江戸なり上方なり、お松に家をもたせ、それを定宿がわりにでもするつもりなのだろうと、長次郎はおもった。

家へ帰ると、お兼が、

「お松つぁんは、行きましたかえ？」

「ああ、行った」

「うまく行くと、よござんすねえ」

「倉ヶ野の旦那は、お松に、かならず身が立つようにすると、いっていたそうだよ」

「ふうむ。よほど、気に入りなすったのだねえ」

「お松は、口が堅そうだから、それが気に入ったと、旦那は私にいってなすったがね」

「なるほど」

お兼が、うなずいて、

「あ、先刻《さっき》、橋場の若松から、これを……」

細く折りたたんだ手紙のようなものを長次郎へわたした。

橋場の船宿〔若松〕は、鰻屋の〔森川〕同様に、長次郎と客との連絡《つなぎ》の場所になっている。

そこからの呼び出しは、長次郎が、

「鈴木の旦那」

と、よんでいる、五十がらみの侍からであった。

鈴木の旦那は、どこやらの大名家に仕えているらしいが、そうしたことは、長次郎にとってどうでもよい。

「お兼さん。すぐに腹ごしらえをしたいのだがね」

「さあ、いつでもようござんすよ」

「ありがたいなあ。お前さんは、私の宝物だ」

五

御用聞の、十一屋の三次郎が久しぶりで、目白台の長谷川平蔵邸へ顔を見せたのは、この年の梅雨の晴れ間の或日のことだ。

この日、長谷川平蔵は非番で、自邸にいた。

「ごぶさたをいたしまして……」

「よく来てくれた。さ、楽にしてくれ」

「新しい御役目で、さぞ、お骨折りでございましょう」

「なあに、御城へあがって、欠伸《あくび》を噛み殺しているだけのことよ」

「御冗談を……」

「いや、真《まこと》のことだ。いそがしい親分のほうが、世の中の役に立っている。おれは、無駄飯食いというやつだ」

「何をおっしゃいます」

「おれがことよりも、先ず、おもしろそうなはなしを……」

いいかけた平蔵が、三次郎の顔を指して、

「やられたな」

「はい。ちょっと手強《てごわ》いのを御縄にかけましたときに……なあに、掠《かす》り傷でございます」

三次郎は苦笑して、右頰の浅い傷痕へ手をやったが、

「そうだ」

何やら、おもい出したように膝をすすめて、

「顔の傷で、おもい出しましたが……」

「うむ？」

「池ノ端・仲町の丁字屋という小間物屋の番頭が、あの、お松の顔を見たというのでございます」

「お松……加賀屋の……」

「さようで」

「どこで見かけた」

清水の舞台から二王門の方へ、たのしげに語り合いつつ、立ち去って行った。

その女は、どこかの大店の主人かともおもわれる立派な身なりの男と女中と共に、

から、番頭の彦助もよくおぼえていたのであろう。

池ノ端の丁字屋へは、加賀屋のお千代の供をして、お松は何度も顔を見せていた

「そうとしかおもえないと申しているそうで」

「その女が、お松だというのか」

と、三次郎が語った。

た女の顔を見て、おもわず、はっとしたのだそうでございます」

「それで、清水寺の、舞台から桜をながめていたとき、番頭の傍を通りぬけて行っ

たのだが、

彦助は商用の合間に、ひとりで、祇園社や清水寺へ参詣かたがた、花見に出かけ

折しも、京都は桜花《はな》の盛りであった。

れ、京都へ行った。

ところが今年は、主人の伊兵衛が寝込んでしまったので、番頭の彦助が手代を連

そこで二年に一度、主人が番頭をつれ、京都へおもむくのである。

丁字屋では贅沢《ぜいたく》な小間物を、京都から仕入れる。

「ふうむ。おもしろいのう」

「京で……」

京都から帰って来た丁字屋の番頭は、すでに人妻となったお千代が買物にあらわれたとき、このことを語り、

「声をかけようとおもいましたが、人がちがったように、ふっくらとした顔つきになっていて、連れの人も連れの人なら、場所も場所。まさかとおもって、ためらううちに、花見と参詣の人込みにまぎれ、見失ってしまいました」

と、いったそうな。

その女の身なりといい、晴れやかな顔といい、眉を落し、鉄漿《かね》をつけた若女房ぶりが、番頭の彦助が見知っている女中姿のお松とは、あまりにも掛けはなれていたので、

(やはり、人ちがいか……)

強いて追わなかったのも、そうおもったからだが、後になって、じっくりとおもい返してみると、左の横顔を番頭のほうへ向けて通りすぎた女の頰には、

(たしかに、薄《うっす》らと、傷の痕があった……ような気がする)

そして、江戸へもどる道中では、いよいよ、お松だという気がしてきたというのだ。

このはなしを聞いて、お千代は、

「まさか、番頭さん。そりゃ、人ちがいですよ」

本当にしなかったそうな。

しかし、お千代は丁字屋の帰りに実家の加賀屋へ立ち寄り、このはなしをしたものだから、三次郎の耳へも入ったのである。

「親分は、何とおもう？」

この、長谷川平蔵の問いに、

「さあ……むずかしゅうございますね」

「人の目ほど、あてにならぬものはないゆえな」

「そうなんでございます」

「こうなると、勘にたよるよりほかはない」

「はい」

三次郎は、平蔵の盃へ酌をしながら、

「長谷川様の勘は、何と、はたらきましてございますか？」

「その女、お松に相違ないとおもう」

五年後

一

池ノ端・仲町の小間物屋〔丁字屋〕の番頭が、京都の清水寺で、お松にそっくりの女を見かけてから、まる五年の歳月が過ぎ、天明七年となった。

この年の秋になって……。

旗本・長谷川平蔵宣以は、火付盗賊改方という役目についた。

ときに平蔵は、四十二歳になっていた。

この役目は、幕府の御先手組の頭が選ばれて就任する。

御先手組は三十余組あり、その一組を束《たば》ねる御先手頭の下には与力十騎、同心三十人が配属されている。

長谷川平蔵は以前に、御先手の弓頭をつとめたこともあり、前年の天明六年に御先手頭へ復帰していたが、一年後に火付盗賊改方となったわけだ。

〔火付盗賊改方〕は、町奉行所とは別のもので、同じ犯罪を取り締まるにしても、面倒な規則や手つづきにとらわれぬ機動性をあたえられている。

いわば一種の〔特別警察〕といってもよい。

町奉行所は、犯罪に関わるのと同時に、徳川将軍の〔おひざもと〕である江戸という大都市を治めるという、現代の都庁のごとき性格をもっている。

だが、火付盗賊改方の任務は、あくまでも犯罪者、特に放火犯人と盗賊を中心に追捕《ついぶ》し、徹底して〔悪〕と闘うことが眼目であった。

むろんのことに、幕府から役料も出るが、この役目を本当に気を入れてつとめるなら、役料などで賄《まかな》いきれるものではない。

暗黒の世界における情報網を完備し、その世界にうごめく者たちからの密告を得たり、多くの密偵をはたらかせるための費用を惜しんでいては、成果があがらぬ。

そこで、火付盗賊改方の頭をつとめる旗本は、

「よほどに裕福でないと、つとまらぬ」

と、いわれたほどだ。

このため、おのれの財を惜しむ旗本が盗賊改方になると、

(一日も早く、この御役目から退《の》きたいものだ)

と念じて、わざとろくなはたらきもせず、罷免《ひめん》される日を待つばかりとなる。

もっとも幕府は、そのような旗本を、この役目につけるような失策は、めったにおかさない。

長谷川平蔵は盗賊改方になるや、妻の久栄をよび、

「この御役目をうけたまわったからには、御先祖が遺しおいて下された財産《もの》は、すべて無くなってしまうぞよ。覚悟しておくがよい」

「心得ました」

「なれど……」

いいさした平蔵宣以が、にんまりとして、

「この御役目は、おれにとって、うってつけの御役目じゃ」

「はい」

久栄は平蔵の若き日の事どもを、よくわきまえているので、

「おおせのとおりでございますな」

「これよりは、居眠りもできぬ。そのつもりでいてくれ」

「承知いたしました」

「いま一つ、この御役目は戦陣の名残りをとどめているもので、この身をなげうち、事に当らねばならぬ。わしも、いのちがけではたらく決心ゆえ、これもいまより、心得ておいてもらわねばならぬ」

「はい」

ともかくも、長谷川平蔵は、

「水を得た魚のように……」

活動しはじめた。

単身、浪人姿に変装して市中の見まわりもするし、そこは若いころに江戸の暗黒面をたっぷりと見てきた長谷川平蔵ゆえ、並の旗本とは体験が全くちがっている。

就任するや、たちまちに、野槌《のづち》の弥平《やへい》という兇賊《きようぞく》一味を捕えて、

「さすがに平蔵宣以じゃ」

心利いた人びとを、うなずかしめた。

平蔵は、単身の市中見まわりをおこなった第一日目に、浅草の御用聞三次郎をたずねて、

「これよりは、親分の助けを借りることになろう。よろしくたのむぞ」

「これはどうも、おどろきましてございます」

ぴたりと板についた浪人姿の平蔵をつくづくと打ちながめている三次郎へ、

「これで幕府《こうぎ》も、まんざらでもない。この平蔵を盗賊改メにしたのだからな」

「何と申してよいやら……」

「これは当座の費用《ついえ》じゃ。はたらく場所は別でも、目ざすところは一つ。耳へ入ったことは何でもよい。おれにつたえてくれ」

平蔵は、ぽんと五十両もの大金を三次郎へわたしたものである。

三次郎は、町奉行所の下で活動する御用聞だが、敬愛する長谷川平蔵のためにも、以後は身を挺《てい》してはたらくことになる。

けれども、平蔵が死ぬ直前まで盗賊改方をつとめ、兇悪な盗賊どもから、

「鬼の平蔵」

などとよばれ、彼らをふるえあがらせるようになろうとは、このとき、三次郎も思ってはいなかったろう。

役目についてからの平蔵は、ときによって三日に一度、または毎日のように三次郎と密かに会うようになったが、二人の間で、お松のことが話題にのぼることはなかった。

あれから五年。お松のことなど、二人とも忘れきってしまっていたのであろうか。ところで、お松が女中奉公をしていた浅草・田原町の足袋問屋〔加賀屋治助〕方では、三年前に当主の治助が病死した後、妻のお谷も去年の夏に心ノ臓の発作が起り、急死してしまった。

そこで、長男の徳之助が跡をつぎ、四代目の当主となったわけだが、徳之助は土地《ところ》の娘たちが大さわぎをしたほどの美男だけあって、二年前に妻を迎え、男の子も生まれたというのに、どうも、身持ちがよくならないらしい。

いまは何でも、新吉原・尾張屋の玉琴《たまこと》という遊女にのぼせあがって通いつめ、

「あれではどうも、先行きが案じられるね」

「加賀屋さんも、四代目でおしまいというわけか」

などと、世間のうわさも御用聞の三次郎の耳へ入ってくるが、だからといって、

これは、お松とは全く別のことなのである。

たとえ、何かの折に、

（そういえば、ずっと以前に、お松という女中が加賀屋にいて、行方知れずになってしまったことがある……）

おもい出したとしても、ただ、それだけのことであったろう。

今年の春が終ろうとするころ、徳川将軍の代もかわり、十一代将軍・家斉《いえなり》の治世となったが、世の中は物騒になるばかりで、これまでは、おもいもおよばなかった種類の犯罪や異変が頻発《ひんぱつ》する。

江戸市中の刑事にはたらく三次郎にしても、

「この躰が、もう二つ三つ欲しい」

女房にこぼすほどの、いそがしさであった。

二

この年の神《かんな》無月《づき》（陰暦十月）も終わりに近い或日のことだが……。

下谷・茅町に住む「あほうがらす」の長次郎は、朝から家にいて、

「どうも、こんな世の中になってしまっては、生きている甲斐もない。いっそのこと、大川へでも身を投げてしまいたくなるよ」

などと、店番をしているお兼婆さんに零《こぼ》していた。

「どうにも、つまらない。味気《あじき》なくて味気なくて、たまったものじゃあない」

長次郎は四十六歳になってい、当時の人の定命が、およそ五十年というのだから、

「まあ、旦那。いくら大川に蓋がないからといって、何も、あわてて飛び込むにはおよびませんよ。あと五年もたてば、お閻魔《えんま》さまが、お迎えをよこしておくんなさいますよ」

なぐさめているのか、からかっているのか、お兼婆さんは相変らず達者なもので、そろそろ七十に近くなろうというのに、以前と少しも変らぬ。

お兼の亭主で竹細工師の仙助老人のほうは、この二、三年の間に、すっかり衰えてしまって仕事もやめ、床についている日が多くなった。

その看病と、長次郎の小間物屋の店番を、お兼はわけもなくこなして倦《う》まぬ。

「でもねえ、旦那。こうやって、お店は繁盛しているのだから、文句をいっちゃあいけませんよ」

「いまの世の中は、こんな、しがない商いのほうがいいらしいねえ」

「そうですともさ」

将軍も代ったが、幕府の政治も変った。

これまで、幕府の老中として権勢をふるっていた田沼意次《おきつぐ》が失脚し、そのかわりに、松平越中守定信（陸奥・白河十一万石の藩主）が老中首座《しゅざ》となった。

前の田沼政権の特徴を一言でいうならば、商業資本とむすんだインフレ政策であ

った。

ゆえに、商人たちの景気はよくなったが、諸国農村の人心は荒廃し、暴動が頻発するようになるし、武家階級は金欠病が重くなるばかりで、田沼老中も何とかして日本を安定にみちびこうとしたのだが、おもうようにならなかった。

そこで、新しい松平政権は、

「武家と農村とをむすび、質実剛健な武家政治をおこない、先ず、何よりも第一に倹約を重んじる」

という政策を、実行にうつした。

そのきびしさは、数々の倹約令と風俗取り締まりとなってあらわれ、

「ぜいたくな着物を身につけてはならぬ。男女のいかがわしき交渉をあつかった絵や読み物の売買を禁ずる。茶店や楊弓場《ようきゅうば》の営業も、これは風俗を乱すことになるので取り締まりを厳重にする」

さらには、また、

「芝居見物も、ほどほどにせよ」

というに至っては、江戸の人びとも呆れ果て、

「白河（松平定信）の清きながれに住みかねて、元の濁りの田沼恋しき」

とか、

「ありがたや、物見遊山は御法度で、銭金持って死する日を待つ」

などと、落首によまれたりするようになった。

お兼婆さんが、

「銭金持って死する日を待つ……なんて、旦那のことをよんだのじゃありませんかえ」

長次郎に冗談をいった。

長次郎の店では、同じ小間物屋でも池ノ端・仲町の丁字屋のような贅沢品をあつかうわけでなく、庶民の日常に必要な小間物を売っているのだから、この不景気にも客は絶えない。儲けといってもわずかなものだが、何しろ、お兼に給料をはらった後は、みんな独り身の長次郎のふところへ入る。少しずつでも銭金が貯《た》まるの道理であった。

それに引きかえ、長次郎の生き甲斐となっていた〔あほうがらす〕のほうは、さっぱりいけなくなった。

何よりも、取り締まりがきびしい。

うっかりすると、客も女も、女を世話した〔あほうがらす〕も捕えられて牢屋へ打《ぶ》ち込まれたのでは、たまったものではない。

「こういうときには旦那、凝と、息を殺していなくてはいけませんよ。よござんすか」

お兼が、いうとおりなのだ。

取り締まりもきびしいが、刑罰も強《きつ》い。五十に近くなった躰で、三宅島や八丈島へ島ながしになったりしたら、

（おれは、一年も保たないだろう）

と、長次郎はおもっている。

若いころの、もっと世の中がのびのびとしていたときに、道楽という道楽をしつくしている長次郎だけに、

（この稼業だけは、おれにぴったりしている……）

信じて疑わなかった〔あほうがらす〕の道を封じられてしまっては、世をわたる足どりもおぼつかぬおもいがする。

（お兼婆さんというものがいなかったら、いまのおれは、とてもやっては行けまい）

その日、そのとき、お兼は仙助老人にのませる薬を受け取りに、元黒門町の町医者の家へ出かけている。

長次郎は、店の奥の自分の部屋で、茶をいれていた。

いれた茶を啜《すす》り、

「ああ……」

自分でも、わけのわからぬためいきをついた。

と……。

店先に、人の気配がしたので、客が何か買いに来たのかとおもい、

「いらっしゃいまし」

声をかけて茶わんを置き、店へ出て行った。

客は、女であった。

鶸茶色《ひわちゃ》の、絹の女頭巾をかぶり、籠目《かごめ》模様の渋い着物、千斎茶《せんさいちゃ》の帯といういかにも地味な拵《こしら》えだが、よく見れば着物も帯も江戸ではなかなか手に入らぬ高級品で、
齢のころは、

（三十前後……）

と、長次郎は看た。

むろんのことに、この店へは初めての客といってよい。

女の顔は、半ば頭巾に隠れていた。

「何をさしあげましょう？」

長次郎が聞くと、女は剃りあとの青々とした眉のあたりをわずかにうごかして、
店の中の品物を見まわしつつ、

「そうですねえ……」

と、いった。

三

「そうですねえ……」

そういってから、女は頭巾の顔を長次郎へ向け、

「お兼さんがおすすめの総楊枝でもいただきましょうか」

その声に、長次郎はおどろいた。

あまりにも、ちがってしまった姿かたちゆえ、このときまで、頭巾の女の顔をちらりと見ても気にとめなかったのだが、

（お、お松じゃあないか……まさに、こりゃ、お松だ）

長次郎は、まじまじと、女を見つめた。

女は、頭巾の結び目をゆっくりと外《はず》し、長次郎へ自分の顔のすべてを見せつけるようにした。

まぎれもなく、お松であった。

それにしても、この変りようには、さすがの長次郎も、咄嗟に声が出なかった。

肌の色が抜けるように白くなっているし、顔に、ふっくりと肉がのっているため、よく

左頰の浅い傷痕が、ほとんど消えてしまっているかのように見えたけれども、よく

よく眼を凝《こ》らすと、微かに一すじの傷痕がまだ残っていた。

ぽかんと口を開けたまま、身じろぎもしない長次郎へ、お松が、

「あの、総楊枝を……」

「へ……」

お松は、名乗ろうともしない。また「おじさん……」と、よびかけもしなかった。

これは、江戸を発つときに、長次郎が、

「江戸をはなれたら、私のことをすっぱりと忘れて、たとえ、この後、何処で顔を合わせても、たがいに知らぬ顔をしていなけりゃあいけない。おじさんとお前とは、これで縁が切れたのだ」

妙に、きびしい声でいって、手紙を出すことまで禁じたことを、お松は、まだ覚えているからにちがいない。

そのくせ、お兼婆さんの名を口に出したのは、どうしたことなのか。

いえ、そもそも、この店へ立ち寄ったのは、何のためなのか……。

長次郎は動悸がしずまらぬままに、総楊枝を出し、お松へわたした。

(さて、こいつは、どうしたものだろう……?)

お松から代金を受け取った長次郎の手が、わずかにふるえている。

そのとき、急に、雨が叩いてきた。

初時雨《はつしぐれ》である。

お松が、ゆったりと長次郎へ笑いかけて、

「旦那……」

「え……?」

「雨やどりをさせていただいて、ようございましょうか?」

その声、その口調が、以前のお松のものではないように聞こえる。

江戸にいたころのお松は、どちらかといえば、声にも口調にも抑揚がなく、打切《ぶっきら》棒《ぼう》な言いまわしをする娘だったのが、いまは物やわらかに落ちつきはらい、語調が江戸の女のものではなくなっているようだ。

「ええ、そりゃあ……ちっとも、かまいません。まあ、おかけなさいまし」

「ありがとうございます」

「いま、お茶でも……」

いいさして、長次郎は、あわてて奥の部屋へ入った。

茶をいれながら、頸《くび》を伸ばして店先を見やると、お松は土間に立ったまま、いかにもなつかしそうに、あたりを見まわしているではないか。

(江戸へ遊びに来たのか……それとも、帰って来たのか……)

どうも、わからぬ。

眉を落し、鉄漿《かね》をつけているからには、人妻といってよいが、

(旦那も、一緒に江戸へ来ているのだろうか?)

倉ヶ野の旦那・徳兵衛は、お松をともない、上方へ去って以来、長次郎には何の便りもよこしていない。

徳兵衛との連絡《つなぎ》の場所であった鰻屋の〔森川〕へは、いまも時折、鰻を食べに行くが、

「いいえ、あれっきり、倉ヶ野の旦那は、お見えになりません」

とのことだ。

茶わんを盆に乗せ、店先へもどった長次郎が、

「さ、遠慮なく、おかけなさい」

「はい」

お松は、上《あが》り框《がまち》へ浅く腰をかけたが、頭巾をたらしたままで、

「いただきます」

軽く頭を下げ、茶わんを手に取った。

道に雨足が白く、何処かの若い者が裾をからげ、店の前を走り抜けて行った。

「このあたりは、以前と少しも変っていませんねえ」

と、お松が外へ眼を向けたまま、つぶやくようにいった。

「さようでございますかね」

「はい」

どうも、妙なぐあいではある。

いまのお松が、どのような境遇なのか、それはわからない。

しかし、この落ちついた物腰といい、身なりといい、以前のお松にくらべて不幸な身の上だとはいえまい。

(お松は、たしか、二十五になっているはずだ)

当時の女の二十五歳は、年増といってよい。この年齢なら子供が三人いてもめずらしくない。

真の〔阿呆鴉〕の掟《おきて》があるとするなら、いったん手ばなした女は、それまでの縁ゆえ、再会しても知らぬ顔をしていなくてはならぬ。

なればこそ、江戸を去るお松へ、長次郎は冷たくいいきかせておいたのだが、このように、お松のほうから空惚《そらとぼ》けて出られたのでは、相手にならぬわけにもいかぬ。

それに、このところ、無聊《ぶりょう》をもてあましている長次郎にとって、突然の、お松の出現は筆や口にはつくせぬ興奮だったといえよう。

(やっぱり、おれが見込んだとおり、お松は変った。こんなにうまく変ってくれたのだから文句はない)

そこで、おもいきって長次郎は膝をすすめ、

「御新造さんは、どちらの？」

尋ねてみた。

すると、お松は笑いをふくんだ眼で長次郎を見て、

「こんな姿をしておりますが、いまはもう、気楽な独り暮しをしているのでございますよ」

と、いうではないか。

「さようで……旦那が、お亡くなりになったのでございますかえ？」

「いえ、別れたので……」

「へへえ……」

おもわず息をのんだ長次郎の眼と、お松の眼がぴたりと合ったとたんに、どちらからともなく、ぷっと吹き出してしまっていた。

「お松。お前もまあ、大層な役者になったもんだ」

「おじさんは、ずいぶん白いものが増えなさいましたねえ」

時雨が熄《や》み、西の空が明るんできた。

四

同じ日の夜ふけであった。

浅草・山之宿《やまのしゅく》六軒町にある船宿〔小串屋《こぐしや》〕の二階の奥座敷で、二人の男が酒を酌みかわしている。

その一人が、ほかならぬ〔倉ヶ野の旦那〕の徳兵衛で、別の一人はこれも長次郎が見知っていた番頭の芳之助である。

徳兵衛も、いまは六十に近くなっているわけだし、芳之助も五十の坂へ足をかけているはずだが、夜の灯影《ほかげ》の中にいる所為か、二人とも、以前とあまり変っていないように見える。

それでも、さすがに徳兵衛の髪は薄く、白くなってきていたが、血色もあざやかだし、両眼の光りにもちからがこもっていた。

芳之助は、いま、この船宿へあらわれたばかりだ。

「そうか、お松は、やはり長次郎のところへ行ったか……」

こういって徳兵衛は、ひとりうなずき、

「それで、どうした？」

「はじめのうちは、店先で、はなし合っておりましたが、そのうちに奥へ入ってしまいまして、なかなか出てまいりません」

「なるほど」

「私も、遠くからにしろ、いつまでも見張っているわけにもまいりませんので、引きあげてまいりましたが……」

「それでよい、それでよい」

「さようで……」

芳之助は、ほっとした顔つきになり、

「これで、方《かた》がついたというわけでございますか？」

「お松のことか？」

「はい」

「長次郎が、お松を家の中へ入れたからには、もう大丈夫だろう。何しろ、阿呆鴉の中でも長次郎のような男は、前に手がけた女と会うことを嫌うものなのだ」

「さようで……」

「長次郎も、それだけ、気が弱くなったのだろうよ」

「そこで、これから私は、どうしたらよろしいので？」

「ま、もう少し様子を見てくれ。そうだな、あと十日も、お松が長次郎のところにとどまっているようなら、わしの手許へ帰って来ておくれ。だが、これはお前の了見しだいだ。わしの手からはなれて、それとなく、お松の行末を見とどけてくれてもよい。それならそれで、お前の身が立つように、いくらでも思案の仕様がある」

「いいえ、私は、ぜひとも、あなたのお手許へもどりたいのでございます」

「そうか。それなら、わしも心強い」

「ですが、もしも、お松さんが、ひとりきりで歩き出すようなことになったら、私はどうなります？」

「そのときは、お前、京ではなしたとおり、お松の面倒を見てやってくれなくては困る」

「やはり……」

芳之助は、落ちつかぬ様子で、

「そんなことにはならないようにと、念じております」

「まあ、わしが看たところ、先ず、大丈夫だ。長次郎は、お松を家へあげたというのだろう」

「はい。そのとおりでございます」

「それなら長次郎も、無下《むげ》にはあつかうまい。お松には、それだけの金《もの》をわたしてあることだし……きっと長次郎は、お松の相談に乗ってくれるだろう」

「そうなると、よいのでございますがね」

「ともかくも、わしは今夜、船で江戸を発つ」

「船で……」

「ああ。ここの船で、ゆっくりと利根川をのぼって、いったん故郷《くに》へ帰って……そうだな、年が明けたら、江戸へもどって来よう。それまでには、お松の身も落ちつくことだろうよ」

「はい」

「これは、当座の入費だ」

徳兵衛は、用意してあった金包みを芳之助の前へ置き、

「お前も、いろいろと御苦労だったね。まあ、しばらくは江戸で、のんびりとするがいい」

「ありがとう存じます」

「京で、わしが突然に姿を消してしまったときには、お松もびっくりしたろう」

「そりゃあ、もう……」

「お前の口から、別ればなしをもち出したときには、どうだったね？」

「それがもう、そのときは肚もきまっていなすったものとみえ、こうなる日が来ることは、前から覚悟をしていたと……」

「お松が、そういったのか？」

「さようで……」

徳兵衛は、盃の冷えた酒をほし、ややしばらく沈黙していた。

窓の外は大川で、船頭が唄う舟歌が、風に乗ってきこえてきた。

「わしも、ね……」

「はい？」

「いえ、わしも、上方で、お松と一緒に暮したまま、もう二度と、はたらかぬつもりになったこともないではないのだよ」

「お察し申します」

「だがねえ、芳之助。こいつ、なかなかにむずかしい」

「何しろ、世帯が大きいものでございますから……」

「そのとおりだ。これが最後の一はたらきをしないことには、やはりなあ……」

深いためいきを吐いた徳兵衛が、

「なればこそ、今度のおつとめだけは、何としても、うまく運ばなくては……」

「何をおっしゃいます。うまく運ぶにきまっているじゃあございませんか」

「だがね、いまの江戸には、恐ろしい人がいるのだ。お前、わかるかね？」

「恐ろしい人、と、申しますのは？」

「お前は、お松と、十日前に江戸へ入ったばかりだから、何も知るまい」

「……？」

「今度、火付盗賊改方になった長谷川平蔵という旗本は、並の男ではない。なったとたんに、野槌の弥平を、あっという間に御縄にしてしまったよ」

「あの、野槌の弥平が、むざむざと……？」

「そうともさ」

芳之助は目をみはり、言葉をうしなった。

徳兵衛は煙管へ煙草をつめながら、

「だが、今度の仕事は、その恐ろしいお人が出て来る前から手をつけていて、三年もかけた大仕事ゆえ、いまさら手を引くわけにはいかない。まあ、念には念を入れて仕度をしてあるから、先ず、心配はあるまい」

それから半刻ほど後に、徳兵衛は、この船宿の船着きに舫《もや》ってあった、小さな苫《とま》船《ぶね》へ乗った。

徳兵衛は、ふだんの姿のままであったが、一緒に船へ乗り込んだ供の男は旅仕度をしている。そのほかには船頭がひとりの、合わせて三人である。

見送った者は、芳之助と船宿のあるじらしい老人の二人きりだ。

徳兵衛を乗せた苫船は、星もない夜空の下の大川へ、しずかにすべり出て行った。

〔豆岩〕の岩五郎

一

現代《いま》の浅草・厩橋《うまやばし》は、明治二十六年に架《か》けられたものだが、その以前は舟渡《ふなわた》しで、これを「御厩《おうまや》の渡し」とよんだ。

なんとなれば、幕府の御米蔵の北端の、堀端をへだてた三好町の河岸が渡船場で、古いむかしには、このあたりに幕府の馬屋があったところから呼名がついた。

その渡船場に面した角地に〔豆岩〕という小体《こてい》な居酒屋がある。

亭主は岩五郎といって三十五歳。五尺に足らぬ小男ゆえ、この店の名がついた。

はじめはこれといった店名もなかったらしいが、店へ来る客たちが小男の亭主に因んだ店名を勝手につけてしまったらしい。

店の横手に、葭簀《よしず》張りの屋台のようなものができていて、此処で草鞋《わらじ》だの大福餅だのを売っており、いつも老婆が店番をしている。

この老婆は、岩五郎の女房お勝の母親で、お八百という。

　この年も極月（陰暦十二月）に入った或日の昼下りに、いつもは居酒屋のほうを女房と二人で切りまわしている岩五郎が屋台のほうへ来て、通りかかった客へ草鞋を売っていると、本所の方から大川を渡し舟でわたって来た町人体の男が、ふと、これを見かけて立ちどまった。

　この男、ほかならぬ倉ヶ野の徳兵衛の番頭と称する芳之助であった。

　芳之助は、河岸の材木置場の陰へ身を寄せ、草鞋を売っている岩五郎に凝と見入った。

　渡し舟から降りて来た人びとが河岸道へ散って行く。

　草鞋を買った客が、大川を本所へわたる渡し舟へ乗り込む。

　岩五郎は煙草盆を引き寄せながら、屋台店の奥の方へ、何やら声を投げた。

　屋台店の奥は、居酒屋の板場へ通じているらしい。

　牛が牽《ひ》く荷車が〔豆岩〕の前を通り過ぎた。

　風もなく、おだやかに晴れわたった午後の日ざしを浴びて、白い猫がゆっくりと、道を横切って行った。

　材木の陰から、芳之助が姿をあらわし、岩五郎が煙草を吸っている屋台の方へ近寄って行く。

　客かとおもって顔をあげた岩五郎が、

「あ……」

ぽっかりと口を開け、目の前へ来た芳之助の顔を、まじまじと見やった。

芳之助が、わずかに口元をほころばせて、

「岩さん。おもい出してくれたかね」

低い声でいった。

岩五郎が煙管を煙草盆へ置き、

「忘れるものですかい。忘れるはずもねえ」

「うむ……」

うなずいた芳之助が、

「声をかけてよいものか、どうか……あの材木の陰で、ちょっと思案をしたのだがね」

「よかった。会えてよかった……」

「そうか。それならいい。いまの岩さんは、うまく足を洗えたのかね？」

「そう見えますかい？」

「さて……よく、わからないが……」

一瞬、二人は、たがいにたがいの眼の底に在るものを見きわめようとして、きびしい顔つきになったが、どちらからともなく、ふくみ笑いを洩らした。

「芳さん。倉ヶ野のお頭は、お達者ですかえ？」

芳之助が、うなずいて、

「岩さんは、足を洗い切ったのかね？」

岩五郎は無言で、かぶりを振って、見せた。

「ここは、お前さんの？」

「ええ。女房子もできましたよ」

「ちっとも知らなかった。何年も、江戸にいなかったのでね」

「では、上方にでも？」

「ま、そんなところだ。うちのお頭は上方が好きなのでね」

「倉ヶ野のお頭は、いくつにおなりなすった？」

「もう、そろそろ引退《ひき》なさるだろうよ」

そのとき、屋台店の奥の板戸が開いて、岩五郎の女房お勝が顔を出し、

「お前さん。そろそろ仕度を……」

いいかけて、芳之助に気がつき、

「あれ、お客さんかえ？」

「うむ」

「ごめんなさいよ」

芳之助へ軽く頭を下げ、お勝は板戸を閉めた。

「岩さんの、おかみさんかね？」

「そんなところですがね」

「しっかりした女《ひと》らしいね」

「そりゃあもう、よくはたらく」

「岩さんは、若いころから庖丁をつかうのが好きだったね」

「庖丁が、隠れ蓑《みの》の役に立ってくれようとはねえ」

「隠れ蓑……？」

「ええ、そうですとも」

「それでは岩さん。お前、いまも？」

「気に入った盗《つと》めなら、やらねえものでもありませんよ」

「ふうむ……」

芳之助は腕を組んで、こういった。

「そのうちに連絡《つなぎ》をつける。いいかね？」

「ええ。日暮れ前に、向うの店を開けます。そっちのほうへ来ておくんなさい」

「わかった」

「お前さんは、いま何処に？」

「いや、つまらない宿屋にいる。明日の朝、倉ヶ野のお頭のところへ行くつもりなのだ」

「お頭は何処に？」

「さあ、そいつはまだ、つなぎの場所へ行ってみないと、わからないのだよ」

「なるほど」

岩五郎は、深く問うことをせぬ。

「それでは岩さん。久しぶりで、ゆっくりとはなしたいが今日は急ぐ。あらためて、また……」

「待っていますよ、芳さん」

「お前さんの肚の内は、よくわかった」

こういって、御米蔵の掘割に沿った道を大通りの方へ去る芳之助の後姿を見送る岩五郎の両眼に、得体《えたい》の知れぬ不可解な光りが加わってきた。

「むう……」

微かに唸った岩五郎は、屋台店の奥の板戸を開けて、〔豆岩〕の板場へ入り、入れかわりに女房の母親お八百が店番にあらわれた。

小女ひとりを相手に、板場で立ちはたらいていたお勝が、岩五郎へ、

「いまの人、どこの？」

「なあに、古い知り合いだ。しばらくぶりに会った」

何気もなくこたえ、岩五郎は板場の片隅に置いてあった菅笠を手に取り、外へ出て行った。

菅笠につけた板へ〔まめ岩〕の三文字が書かれているところを見ると、これも看板の一つなのだろう。

これを、岩五郎は入口からはなれた軒下へ吊してから、店の中へ引き返した。

この風変りな看板は、岩五郎が自分でこしらえたものだが、めったに軒下へ吊すことはない。

気が向くと日中から吊す。それも月に一度か二度だ。

〔豆岩〕へ来る客が、

「なかなかいいぜ。いつも吊しておくがいい」

そういって、ほめると、岩五郎は顔を赤らめ、

「なんだか、こう、はずかしくてねえ」

と、いうのであった。

もっとも、常連の客の大半は、こんな看板を気にもとめない。

夜になって火を入れる軒行燈《のきあんどん》にも、店の名は書いてない。

板場へ入った岩五郎は、襷《たすき》をかけ、庖丁を手にして、酒の肴の下ごしらえにかかった。

二

お松が、長次郎の許へ来てから、もう一月になる。

その間に一度、田町三丁目の宿屋・上総《かずさ》屋へもどり、あずけておいた荷物を引き取って来た。

京都を出るとき、この六年の間に、自分の所有となった道具類や衣類も、お松はすべて処分してしまった。

そのかわりには、二百両という大金と共に、お松は江戸へもどって来たのである。

そのころの庶民一家族が、金十両で一年を楽に暮すことができたことをおもえば、二十年分の生活ができるということだ。

京都から、江戸の上総屋まで、倉ヶ野の旦那の番頭・芳之助がつきそって来てくれた。

二百両の金は、お松の江戸到着から四日目に、上総屋へ届いたのである。

京都で、お松が、どのような暮しをしていたか、それは追々に書きのべることになろうが、

「私も、もう、この齢になって先行きも知れている。だが、お松は、まだまだ先が長い。人の女房となって、子を生むこともできる。それには、いま、私と別れるのがちょうどよい。どうか聞きわけておくれ。いや、お前ならば、きっと、聞きわけてくれると私はおもっている」

倉ヶ野の旦那・徳兵衛は、およそ、このような別れの言葉を、芳之助の口を借りて、お松につたえさせた。

お松が、最後に徳兵衛と会ったのは、この年の春のことだ。

このとき、徳兵衛は、お松が住む家に七日ほど泊り、以前と少しも変らぬ様子だ

ったし、家を出て行くときも、

「ちょいと、大坂まで行って来るが、すぐに、もどれるだろうよ」

お松にそういって、何処からか迎えに来た町駕籠へ乗り、別れる気配なぞは微塵《みじん》も見せずに去って行った。

だから、二百両の金は、徳兵衛の〔手切の金〕といってよい。

芳之助が、京都の家へあらわれ、

「実は……」

徳兵衛からの別ればなしをもち出したとき、お松は別にうろたえなかった。

(いつか、きっと、この日がやって来る……)

と、覚悟のようなものが、いつの間にか、無意識のうちにできていたのであろうか。

(こんな、私のような女を、旦那は、いつまでも側に置いておくわけがない。六年もの間、お世話になっただけでも、長かったほどなのだもの)

このことであった。

(だって、私は、不作の生大根なのだもの)

お松に殺された煙管師の勘蔵は、

「まるで、不作の生大根をかじっているようだ」

と、お松の躰を評した。

この一言が、若いお松から、女としての自信のすべてを奪い取ってしまったといってよい。

また、この一言がなかったなら、自分を捨てた勘蔵への憎悪も、別のかたちになっていたろうし、もしやすると、あのとき、発作的な殺害を為《し》てのけたかどうか……。

「あほうがらす」の長次郎に助けられてからは、何やら、

(瘧《おこり》が落ちたような……)

そして、自分が別の女に生まれ変ったような気にもなったし、

(お上に捕まってしまえば……)

死罪は当然なのだから、肚の中では居直って、長次郎がみちびくままに逆らわずに生きてきたのである。

長次郎といい、徳兵衛といい、自分の何処が気に入って、これほどに面倒を見てくれるのか、お松にはわからなかった。

お松は、自分で自分のことが、いまもよくわからないでいる。

(女というものは、みんな、こうなのかしら……)

男のために生き、男のためにはたらき、男のために抱かれて、子を生む。

女とは、それだけのものであるらしい。

こうした自分の気もちを、お松は少しも隠さず、長次郎に打ちあけると、

「ほほう……」

びっくりしたように、長次郎は目をみはっていたが、

「そりゃあ、お前、男だって同じなのだよ」

「どこが同じなんです、おじさん」

「いま、お前がいった……それ、男のために、という言葉を、そのまま、女のためにと置き換えてごらん。それが男の立場というものさ」

「まさか……」

「ま、いい。お前も、この六年の間に、それだけ物を考えるようになったのだから、大したものじゃあないか」

「まあ、そんな……」

お松がもどって来たことを、お兼婆さんはよろこんでくれて、

「それなら、お松さんは、私の孫ということにしておこうじゃありませんか」

と、長次郎に言い出た。

「ねえ旦那。私の娘が上方へ行って生み落した孫むすめということに……」

「まさか、お兼さんに娘がいるのじゃあないだろうね？」

「う、ふふ……」

お兼は、いたずらっぽく、

「いるかも知れませんよ」

と、いった。

そこで、お松は、お兼の家へ寝泊りをするようになり、そうなると仙助老人の看病もするというわけで、

「ねえ、旦那。おどろくじゃありませんか。うちの爺《じじい》ときたら、お松さんに世話をしてもらうようになったら、なんだか元気が出てきて、今日なんか、仕事場へ坐り込んでいますよ」

と、お兼から聞いた長次郎が、

「へえ、おどろいたね」

「男なんて、あんな爺になっても、ああなんですかね」

「女は、どうだね？」

「そりゃあ、若い男《の》がいいけれど……」

「それごらん」

「旦那だけは、別だけれどねえ」

「ひどいことをいう」

「それはともかく、これから、お松さんをどうするつもりなので……？」

「まあ、年が明けてからのことにするさ」

お松からあずかった金二百両については、まだ、お兼には打ちあけていない。

（それにしても、倉ヶ野の旦那は何処にいなさるのか……一度、お目にかかりたい

ものだ)

お松の身をあずかると決めて、長次郎が田町の宿屋へ出向いたとき、すでに番頭・芳之助の姿はなかった。

「もう、お発ちになりました」

と、宿の者がいった。

その芳之助が突然あらわれて、仙助老人の薬を取りに行くお松を呼びとめたのは、この年も押しつまってきた十二月二十五日の午後であった。

三

仙助老人のかかりつけの町医者・中村彭庵《ほうあん》は、上野の元黒門町に住んでいて、そこから池ノ端・仲町の丁字屋は、目と鼻の先であったが、

(いま、たとえ、丁字屋の人たちが私を見ても、わかる気づかいはない)

と、お松はおもっている。

女頭巾に顔を隠しているのだから、たとえ死んだ父親や勘蔵が見てもわかるまい。

それにしても、わざわざ丁字屋の前を通ることをしなくともよいわけだし、お松は少し早目に仙助の家を出て、根生院《こんじょういん》という寺の境内を抜け、湯島天神へお詣りをしてから、遠まわりに中村彭庵宅へおもむくことにしたのである。

倉ヶ野の旦那の番頭・芳之助に声をかけられたのは、お松が根生院の裏門から境

内へ入り、惣門《そうもん》から出ようとしたときであった。

芳之助は、お松の後ろから声をかけた。

これは、お松を尾けて来たことになる。

「あれ、番頭さん……」

「お久しぶりで……」

「ほんに……」

「お手間はとらせません。ちょいと、こちらへ……」

芳之助は、お松を根生院の境内へ誘《いざな》って、

「いかがです。落ちつきましたか？」

「ええ。旦那は、お変りありませんか？」

「いえ、あれからまだ、お目にかかってはおりません」

と、芳之助は嘘をついたが、お松は疑ってもみない。

切通しをへだてた向う側の湯島天神には、参詣の人びとの姿が絶えぬが、根生院の境内には二人のほかに人影はなかった。

境内の木蔭へ身を寄せた芳之助が、

「田町の上総屋へ昨日行ってみましたが、荷物を引きあげなすったそうですね」

「はい」

「そうですか、そりゃあよかった。ほんとうによかった」

芳之助は、真からよろこんでいる顔つきになって、

「それでは、もう、私に御用はございませんね？」

「なんといって、お礼を申しあげたらよいのやら……番頭さんには、お世話になりっぱなしで……」

「とんでもないことで。これは、みんな、旦那のいいつけでございますからね」

「旦那は、倉ヶ野へ、お帰りになったのでしょうね」

「まあ、そんなところで……」

倉ヶ野の徳兵衛の家には、妻や子たちがいると、お松はおもい込んでいたが、ただの一度も、そのことを口に出したことはない。

六年前の、あの異変があってからは、尋ねてみてもはじまらぬことに、お松は関心をもたぬようになってしまったのだ。

「これから、どちらへ？」

「となりの、お年寄のお薬をもらいに……」

「さようですか。それでは、これでごめんをこうむります。それにしても、ようございましたね。長次郎さんのところへ落ちつくことができたと知ったら、旦那も、さぞ安心なさることでしょう」

「私も、長次郎のおじさんが、家の中へ入れてくれるとはおもいませんでしたけれど……でも、何だか、あそこへ落ちつけるようにもおもえてきて……」

「なるほど、なるほど」

「あの……もう少し、ゆっくりと……森川へでも寄って、鰻でも……」

「いえ、もうよろしゅうございます。お松さんが落ちついたのがわかれば、それでよいので」

「うちへおいでになるところだったのですか？」

「まあ、そんなところでございます」

すいっと身を引いた芳之助が、

「もう二度と、お目にかかることもございますまい。どうか、お達者で」

軽く頭を下げるや、

「番頭さん……」

さすがに、名残り惜しげに呼びかけるお松へ、こたえようともせず、芳之助はさっと身を返し、惣門から切通しの方へ立ち去った。

お松は、立ちつくしたままだ。

追ってみたところで、どうしようもないからである。

（ああ、これで、倉ヶ野の旦那とも縁が切れてしまった……）

旦那のことを、なつかしくはおもうが、別離が悲しいわけではなかった。

これから、また、自分の新しい暮しが始まることを、感じているのみであった。

そのことが、お松によろこびをあたえているというのでもない。

ただ無心に、川のながれに乗って、

（ながされて行くより、仕方もない……）

このことである。

四

ちょうど、そのころであったが……。

浅草・御厩河岸の居酒屋〔豆岩〕の前を通りかかった浪人が、今日も屋台店に出て店番をしている岩五郎を見かけるや、渡船場で客を待っている渡し舟へ、ゆっくりと乗り込んだ。

すると、店番をしていた岩五郎が、

「おい。ちょいと出て来るから、おっかさんに店番をたのんでくれ」

屋台店から居酒屋の板場へ入り、女房へ声をかけておいて、裏口から外へ出て行った。

岩五郎は、渡し舟へ乗った。

編笠をかぶった浪人のほかには、四人の客が乗ってい、岩五郎が乗り込むと、顔なじみの船頭が、

「豆岩の親方、お出かけですかい」

「ああ、ちょいとね」

「それなら、そろそろ出そうかね」

と、船頭が竿を手にした。

今日は、どんよりと曇っているが、風がない所為か、おもいのほかにあたたかい。

「親方。今夜に行くから、生姜酒《しょうがざけ》をたのむよ」

竿を捌《さば》きながら船頭がいうのへ、岩五郎が、

「いいとも。それにしても、お前さんは、あんなものをよく飲むねえ」

「へ、へへ……」

大川へ出ると、冷たい風も出て、岩五郎は頸《くび》をすくめた。よほどに急いだものとみえ、半天も羽織らなかったのである。

渡し舟は大川をわたり、本所側の渡船場へ着いた。

陸《おか》へあがった岩五郎へ、

「親方。気をつけて行きなせえ」

「ありがとうよ」

岩五郎は、大川沿いの道を北へ向って歩みはじめた。

その前を、同じ船に乗って来た編笠の浪人が歩んでいた。

岩五郎は、浪人の横手を擦《す》りぬけて先へ立ち、歩みを速めた。

浪人は、袴をつけていたが質素な身なりで、羽織も着ていない。

やがて〔豆岩〕の岩五郎は、大川端にある多田薬師堂の境内へ入って行った。

多田薬師は、明星院《みようじよういん》・東江寺と号し、天台宗の東叡山《とうえいざん》に属している。本尊の薬師仏像は恵心僧都《えしんそうず》の作だそうな。

岩五郎は境内をひとまわりし、本堂を拝してから、鐘撞堂《かねつきどう》の裏へまわった。

と……。

そこに、件《くだん》の編笠の浪人が佇《たたず》んでいたではないか。

編笠をかぶったままで、浪人が岩五郎に、

「昨日、また、軒下に笠が出ていたな」

と、いった。

「へい」

うなずいた岩五郎が、あたりを見まわした。

鐘撞堂の裏手は深い木立で、あたりには全く人影がない。

岩五郎は、さりげない様子で、

「一昨日《おととい》の暮れ方に、この前、申しあげた赤堀の芳之助がやってまいりましてね」

「ほう……」

「明後日《あさって》に、また、会うことになりました」

「何処で？」

「へい。山之宿《やまのしゆく》の六軒町に、小串《こぐし》屋という船宿があるそうで……佐嶋様は御存知でございますか」

「あの辺りに船宿は多いからな。小串屋というのは、まだ知らぬ」

「さようで……」

「その小串屋で、会うのか？」

「へい」

「どのような事なのだ？」

「そいつは、まだ、聞いてはおりません」

「ふうむ……」

低く唸った浪人の名を、佐嶋忠介《さじまちゅうすけ》という。

浪人……いや、佐嶋は浪人ではない。

火付盗賊改方・長谷川平蔵組下《くみした》の与力なのである。

佐嶋忠介は、前《さき》の盗賊改方・堀帯刀《ほりたてわき》の組下与力で、堀帯刀をたすけて自在の活躍をし、

「……忠介で保《も》つ、堀の帯刀」

などと、評判をとったほどの男であった。

それほどの男だけに、長谷川平蔵は盗賊改方をつとめることになったとき、ぜひとも、

(佐嶋忠介を借り受けたい)

と念じ、幕府と堀帯刀に願い出たところ、さいわいに受けいれられたので、佐嶋

与力はそのまま、長谷川平蔵の組下へ残されることになった。

後に、佐嶋忠介は正式に長谷川平蔵の組下与力となり、平蔵の片腕となって、清水門外の役宅に詰めることになるわけだが、いまは堀帯刀の下ではたらいていたときと同様に、浪人姿に変装をし、市中を見廻りながら、自分がつかいこなしている密偵たちと連絡をとっていた。

ならば、いま、この多田薬師の境内において、佐嶋忠介と何やらささやきかわしている岩五郎は、火付盗賊改方の密偵だというのか……。

まさに、そのとおりだ。

岩五郎は、父親の卯三郎と共に、以前は盗みをはたらいていたのである。

卯三郎は、手下が七、八人ほどの一味の頭であったが、

「盗まれて難儀するものへは手を出さぬこと。盗《つと》めをするとき、人を殺傷せぬこと。女を手ごめにせぬこと」

という、真の盗賊の掟《おきて》になっている右の三カ条をまもりぬいた。

七年前に、卯三郎・岩五郎の父子は一味を引きつれ、大盗・鶍《いすか》の喜左衛門の大仕事を手つだった折に、前の盗賊改方・堀帯刀に捕えられた。

このとき、卯三郎は中風《ちゅうぶう》を発して身うごきもできなくなってしまったのだが、与力の佐嶋忠介は或夜、吟味《ぎんみ》中の岩五郎ひとりを牢屋から引き出し、

「中風の親父と共に死にたいか。それとも生きのびて、お上の御用にはたらくか、

どうだ？」

つまり、盗賊改方の密偵にならぬか、と、もちかけたのだ。

この前後については、この物語に関係がないので省くが、佐嶋与力は岩五郎の人柄を見こみ、岩五郎は佐嶋の人柄に傾倒したのであろう。

それでなくては、あえて、

「仲間を売る狗《いぬ》……」

に、岩五郎がなりきる決意をするはずがない。

父親の卯三郎は、いま、半身不随となり、浅草の新寺町で小女につきそわれ、隠れ住んでいる。

この病人の父親の面倒を、盗賊改方が密かにみてくれているだけに、岩五郎も尚更に、密偵としてはたらかねばならない。

しかし、岩五郎は、

（お上のお役人にも、こんなお人がいたのか……）

真から、佐嶋忠介に敬服している。

何か、岩五郎の耳へ情報が入ったときには、自分の店の軒下の隅へ菅笠の小さな看板を吊しておくのが、佐嶋与力への合図であった。

先ごろ、芳之助と再会したときも、岩五郎は笠の看板を吊した。

佐嶋与力は、三日に一度か、ときによっては毎日のごとく、市中見廻りの折に

〔豆岩〕の前を通り、笠の看板の有無《うむ》をたしかめることになっている。

そして岩五郎は、毎日、佐嶋と決めた時刻に、屋台店へ出て店番をする。佐嶋のほうで用があるときは、この時刻に、屋台店の前へあらわれればよい。

すると岩五郎は、佐嶋の後について行き、人目にたたぬ場所で、密談をかわすというわけだ。

「赤堀の芳之助という盗賊は、たしかに、いまも倉ヶ野の何とやらいう……」

「へい。倉ヶ野の徳兵衛とも、柴崎の徳蔵ともいいます」

「耳にしたことがないな」

「それは旦那。倉ヶ野のお頭は、ほとんど江戸で盗《つと》めをしておりません。いつも上方から中国筋、または越中、美濃の方で大仕事をいたします。それも三年に一度という念の入れ方で、これまでに御縄にかかったことがございませんから……」

「大層な男らしい」

「まったく、そのとおりなので……」

「お前は、まだ、見たことがないそうだな。先日は、そういっていたが……」

「はい。ですが、赤堀の芳之助は十年ほど前に、何度か、親父の手つだいをしていたのでございます。この人も、なかなかの人でござんす」

「ふうむ……」

佐嶋忠介は、岩五郎の眼をのぞきこむようにして、

「では、赤堀の芳之助が、倉ヶ野の徳兵衛の下についたのは、その後というわけか……」

「さようでございます。赤堀の人は、何しろ、よくできた人ですから、倉ヶ野のお頭も手ばなさなくなり、いまは、お頭の片腕になっているのではございませんかね」

「この前に、芳之助と会ったのは、いつだ？」

「へえ……八年か九年ほど前でございます」

こういった岩五郎が、急に、さしせまった顔つきになり、

「佐嶋様に、お願いがございます。ぜひとも、これだけは、お聞きとどけが願いたいので……」

ふるえ声で、そういった。

五

与力・佐嶋忠介は岩五郎に、うなずいて見せたが、このとき、佐嶋がどのような表情になったか、それは編笠の内に隠れていてわからぬ。

「赤堀の人が、明後日《あさって》、また、私に会いたいというのは……まだ、はっきりとはわかりませんが、盗《つと》めを助《す》けてくれというのだとおもいます。どうも、そんな気がいたします」

「すると、それは、赤堀の芳之助が頭とたのむ、倉ヶ野の徳兵衛の盗めということになるな」

「さようで……」

「江戸での盗めか……」

「倉ヶ野のお頭にしては、めずらしいことだとおもいますが、江戸でなけりゃあ、私に声をかけるはずがございません」

「いかさま、な」

「こいつは、倉ヶ野のお頭の、最後の盗めのような気もいたします」

「すると、やはり、大がかりな盗めになるだろうな」

「へい」

「だが岩五郎。明後日に、はなしを聞いてみぬことにはわかるまい」

「それはそうなんでございますが、佐嶋様……」

「お前のいいたいことは、わかっているつもりだ。盗賊改メに倉ヶ野一味のうごきを探らせる、そのかわりに赤堀の芳之助を見逃してくれと申すのだろう、どうだ？」

「旦那……」

「うむ？」

「赤堀の人は、旦那が説《と》いておくんなさりゃあ、きっと、お上の御役にたつとおもいます」

つまり、芳之助を見逃し、自分同様の密偵にしたらどうかと、岩五郎はいっているのだ。

「お前は、よほどに赤堀の芳之助を買っているのだな」

「おっしゃるとおりなので……」

「よし」

佐嶋与力の決断は、いつものように早かった。

「岩五郎。お前のいうとおりにやってみよう」

「えっ……ほ、ほんとうでございますか？」

「おれが、お前に嘘をついたことがあるか」

「相すみません。相すみません」

深く頭をたれた岩五郎が、

「まことに勝手ながら……もう一つ、お願いがございます」

「遠慮なく申してみるがよい」

「明後日までは、このことを、佐嶋様の胸ひとつに仕舞っておいて下さいまし」

盗賊改方の長官・長谷川平蔵にも黙っていてくれというのである。

「わかった」

即座に、佐嶋はこたえた。

岩五郎のように、自在にははたらかせなくては、事が運ばない。

「気骨《ほね》のある……」

密偵は、それなりの肚があるのだから、自在にははたらかせなくては、事が運ばない。

岩五郎とて、仲間を売る苦悩に堪え、はたらこうとしているのだ。

このあたりの微妙な呼吸をのみこめなくては、有能な密偵を使う資格がないといってよい。

すべては、佐嶋与力と岩五郎の肚の内で事を運んで行く。

後に長谷川平蔵に心服してからの佐嶋忠介は、何事もすぐさま微細に平蔵へ報告をするようになるが、このときは、すでにのべたごとく堀帯刀の組下から平蔵の許へ移されたばかりなので、

(今度の長谷川様の肚の内が、まだ、よくわからぬ)

それゆえ、岩五郎と赤堀の芳之助が再会したいきさつを、まだ長谷川平蔵の耳へ入れていなかった。

「では、たのむぞ」

「ようございます。このつぎは、どこへまいりましょう?」

「明後日《みょうごにち》の、つぎの日だな」

「へい」

「そうだな……八ツごろに、上野山内の清水観音の辺りではどうだ？」

「ようございます」

「今日のところは、これまでだな」

「これから、どちらへ、お廻りに？」

「久しぶりで、本所のあたりを、ゆっくりと廻ってみよう。お前は渡しで帰るか？」

「そういたします」

「では……」

「お気をつけなすって」

うなずいて、一足先に歩みかけた佐嶋与力が、

「昨日、卯三郎に会ったぞ。ひところにくらべると、見ちがえるほど元気になったではないか」

「では、わざわざ親父を……」

「なに、ついでのことよ」

「ありがとう存じます」

岩五郎が、下げた頭をあげたとき、浪人姿の佐嶋忠介は本堂前の石段を下りかけている。

その後姿を見送りつつ、岩五郎は、

「いつまで、こうやって、生きて行けばいいのだろう……」

微かにつぶやいて、暗い眼の色になったのである。

回生堂主人

一

その日。

昼すぎから、お松は長次郎の小間物屋のほうへ来て、店番をしていた。

お兼婆さんのすすめで、お松は鉄漿を落し、眉を剃らぬようにしている。

長次郎は、

「家にばかり引っ込んでいると、躰のぐあいがおかしくなってくる。今日はいちにち、彼方此方《あちこち》を歩いて来るから、店番をたのむ」

と、お兼の家へ来て、お松にたのんだのだ。

一昨日から、お兼は風邪気味で家に引きこもっていた。

はじめて店番をしているお松を見た客が、

「おや、アゴ長さんも隅におけないね」

などという。

お松は、

「いえ、私は、となりの家のものでございますよ」

「あ、お兼婆さんの……」

「孫娘でございます」

「へえ……」

化粧もせず、お兼にたのんで縫いあげてもらった着物は、まことに質素なもので、だれの目にも、これが二十五の女とは見えぬ。三十をこえた女に見えた。

また、それだけの落ちつきが、お松の物腰にも言葉づかいにも滲《にじ》み出ているのである。

さて、そのときのことだが……。

店の前を通りがかった四十がらみの男が、いきなり、ふらふらと店の内へ入って来て、

「ああ……」

わずかに呻き声を発し、両手に顔を押え、土間へ倒れた。

店へ入って来たというよりも、倒れ込んで来たといったほうがよいだろう。

「もし……」

立ちあがったお松が、

「どうなさいました？」

「う、うう……」

「もし、どうかしたので……？」

土間へ下りて抱き起すと、男の顔が土気色になっているではないか。

「もし、もし……」

男は両手を土間に突いて、立ちあがろうとしながら、

「だ、大丈夫でございます」

「でも……」

「急に立ち暗《くら》みを……」

いいさして、男が吐いた。

男は、身なりも立派な町人で、しかるべき商家のあるじにも見える。

立ち暗みと聞いて、お松はおもい出した。

「あほうがらす」の長次郎も、一年のうちに何度か目眩《めまい》におそわれるとかで、

「これさえあれば大丈夫だよ」

いつも、気つけの丸薬を携帯している。

その丸薬は余分に常備してあり、居間の小引出しの中に入っているのを思い出して、お松は居間へ駆け込み、丸薬を取り出し、茶わんに水を汲んで引き返した。

男は何とか立ちあがろうとしていたが、足が縺《もつ》れて、また倒れかかった。

それを抱きとめ、男を上り框に腰かけさせ、背中を押え、丸薬を十粒ほど、水で

のませておいて、お松は男の背中をさすってやりながら、

「ちょっと、おあがりなさいまし」

「いえ、もう……」

「ちょっとやすんでおいでなさいまし。さ、こちらへ……」

這うようにして、男は、お松がみちびくまま、長次郎の居間へ入り、仰向けに寝た。

お松は、水でしぼった手ぬぐいを男の額に乗せておいて、

「ようございますか、凝としておいでなさいまし」

いい置いてから、店の土間へもどり、男が吐き出したものを清めにかかった。終って、居間をのぞくと、男はしずかに横たわっている。

やがて、長次郎が帰って来た。

「おじさん、おかえりなさい」

「何だい、奥にいるのは？」

「いえ、それが……」

お松が語り終えたとき、男が居間から這い出して来て、

「まことに、どうも、申しわけございません。何しろ、こんなことは、はじめてで……」

「まあ、もっと寝ておいでなさい。立ち暗みはよくあることです。旦那。あの丸薬

が効きましたかえ」

「おかげさまで……あれは、何というお薬でございますか？」

「いえ、知り合いの、お医者さまにいただいているので、薬の名前は存じません」

「さようで……」

男は、きちんと坐り、お松に脱がせてもらった羽織を引き寄せ、

「薬を商う私が、こんなところをお目にかけて、まことに、恥じ入りますでございます」

「へえ、薬屋の旦那でございますかえ」

「はい、早稲田の馬場下町の、回生堂《かいせいどう》と申す薬鋪《やくほ》のあるじ、松浦屋庄三郎と申します」

言葉も声も、しっかりとしてきた男は、そう名乗った。

細身、細面の、品のよい顔だちに血の色もよみがえってきたようで、

「われながら、一時は、どうなることかと存じましたが……」

いいさして、お松を見やった松浦屋庄三郎が、

「このお方のおかげで、助かりましてございます」

松浦屋は、根津の西光寺という寺へ用事があっての帰り途に、目眩を起したらしい。

「もう、大丈夫でございます。あらためまして御礼にまいります」

「そんなことは、どうでもようござんす。これから、おひとりで早稲田までお帰りになるのでは、どうも案じられますねえ、旦那」

「いえ、もう、大丈夫で……」

「それなら、切通しまで、お送りいたしましょう。そこに私の知り合いの駕籠屋がございますから、よく、たのんでさしあげましょう。そこの駕籠なら安心でございますよ」

「さようでございますか、何から何まで……はい。それでは、お言葉にあまえまして」

「お松。それでは、ちょいと行って来る」

「はい」

すると松浦屋庄三郎が、お松へ、

「御新造さま。まことに、ありがとう存じました」

手をついたものだから、長次郎が笑って、

「旦那。このひとは、となりのひとなんでございます」

「あ……」

目をみはった松浦屋が、顔を赤らめ、

「これは、とんだことを……」

「いえなに、私も若く見られて、うれしゅうございます」

「どうも、これは、まことに失礼を……」

謝りながら松浦屋が、お松の顔を凝と見つめた。

「さ、まいりましょうか」

「はい、はい」

親切な長次郎は、松浦屋を抱きかかえるようにして、外へ出た。

そのとき松浦屋庄三郎が振り向いて、またも、お松へ深く頭を下げた。

湯島切通しの駕籠屋〔駕籠伝〕は、以前から長次郎がなじみで、六年前に、お松が渋谷・道玄坂の茶店から長次郎の家へ移ってきたときも、ここの駕籠をつかっている。

やがて、長次郎が帰って来て、

「薬屋の旦那、親切に介抱してもらったと、大変によろこんでいた」

「私も、びっくりしました」

「あの旦那はね、やはり、躰が丈夫ではないようだね」

「そうでしょうか」

「どうも、私の目眩とは性質《たち》がちがうようだ」

「でも、おじさん。あの丸薬は、よく効きますねえ」

「万病にいいとさ」

居間へ入って、煙管を手にした長次郎が、

「もうすぐに、正月だねえ」

「はい」

「お兼婆さんの、ぐあいはどうだえ?」

「明日は起きると、そういっていましたけれど……」

「私も、あと何年、生きられるかねえ」

いつになく、長次郎がしみじみと、

「いずれにしても、そう長くはないだろうよ」

「おじさん。今日は、どうかしていますねえ」

「お松。お前よかったら、私が死んだあと、この小さな店をやってみる気はないかえ?」

「そんなこと……もう、およしなさいまし」

「ああ……」

ためいきを吐いた長次郎が、

「私は、いつから、こんなにだらしのない男になってしまったのだろう」

苦笑と共に、つぶやいた。

二

早稲田・馬場下町の薬舗〔回生堂〕松浦屋庄三郎が、長次郎の家へ礼をのべにあらわれたのは、二日後の昼前のことだ。

このとき、お松は、例によって仙助老人の薬を取りに、元黒門町の町医者・中村彭庵のもとへ出かけていた。

はなしは前後するが、この日、ちょうど中村彭庵がいて、

「まあ、お茶でものんでお行き」

居間へ、まねいてくれた。

長次郎が持薬にしている丸薬も、彭庵がくれるものであったから、お松は、ふと、おもい出して、

「先生の、あの丸薬は、ほんとうによく効きますでございます」

「また、アゴが引っくり返ったのか？」

「いえ、それが通りがかりの……」

と、目眩を起した松浦屋へ丸薬をのませたことを語るや、

「ふうむ、回生堂のあるじがのう」

「御存知なのでございますか？」

「耳には入っている。回生丸という肝ノ臓の薬の本舗じゃ。すると何か、立ち暗みを起したのは、そのときがはじめてと申していたのじゃな？」

「はい」

「そうだろう。薬舗のあるじに持病があれば、かならず持薬があるはず」

そこは医者のことで、中村彭庵は松浦屋の年恰好、体型、容貌などを、お松に尋ねた上で、

「松浦屋の声は、大きかったか、それとも低い声だったか？」

「おだやかな、低い声でございました」

「ふうむ……」

彭庵は、大きな両眼を閉じて、

「いまのうちに、躰の手入れをしておいたほうがよいのだが……」

つぶやくようにいったが、お松の耳へは、はっきりときこえなかった。

いずれにしても、お松は、松浦屋庄三郎に格別の関心があったわけではない。

そこへ、彭庵の妻女・睦《むつ》があらわれ、

「まあ、お松さん。ちょうどよいところへ」

お松を自分の部屋へさそって、

「これを少し、アゴさんへ、お裾分けを……」

到来物の生菓子を包んでくれた。

彭庵夫妻と長次郎は、よほどに親密の間柄と見える。

あるとき、お松が長次郎へ、

「彭庵先生は、おじさんのお客だったことがあるのですか？」

尋ねてみたら、長次郎が、

「いや、あの先生はね、女は御新造ひとりで充分というお人なのだ」

と、苦笑を洩らしたが、

「世の中はさまざまだ。こんな、塵《ちり》か芥《あくた》のような私を、好いて下さる人もいるのだからなあ」

しみじみと、そういったものである。

ところが、これは後になって、彭庵の口からお松の耳へ入ったことだが、数年前に中村彭庵は博打の味をおぼえ、入谷の松平出雲守・下屋敷の中間屋敷の博打場へ入りびたり、悪い奴につきまとわれて閉口しているところを、居合わせた長次郎に助けられたことがあったのだそうな。

「このことは、わしの女房もよく知っているのじゃ」

と、彭庵は、お松に、

「あれで、アゴ長は、なかなか見どころがある男だ。小間物屋にしておくのは惜しい」

してみると、やはり彭庵は、長次郎の〔あほうがらす〕の本体を知らぬらしい。

ま、こうしたわけで、お松は彭庵の妻女に茶菓をいただいて、世間ばなしをしていたものだから、帰りが遅くなってしまったのだ。

「さようでございますか、それは残念な……」

と、松浦屋庄三郎が長次郎へ、

「それでは、年が明けましたら、また参上いたしまして、お松さんへ御礼を申しあげることにいたします」

「いえ、そんな、お気づかいをなさるにはおよびませんよ。こうして、わざわざ、お見えになり、このように頂戴物をして、こちらは恐れ入っているのでございますから……」

「とんでもないことでございます」

松浦屋庄三郎は、丹後縮緬《たんごちりめん》一疋《ぴき》をお松へ、長次郎に飯田町の菓子鋪〔湊屋〕の羽二重餅《ぶたえもち》を桐箱に入れて、

「こころばかりの、御礼のしるしでございます」

と、差し出したのであった。

「私は、若いころから、少々むりを重ねてきているものでございますから、急に、あのようなことが起ったのでございましょう」

「松浦屋さん。念のために一度、お医者さまに診ていただいたら、いかがでしょう。お知り合いの医家も多いのではございませんか」

「はい。それはもう……年が明けましたら早速に一度、診ていただきましょう」

「ぜひとも、そうなさいまし」

「ですが、私も、これで芯《しん》は丈夫で、これまでに一度も寝込んだことはございませんので……」

今日の松浦屋庄三郎は血色もよい。

「ただ、五年ほど前に、女房と子を流行病《はやりやまい》で死なせてしまいまして……それから、どうも……」

いいさして目を伏せた松浦屋へ、供をして来た手代が、

「旦那。そろそろ……」

と、ささやいた。

これからまた、何処かへ用事で廻るらしい。

「あ、そうか……」

夢からさめたように、松浦屋庄三郎が、

「それでは、どうか、お松さんへよろしくおつたえ下さいまし。年が明けましたなら、かならず……かならず、お目にかかって御礼を申しあげますゆえ」

「いえ、もう、そのようにお気づかいをなすっては……」

「いえ、そうさせて下さいまし」

松浦屋の声には、妙に、ちからがこもっていた。

松浦屋庄三郎を、近くの教証寺という寺の門前で見送り、長次郎が家へもどると、店番をしていたお兼婆さんが居間へ入って来た。

仙助老人は、このごろ大分に躰がよくなって仕事場に出ているし、お兼も風邪が癒《なお》り、この日から店番に出て来たのだ。

むろんのことに、松浦屋がお松の介抱を受けた一件を、お兼は長次郎とお松から聞いている。

「ねえ、旦那……」

と、お兼は長次郎へ顔をよせ、

「あれはどうも、一目惚れじゃあござんせんかね」

「な、何が……？」

「何がって、旦那……」

あきれたように、お兼が、

「旦那の目も霞んできたのかねえ。私は店のほうに坐っていましたが、はっきりとわかりましたよ」

「だから何が、どうしたというのだよ？」

「あの、松浦屋の旦那はねえ、お松さんに一目惚れをしたにちがいないといっているのですよ」

「えっ。そ、そんな……」

「そんなもこんなもない。あの声、あの顔つき。どうもこりゃあ、私の目に狂いはないとおもいますがねえ」

「へえ……」

「お松さんはね、これといって美《い》い器量をしているわけじゃあないけれど、どことなく品がある。中村彭庵先生が、いつだったか、うちの爺を診に来ておくんなすったとき、こういってましたよ。お松さんには、きっと武家の血が入っている、とね」

「ほ、ほんとうかい」

「お松さんは自分の身の上をくわしくはなしたことがないけれども、両親ともに、いまは死んでしまったと……これは旦那と私の前で、ひょいと洩らしたことがありますねえ」

「うむ、うむ」

「まあ、いろいろと苦労をしたにちがいない。そこのところが、若い男にはわからないけれど、いろいろと世の中の苦労をしてきなすった倉ヶ野の旦那や松浦屋さんをひきつけるのじゃあないか……どうも、そんな気がしますけどねえ」

「ふうむ……」

さすがの長次郎も二の句がつげずに黙り込んでいたが、ややあって、

「そういわれてみれば、そのようにも思えるねえ」

「ね、おもい当りましょう、どうです」

「そうだねえ」

「これから、どうします?」

「どうしますって……お松は、なんとも思ってはいないよ」

三

赤堀の芳之助と約束した日時に〔豆岩〕の岩五郎が、浅草・山之宿の船宿〔小串屋〕へ出向いて名乗ると、女中が心得ていて二階の奥座敷へ通し、

「しばらく、お待ち下さいまし」

すぐに、酒肴を運んで来た。

芳之助があらわれるまでに、かなりの時間があったけれども、岩五郎は落ちついて酒をのみ、急《せ》いた様子を見せなかった。

「長く待たせて、すまなかった。急な用事ができたものだから……」

と、芳之助は、座敷へ入って来て坐るや否やに、

「岩さん。いまさら、くどいことをいわずとも、わかっているのだろうね？」

「盗《つと》めを、手つだえというのですね」

「そうだ」

「お前さんの盗めではねえようだ」

「倉ヶ野のお頭の引退《ひき》盗めなのだよ、岩さん」

「ほう……」

「実は四年ほど前に、大坂で引き盗めをしたのだが、それでは間に合わなくなってしまったのだ」

盗賊の首領が引退するとき、盗み取った金を手下の者たちへ分配して解散をするわけだが、手下の数が多く、盗み金がおもったほどでなかったときは、分配の金が足りなくなってしまう。

最後の盗み金ゆえ、手下の者たちが、

「当分は困らぬように……」

するのが、本格といわれる盗賊の頭なのである。

〔倉ヶ野の旦那〕は、まさに本格の盗賊らしい。

「そこで、もう一度、引き盗めをやらなくてはならなくなったのだよ、岩さん」

「それなら何も、江戸でしなくともいいのでは……」

「たしかに、うちのお頭は、これまでほとんど、上方から中国筋の盗めが多く、それも三年に一度の大仕事ばかりゆえ、手ごころも知れているのだが、どうも、近ごろ、これまでの縄張りが危なくなってきてね」

「どうして？」

「というのは、それ、この前の引き盗めの金をわたした者たちは、みんな散ってしまっているから、いつ、どこで、倉ヶ野のお頭の名前や盗人宿《ぬすっとやど》の在処《ありか》が洩れるやも知れぬ」

「お上へかね。芳之助さん。まさか、そんな……」

「いいえ、お上へ洩れないにしても、散って行った連中が他のお頭の下ではたらくようになったとき、洩れてしまうよ」

「それは、仕方もねえことですよ」

「だがね、うちのお頭はそれを嫌いなさる。まことに用心深い。お上の密偵《いぬ》が何処で嗅《か》ぎつけるか、知れたものではないからね」

芳之助がそういったときも、岩五郎は眉毛一筋うごかさなかった。

岩五郎の肚は、すでに、しっかりと決まっている。

「なるほど、大したお頭だ」

「それでなくては、畳の上で往生ができぬというものだ」

「まったくねえ」

「うちのお頭は、少しも傲《おご》らない人だよ、岩さん。引きなすっても、お頭の手に残る金《もの》は、いくらもないだろう」

「それで、引きなすったら、倉ヶ野へ帰るのですかえ？」

「いや、お頭の在所は倉ヶ野ではない」

「では、何処なので？」

「倉ヶ野には近いがね……」

いいさして、赤堀の芳之助は口ごもった。

岩五郎は微かに笑い、

「お前さんも、ずいぶん用心深くなったものだ」

「岩さん。かんべんしておくれ。お頭に口止めをされているものだから……」

「ようござんす。わかっていますよ」

「そこでだ、岩さん……」

「え……？」

「今度の江戸の盗めは、三年前に、お頭が手をつけなすったもので、引き込みも入っているし、盗人宿の手配りもすんでいる」

「この船宿も、そうですかえ？」

「まあ、聞いておくれ。ああ見えても、うちのお頭は江戸にくわしい。けれども、江戸でのお盗めは十五年ぶりだそうな。そこでねえ、お前さんに入ってもらって、いろいろと念を入れたいのだよ」

「念を、ね」

「さよう、どうだね、助けてくれるだろうね？」

「お前さんと私の間柄だ。承知しましたよ」

「ありがたい。うちのお頭も、私を信用なすって、お前さんに助けてもらうことを承知してくれた。今度は私もふくめて十五人ほどでやってのけなくてはならない。手が足りないのだよ。そうかといって、いったん散った連中をよびもどすのは、お頭が承知をしない」

「それはまあ、もっともなことですね」

うなずいた岩五郎が、

「で、押し込む先は？」

尋ねると芳之助は、

「それは、お頭の口からいいなさる」

「お頭は、いま、何処に？」

「年が明けたら、江戸へもどって来なさるよ」

岩五郎は、不満げに沈黙した。

芳之助は、その顔を冷然と見つめている。

いつの間にか、夕闇が濃くなってきて、

「もし、旦那……」

次の間へ入って来た女中が、そっと声をかけてよこした。

「灯《あか》りを入れてようございますか？」

「あ、そうしておくれ」

行燈に火を入れた女中が、

「いま、お酒を……」

そういって立ち去った後で、赤堀の芳之助は金二十五両を岩五郎の前へ置き、

「岩さん。当座の入費にしておくれ」

「ええ。では……」

金包みを押しいただくようにして、岩五郎が、
「たしかに……」
「たのんだよ、岩さん」
「早く、倉ヶ野のお頭に、お目にかかりたいものだ」

縁《えにし》

一

新しい年が明けた。

天明八年である。

お松は二十六歳。長次郎は四十七歳になった。

長次郎は、新年早々に風邪を引いたのが拗《こじ》れてしまい、

「ああ、もう、私も先行き長くはないよ」

心細いことをいい、寝込んだきりになってしまった。

仙助老人が元気になったとおもったら、今度は長次郎だ。

お松が長次郎の家へ移り、看病につとめることになったのはいうまでもない。

「ねえ、お松。私が死んだら、この店をね、お前にあげるから、此処でのんびり暮したらいい」

長次郎は、本気でいったが、お松は取り合わなかった。

いまにも死にそうなことばかりいい出す長次郎を、中村彭庵が診察をして、

「なあに、アゴ長の齢ごろになると、男の躰の変り目で、何処かがおかしくなってくるものだ。大丈夫、大丈夫」

たのもしく、うけ合ってくれたが、一時は食欲も失せ、お兼婆さんなども、

「こりゃあ、どうも危いねえ」

ひそかに、お松へささやいたほどであった。

薬舗〔回生堂〕主人の松浦屋庄三郎が年始にあらわれ、長次郎が病気になったことを知るや、

「どのようなことでもさせていただきます。何なりと、お申しつけ下さいまし」

すぐさま、自分の店から高価な薬を持参し、

「これを、かかりつけのお医者様へお見せになり、おゆるしが出ましたなら、のませてさしあげて下さいまし」

と、いう。

そこで、お松が中村彭庵に件《くだん》の薬を見せると、

「ああ、そうか。では早速に用いてみよう」

彭庵は、少しもこだわることなく、回生堂の薬をためしてみた。

この回生堂の薬は、たしかに効いたようだ。

正月も半ばすぎになると、長次郎はめきめきと回復しはじめた。

この間、松浦屋庄三郎は三日に一度、ときには一日置きに、見舞いにあらわれたのである。

見舞いに来ても松浦屋は、決して長居をしなかった。

種々の見舞いの品を置き、長次郎と、お兼婆さんと短時間を語り合い、間もなく帰って行く。

お松には、あまり、はなしかけようとはしなかったが、

「松浦屋さんは、旦那のお見舞いというよりも、お松さんを見たくて、やって来なさるのですよ」

と、お兼が長次郎にいった。

「ふうむ、私も、そんな気がしている。松浦屋さんは、しきりに、後添いがないゆえ商売にもさしつかえると、私に愚痴をいう。これが、どうもね……」

「そうでござんしょう」

「どうも、その、お松を後添いにもらいたいようだねえ」

「松浦屋さんは、御養子なのですってね」

「そうだってね。若いころは、ずいぶんと苦労をしたらしいが、いまは養家《ようか》のうるさいのが、みんな死んでしまって、ようやく、おもうように店を切りまわせるようになったとか……」

「そんなことを、旦那に？」

「うむ。これはね、お松が私の枕元にいるとき、一つ一つ、言葉にちからをこめていいなすったよ」

「なるほどねえ」

「お松の耳へ、とどかせたかったのだろうよ」

「ですが、お松さんは何とも思ってはいませんよ」

「そうだ」

「このままで行くと、松浦屋さんは旦那に、お松さんを後添いにもらいたいといい出しそうですねえ。どうします？」

「どうしますといったって、そうなると、どうもね。何しろ私は、お松の生い立ちもろくに知らないし……」

「旦那や私なら、そんなことは気にもかけませんし、また知ろうとも思いませんがね、もしも、松浦屋さんの後添いになるとしたら……」

「これ、お兼さん。早まってはいけないよ。これは、私たちふたりだけの推量というやつなのだからね」

「へえ、それはまあ、そうでござんすがね」

長次郎も、こんなはなしができるほどに回復してきたのだ。

お兼婆さんは、松浦屋庄三郎にそれとなく尋ねられたとき、お松のことを、

「上方へ嫁いだ私の娘が生んだ、孫でございますよ」

そうこたえている。

松浦屋は、それで、すべてが納得できたような面持ちだったそうな。

さて……。

正月二十五日の午後になって……。

お松は、元黒門町の中村彭庵宅へ長次郎の薬を取りに出た。

いつものように、女頭巾をかぶったお松が根生院の境内を抜け、切通しから湯島天神へ入って、お詣りをすませ、女坂を下るつもりで境内の東の鳥居をくぐったとき、

「もし、お松さんではございませんか」

後ろから、声をかけられた。

振り向くと、松浦屋庄三郎が立っているではないか。

「まあ、御参詣でございますか？」

お松がいうのへ、

「はい、さようで」

と、松浦屋は、いかにも偶然に出会ったようにこたえた。

しかし、後になってわかったことだが、松浦屋は、お松が家を出たとき、何処かで見張ってい、後を尾けて来たのである。

「ちょうど、よいところで……」

松浦屋は、口ごもるようにいって、

「お松さん。お急ぎでございますか？」

「彭庵先生のところへ、お薬を……」

「あ、さようで……」

うなずいた松浦屋庄三郎の細い顔に、血がのぼった。

「お松さん、ほんの少し、私の申しますことを聞いていただけませんでしょうか？」

「はあ……？」

「ほんの……ほんの少しでございます。お手間はとらせません」

「はい」

「では、こちらへ、ちょっと……」

松浦屋は坂の際《きわ》の茶屋へ、お松をいざなった。

日中のことだし、この日は暖く、参詣の人も少くない。

別に、松浦屋を警戒することもないので、お松は茶屋へ入って行った。

茶屋の奥の一間で、お松と向い合った松浦屋は酒肴の注文をせず、女中が茶菓を運んで来て、すぐに引き下って行った。

あらかじめ、このようにしてくれと、松浦屋が茶屋にたのんでおいたものであろう。

松浦屋は、おもいつめたような顔つきになり、

「突然に、このようなことを申しあげて、失礼とは存じましたが、私のような無様《ぶざま》な人間には、こうするよりほかに仕様がございません。どうか、おゆるしを願いとう存じます」

両手を突くかたちになったので、お松が目をみはり、

「まあ、何やら、よくわかりませんが、いったい、どのような？」

「はい。申します。お願い申しあげます。お松さん。私の後添いになってはいただけませんでしょうか？」

お松は、びっくりして、

「あの、な、何とおっしゃいました？」

「私の後添いになっていただきたいのでございます」

「まあ……」

後になって長次郎が、お松に、

「たびたび、私の見舞いに来てくれる松浦屋さんの魂胆が、お前にはわからなかったのかえ。そうなのだ。お前は、そういう女なのだねえ。そうしたところが、倉ヶ野の旦那や松浦屋さんのような男をひきつけるのだろうよ」

そういったが、その長次郎の言葉も、お松はよくわからなかった。

「お前のような女は、まるで、不作の生大根をかじっているようなものだ」

わが手で殺害した勘蔵の声が、いまも、お松の胸の底に重く澱んでいる。

お松は、自分の躰が、倉ヶ野の徳兵衛の気に入られたとはおもっていない。

(倉ヶ野の旦那は、自分の身のまわりの世話をする女がほしかっただけ……)

このことであった。

二

京都にいたころのお松は、北野天満宮に近い閑静な土地《ところ》の、小さな家に住み暮していた。

京都特有の、間口は狭くとも奥行が深く、手入れの行きとどいた坪庭もあり、古びてはいても清げな住居で、江戸育ちのお松にとっては何から何まで物めずらしかった。

この家は、寺町二条下ルところの仏具所・桐山宗助の別宅だと、お松は倉ヶ野の旦那から聞かされていた。

事実、桐山宗助夫婦が訪ねて来たし、寺町二条の店へ、お松は何度も出向いている。

「桐山さんは、私の古い知り合いで、京へ来たときの宿屋がわりに、この家を貸してくれているのだよ」

と、倉ヶ野の旦那・徳兵衛は、お松へいった。

徳兵衛は、半年も、お松と暮したかとおもうと、商用だといって、半年も、一年も京都へ来ないこともあった。

「ちょっと江戸へ行って来るが、どうだ、いっしょに行くかえ？」

そういわれたこともあったが、お松は断わった。

何といっても、殺人を犯している身なのだから、京都にいたほうが安全にきまっている。

「江戸で生まれ育ったというのに、なつかしくはないのか？」

徳兵衛は、不審げに問うたが、

「もう、江戸には、一人の身寄りもおりません。こちらにいたほうがようございます」

という、お松の言葉を、どこまで真実のものとして受け取っていたか、それはわからない。

むろんのことに徳兵衛は、お松の肌身を抱いたわけだが、愛撫の仕様もおだやかで、あの勘蔵のそれとはくらべものにならなかった。

お松の躰は、まだ、女のよろこびを知っていない。

激しくて強烈だが、自分勝手の欲望を、

「あっ……」

という間に充《み》たした後は、すぐさま、お松の躰を突き放すようにして眠り込んでしまう煙管師の勘蔵とはちがい、徳兵衛はお松の肌身を、いつまでも凝と抱いていてくれる。

それはそれで、お松もこころよかった。

酒乱の父親の暴力に耐えて、少女のころをすごしてきたお松だけに、徳兵衛に抱かれて眠るのは、まるで理想の父親のふところに抱かれているような気分であったし、そうしたお松のこころは徳兵衛にもつたわるらしく、

「お前は、よほど、不幸な生い立ちをしたらしい」

徳兵衛が、そういうのへ、

「はい」

お松は両親のことなどを、さしさわりのない程度に語りもした。

いうまでもなく、勘蔵殺しの一件だけは洩らしたことがない。

ともかくも、お松は一所懸命に徳兵衛の世話をした。

徳兵衛が京都にいないときは、仏具所の桐山夫婦が来て、諸方の見物をさせてくれ、大坂も奈良も、泊りがけで見物したし、琵琶の湖も観た。

暮しの費用は、桐山宗助が、

「倉ヶ野の旦那から、あずかっていますから……」

と、出してくれたし、

「お好きな物を何でも、おもとめになったらよろし」

すすめてくれても、お松は、ほとんど買物をしていない。

衣類なぞは、桐山夫婦や徳兵衛が見立てて買ってくれ、それだけで充分すぎるほどであった。

桐山のところから三十前後の女中が来てくれたが、二年もたつと、お松は一人で留守をするようになった。

江戸とちがって京都には、少しも物騒なところがなく、桐山夫婦が面倒を見てくれていれば、近くの家々とのつきあいもせずにいられる。

なだらかな山々に囲まれた美しい京の都の暮しに、お松は飽きなかった。

それもこれも、倉ヶ野の旦那と桐山夫婦のおかげだとおもうと、

(何とかして、半年でも一年でも、このままに暮し、江戸へはもどりたくない)

その一心であった。

いずれは、徳兵衛とも別れなくてはならぬことを、お松はわきまえていたけれども、京都での暮しが五年もつづこうとは、おもっていなかった。

徳兵衛が番頭の芳之助を通じて、別ればなしを持ち出したときも、お松はおどろかなかったし、五年という歳月は勘蔵殺しの痕迹《こんせき》を消してしまっているにちがいない。

むしろ、

(こんな、勘蔵に不作の生大根といわれたほどの私を、よくも、いままで、旦那は

囲っておいて下すったものだ）

お松は、そうおもった。

ただ、京都と桐山夫婦に別れることのみが哀《かな》しかった。

こうしたお松ゆえ、松浦屋庄三郎が後妻に来てもらいたいとたのんだときも、

（私ならば、女中がわりに身のまわりの世話をさせても大丈夫と、おもいなすったのだろう）

これならば、自信がある。

早く死んだ母親のかわりに、少女のころから、女の仕事は何でもやってのけてきたからだ。

しかし、お松は、

「このおはなしは、なかったことにして下さいまし」

松浦屋へ、はっきりと断わったのである。

三

求婚を、お松に断わられたが、松浦屋庄三郎はあきらめなかった。

二月へ入って、長次郎の病がすっかり癒《い》えてからも、

「おかげんは、いかがでございますか？」

薬や見舞いの品を持って、訪れて来るものだから、ついに、たまりかねた長次郎

が、

「松浦屋さん。こんなにしていただいては、この身の置きどころもございません。いまは、もう元気になって、このとおり店番をしているのですから、どうか、おかまい下さいませんように」

と、いい出た。

すると松浦屋は、

「申しわけございません」

ひれ伏すように頭を下げた。

「松浦屋さん。どうか、お手をあげて下さいまし」

「はい、はい」

顔をあげた松浦屋庄三郎が、

「私より、お松さんにお願い申したことが、お耳に入っておりましょうか？」

「さて……どのような？」

「私の後添いに、来ていただきたいと、お願い申しました」

「へえ……で、お松は何と申しました？」

「断わられてしまいまして……」

「ははあ……」

「いかがでございましょう。あなたさまから、いま一度、お願いをしていただけませんでしょうか？」

「松浦屋さんは、お松のどこが気に入りましたので？」

すると松浦屋は、言下《ひと》に、お松が商家の妻として、

「申し分のない女におもえますので、ぜひとも後添いにいただきたいのでございます。ほかに、このような縁談があっては手遅れになると心が急きましたので、お松さんへ、直接《じか》に申し入れたりもいたしました」

訥々《とつとつ》と語る、その声に誠意と執着がこもっていた。

長次郎は、

「まことに結構な、ありがたいおはなしだと存じますが……どうも、これは、お松しだいのことで、あれが、お断わりをいたしたからには、どうにもなりません」

「ごもっともでございます。そこを、あなたから何とか……」

「いえ、お松は私の身寄りではなく、となりの……」

「うけたまわっております。先ず、となりのお兼さんへはなしてみて下さいませぬか？」

「お松は、あれで、小さいころから、いろいろと辛いおもいをいたしまして、いまは落ちついておりますが、もう、これから先、他家へ入って苦労をするのは、御免というところなのではございませんかね」

「それは何でございます。商家の女房と申すものは気苦労がないとは申しません。

けれども長次郎さん。お松さんの齢ごろなら、それほどの苦労をしておかなくては、人として女として、先行き、よくないことではございませんか、いかがでございましょう?」

「ふうむ……」

松浦屋庄三郎の熱情に、長次郎は圧《お》され気味であった。

「前にも申しあげましたとおり、いまの私は、おもうままに養家を切りまわしております。お松さんを大切にいたしますゆえ、何とぞ、この私の心を、お松さんとお兼さんにおつたえ願いたいので……」

こういわれては、長次郎も、

「つたえるだけは、つたえましょう」

こたえるより、仕様もなかったのである。

日暮れどきになって、お松が夕餉《ゆうげ》の仕度にあらわれた。

長次郎が元気になったので、お松は、また、お兼の家へ泊ることが多くなっている。

「お松。ちょっと此処へおいで。はなしがある。お前、湯島の天神さまの境内で松浦屋さんの後添いのはなしを聞かされたそうだね、ほんとうかい」

「ええ。困ってしまいました。お断わりしましたよ」

「そうだってね。実は今日、松浦屋さんが来てね……」

と、長次郎はすべてを語り、

「これは強《きつ》い御執心だよ。どうする？」

「どうするといわれても、おじさん……」

「お前、松浦屋さんがきらいなのかえ？」

「きらいではありません。けれど、もう、知らないところへ行くのは……」

「やはり、そうか」

「はい」

「まあね、私や、お兼婆さんは世間の人さまとはちょいとちがう。他人の身元なんてものは、まったく気にしない。お前のことだって、以前のことはろくに知らないし、知ろうともおもわない。それなのに、こうして、お前と深い縁《えにし》でむすばれるようになって、いまは他人のような気がしないのだよ」

「おじさん……」

いいさして、長次郎を見つめたお松の両眼へ見る見る泪があふれてきた。

「私が、いま、こうして生きていられるのは、みんな、おじさんのおかげなのです。それなのに、尋ねられないのをよいことに……」

「まあ、お待ち。私は、そんなことをいっているのじゃない。これから先、此処で、のんびり暮したほうがいいのか、それとも松浦屋さんのところへ……」

お松は、こたえなかった。

台所で猫が鳴いた。

年が明けてから、このあたりへ迷い込んできて、餌《えさ》をねだりに来る白い雌猫で、お松は「お京」と名づけ、可愛がっている。お京は眠るとき、家の中へは入って来ない。これは野良猫の性《さが》といってよい。

「松浦屋さんの後添いということになれば、お前の、女としての出世にもなる。そのところを、おじさんは考えているのだし、お前も一応は考えてみるがいいよ」

この夜。

お松は長次郎へ、はじめて、自分の生い立ちをくわしく語った。

ただし、煙管師・勘蔵のことについては、

「男にだまされ、捨てられて……」

それだけしか洩らさなかった。

勘蔵を殺害したことは、むろんのことに語ってはいない。

この夜。

お松は、ふと、おもい出したように、

「私の母親は、私が九つのときに亡くなりましたが、その後、近所の人たちが私のことを捨子だといっているのを、二、三度、耳にしたことがありますよ、おじさん」

と、いったのである。

「ふうん……ま、そんなことは、どうでもいい」

しかし、いつであったか、中村彭庵がお兼婆さんに、

「お松さんには、どうも、武家の血が入っているようにおもわれる」

そう洩らした言葉を、長次郎はおもい浮かべた。

（もしやすると……？）

武家の血がながれているお松は事情あって捨子にされ、それを、死んだ母親が拾いあげ、育てたのであろうか。

（ないことだとは、いいきれない……）

渋谷の外れの駒場野で、暴漢に襲われかかったときのお松は、まるで罠《わな》にかかった雌の獣《けもの》のようであったが、いま、目の前に坐っているお松は別の女としか、いいようがない。

倉ヶ野の旦那に囲われていた京都での五年間が、どのようなものだったのか、長次郎は知っていない。

けれども、その五年の歳月が、お松にとって平穏なものであったことはたしかだ。

（それでなきゃあ、こんな顔になるものじゃあない……）

のである。

浮腫《むく》んだように青ぐろく沈んでいた肌も、あざやかな血の色を浮かべているし、薄かった鼻すじにも肉がのって、物腰も落ちついて品がよくなり、泥にまみれて隠

されていたものが洗いあげられ、表へあらわれてきたかのようだ。

「まあ、いやなおじさん。何をそんなに、私の顔を見ていなさるのですよ」

「む……いや、別に……」

お京が台所で鳴きつづけている。

お松は餌を与えるために、立ちあがった。

四

去年の暮れに〔豆岩〕の岩五郎は、山之宿の船宿〔小串屋〕で、赤堀の芳之助と密会し、倉ヶ野の徳兵衛一味の盗めに参加することになった。

岩五郎は、その翌日に、上野山内の清水観音堂で佐嶋忠介と会い、報告をする手筈になっていたが、当日になって佐嶋与力が清水観音堂へ出向いてみると、岩五郎の姿は見えなかった。

佐嶋は二刻（四時間）ほど待ってみたが、ついに岩五郎はあらわれなかった。

そこで、夜に入ってから浅草・御厩河岸の居酒屋〔豆岩〕の前を通ってみると、岩五郎は何事もなかったかのように店を開けていた。

（む、そうか……）

こうしたときは、うっかりと〔豆岩〕の店の中へ入らぬほうがよい。

この日、岩五郎が清水観音へあらわれなかったのは、赤堀の芳之助が念のために、見張りをつけていたからであろう。

後になってわかったことだが、やはり、そのとおりだったらしい。

大晦日の午後になり、佐嶋はまたも〔豆岩〕の前を通ったが、合図の菅笠の看板が軒に吊されていなかった。

それでいて岩五郎は、屋台店のほうへ坐り込み、店番をしている。

浪人姿の佐嶋が、その前を通り、渡し舟に乗って大川をわたって行っても、知らぬ顔をしていた。

（これは、当分、近寄らぬほうがよい）

佐嶋忠介は、どこまでも岩五郎へかけた信頼をくずさなかった。

むろんのことに、盗賊改方の長官《おかしら》・長谷川平蔵の耳へは何も入れていない。

そうして年が明けてから、二度ほど、佐嶋は〔豆岩〕の前を通ったが、依然として、岩五郎は会おうとはせぬ。

合図の菅笠が軒下に吊されていたのを佐嶋与力が見たのは、二月一日であった。

佐嶋が渡し舟へ乗ると、すぐに岩五郎が乗り込んで来た。

いつものように、二人は多田薬師堂の境内で落ち合った。

「岩五郎。見張られていたようだな」

「そのとおりでございますよ。さすがに倉ヶ野の徳兵衛お頭です。念には念を入れなさる」

「なるほどのう」

「四日前に、はじめて、徳兵衛お頭に引き合わされました」

「そうか」

さすがに、菅笠の中で佐嶋の眼の色が変った。

「それから後は、どうやら見張りが解けたようでございます」

江戸へもどって来た倉ヶ野の徳兵衛は、赤堀の芳之助からの報告を受け、そして自分の眼で岩五郎をたしかめ、

（この男なら、大丈夫）

見きわめをつけ、警戒を解いたのであろう。

「先ず、よかった」

「はい」

「これは岩五郎。何といっても、お前の手柄だ」

倉ヶ野の徳兵衛ほどの盗賊の目を晦《くら》ますことを得たのは、一にも二にも岩五郎の、肚がすわっているからであった。

「よくぞ、してのけてくれた」

編笠の内から洩れた、佐嶋の声に感動がこもっている。

この日の夕暮れに、清水門外にある火付盗賊改方の役宅へもどった与力・佐嶋忠

介は、長谷川平蔵に、自分と密偵・岩五郎との関係をはじめて打ちあけ、

「実は……」

と、盗賊・倉ヶ野の徳兵衛一味の探索がようやく緒《しょ》についたことを語った。

佐嶋は、これまで、この一件を自分一人の肚におさめ、勝手に取り仕切ってきたことを詫びたが、

(さぞかし、御頭は不快におもわれたであろう)

叱りつけられることを、覚悟していた。

まして佐嶋は、前《さき》の火盗改方・堀帯刀の組下与力で、いまは長谷川平蔵に借り受けられているかたちなのだ。

(わしを、侮《あなど》っている!!)

平蔵が怒っても、これは当然のことなのである。

ところが、長谷川平蔵は、

(わが意を得た……)

と、いわんばかりに大きくうなずき、

「ようも、うまく事を運んでくれたな」

にっこりと、笑いかけてきたではないか。

この瞬間に、佐嶋与力は、

(ああ、この御方の下でなら、どのようにしてもはたらきぬこう)

決意をしたのだ。

「これより、この一件は佐嶋のおもうままにいたせ」

「恐れいりまする」

「事を急《せ》いてはなるまい。どこまでも倉ヶ野一味に、こちらのうごきをさとられてはならぬ」

「私も、さようにおもいまする。ここは、岩五郎にすべてをまかせまして……」

「うむ。それがよい、それがよい」

「それはさておきまして、長谷川様に、岩五郎を見てやっていただきたいと存じます」

「かまわぬか？」

「ぜひとも……」

「場所は何処にしよう？」

「おこころのままに」

「そうじゃな……」

平蔵は、しばらく思案をしていたようだが、

「浅草の並木町に、十一屋という蕎麦屋がある」

「存じております」

「ほう……」

「見廻りの折に、何度か……」

「どうじゃ？」

「まことに結構な蕎麦を出します」

佐嶋は、十一屋の女主人が、御用聞・三次郎の女房だということまでは知っていない。

この日から三日後の午後に、佐嶋忠介から連絡《つなぎ》を受けた岩五郎が、十一屋へ向った。

御厩河岸から十一屋までは、目と鼻の先だし、岩五郎は御用聞の三次郎と十一屋の関係もよくわきまえていたが、こうなれば何事も佐嶋を信じるよりほかはない。

岩五郎が十一屋へ向う後方から、浪人姿の佐嶋忠介がゆっくりと歩む。

念のため、岩五郎が尾行されてはいないかどうかを、たしかめているのだ。

岩五郎は十一屋の前まで来て、後ろを振り返って見た。

すると、後方で佐嶋忠介が編笠をぬぎ、晴れわたった冬空を仰いで見せた。

これは、尾行者がないという合図である。

岩五郎は安心をして、十一屋へ入って行き、しばらく間を置いてから、佐嶋与力も十一屋へ入った。

五

この日。

佐嶋与力と同様に、浪人姿となった長谷川平蔵は、岩五郎と佐嶋忠介があらわれる半刻前に十一屋へ来て、二階の座敷へあがった。

二階には座敷が二つあるが、平蔵はあらかじめ、女あるじのおしんへ、

「だれも上へは、あげぬように」

と、念を入れておいた。

岩五郎は、後方にいた佐嶋から合図をうけたので、すぐさま十一屋へ入って行くと、おしんが待ちかまえていて、すっと近寄り、

「二階で、お待ちでございますよ」

ささやいて、先へ立った。

おしんは、御厩の渡しで大川をわたるとき、屋台店の店番をしている岩五郎を何度も見ていた。

おしんの後から二階の小廊下へあがり、岩五郎は両手をついた。

「おお、岩五郎か」

よびかけた長谷川平蔵の声を、後になって岩五郎が佐嶋与力へ、

「なんともいえねえ、お声でございましたよ」

と、洩らしたそうな。

はじめて見る密偵の岩五郎へ、天下の旗本がよびかける声ではない。信頼と親しみと、それのみではない重みが綯《な》い交じった平蔵の声に、岩五郎はひれ伏してしまったのである。

「さ、入るがよい」

「は、はい」

「先ず……」

と、平蔵が岩五郎へ盃をわたし、酌をしてやった。

白い盃を持つ岩五郎の手が、わなわなとふるえる。

ようやく、酒をのみほすと、

「こちらへ、よこしてくれ」

平蔵が盃を受け、

「酌をたのむ」

「こ、これはどうも、申しわけもございません」

岩五郎の酌で、酒をのみほした平蔵が、

「かための盃じゃ。よろしくたのむぞ」

「は、はい……」

「さだめし、苦労のことであろう」

こういって、凝と岩五郎の眼に見入った平蔵が、

「察するぞ」

と、いった。

以前は同じ仲間だった盗賊を探らねばならない密偵の苦衷を察するといったのである。

岩五郎は、声が出なくなってしまった。

そこへ、佐嶋忠介が入って来た。

おしんは、酒肴を運ぶと、すぐに階下へ降りて行く。

「その、倉ヶ野の徳兵衛一味の押し込み先は、芝口二丁目の菓子舗・海老屋清兵衛方と申したな」

「はい。佐嶋様へ申しあげたとおりでございます」

「岩五郎。お前の役目は？」

「金蔵の錠前が二重になっておりますそうで。外側のほうは、海老屋さんへ入っている引き込みが蠟型《ろうがた》をとりましたので、これは大丈夫なのでございますが、奥のほうはどうにもなりませんので、私にたのむというのでございます」

「主人に刃物を突きつけ、錠前を開けさせればよいのではないか」

「いえ、それが、倉ヶ野のお頭の盗めは、ちがうのでございます。できることなら、押し込み先の人たちが眠っている間に、盗めを終えてしまいたいので……」

「ふうむ……いまどき、めずらしい男よ。三カ条の掟をまもっての盗みばたらき。まだ、その上に細かい芸を見せようというのか……」

「さようでございます」

岩五郎は、錠前破りの名人であった。

佐嶋が岩五郎を捕えたときに没収した錠前破りの道具は、その後、佐嶋忠介が保管していた。

その道具を、長谷川平蔵は昨日のうちに佐嶋から見せられ、今日は平蔵自身が此処へ持参してきたのだ。

小さな桐の箱の中には、岩五郎手づくりの道具が入っている。細くて長い釘のようなものばかりだが、よくよく見ると、突端が微妙に曲がっていたり、ちょっと一口にはいいきれぬ細工がしてある。

この錠前外しの道具を、五日後に、倉ヶ野の徳兵衛が、

「見たいものだ」

そういったので、いったん岩五郎の手へもどすことになったのだ。

「で、岩五郎。押し込みの日は、まだ、わからぬのか?」

と、佐嶋忠介。

「はい。私の耳へは、まだ入れてもらえないのでございます」

「倉ヶ野の徳兵衛は、よほどに大事をとる男とみえる」

「押し込みの日は、まだ決まっていないのでございませんでしょうか。いずれにしろ、暖くなってからのことだとおもいます」

長谷川平蔵は、愛用の銀煙管で煙草を吸いながら、二人の会話に聞き入っている。

倉ヶ野一味が押し込もうとしている芝口二丁目の菓子舗・海老屋というのは、何でも元禄のころからつづいている老舗《しにせ》で、江戸城へも菓子を納めているし、諸大名の江戸藩邸へも出入りをゆるされていて、徒《ただ》の菓子舗ではない。店構えは、さして大きいものではなく、菓子の種類も多くはないが、庶民たちを相手にしている商売ではなく、現代風にいうならば、予約制の高級菓子舗だ。

佐嶋忠介が調べたところによると、大名家などへ大金を貸しつけているほどの金持ちらしい。

〔豆岩〕の岩五郎は、

「ここ、しばらくの間は……」

自分ひとりにまかせてほしいと、佐嶋忠介へ申し出ているそうな。

迂闊《うかつ》に、盗賊改方から人を出して見張らせたり、探りをすすめたりすると、

「元も子も、なくなってしまいます」

岩五郎は、そういった。

浅草・山之宿の船宿〔小串屋〕は、倉ヶ野一味の盗賊宿なのかも知れぬが、岩五郎が看たところによると、そうした匂いは感じられぬという。

倉ヶ野の徳兵衛は岩五郎を見て、大丈夫と見きわめたらしいが、まだまだ具体的な押し込み計画を打ちあけてはいないのだ。

（これならば……）

「お前のおもうままにしてみるがよい」

と、長谷川平蔵は岩五郎に、

「人の手が要るようになったときは、佐嶋を通じて、申し出るがよい」

「かたじけのうございます」

岩五郎は感動した。

（この殿様は、佐嶋の旦那と同じ呼吸《いき》だ。これなら、おれもはたらきやすい）

このことであった。

「これは、当座の入費じゃ。足らぬときは、いつにても申し出てくれ」

平蔵は金十両を、しきりに遠慮する岩五郎へ手わたした。

「金を惜しんでは、充分に探りを入れることができぬ……というほどの金高ではないが、ま、気持よく受けてくれ」

それから約半刻ほど、三人で打ち合わせをすませてから、岩五郎は十一屋を立ち去った。

その後で、佐嶋忠介が平蔵に、

「岩五郎を、何と、ごらんなされましたか？」

「さようさ」

煙草のけむりを吐いた平蔵が、煙管をとんと煙草盆へ落し、

「肌合いも呼吸も、われらと同じ男よ。まかせておけば間ちがいはあるまい」

「は。それをうかがって、ほっといたしました。これまで、お耳に入れませなんだことを、何とぞ、おゆるし……」

「もう、よい。それほどに用心深くなくては、この御役目はつとまらぬ」

「恐れ入りましてございます」

「どうじゃ、佐嶋」

「は？」

「これより、ずっと、わしの組下についてくれぬか。借りるのではなく、もらいうけたい」

六

同じ日の午後。

岩五郎が十一屋へあらわれたころに、お松は例によって、中村彭庵宅へ薬を受け取りに出かけた。

長次郎と仙助老人の病気は快癒したかに見えるのだが、慎重な中村彭庵は、三日

に一度の診察を欠かさぬ。

　長次郎も仙助も、ちかごろは回診を待つこともなく、彭庵宅へ診察を受けに行き、その日の午後に、お松が二人の薬を受け取りに行く。

　薬の調合も、そのたびにちがうらしい。

「アゴは、すっかり癒ったとおもっているが大間ちがいじゃ。酒や煙草をつつしみ、わしがよいというまでは、なるべくは凝としていなくてはならぬ」

　彭庵は、そういうのだが、長次郎は、

「なあに、もう大丈夫だ」

　酒ものむし、煙草も吸いはじめている。

「おじさん。また、悪くなっても知りませんよ」

　いくら、お松がたしなめても、平気なのだ。

　この日も、お松は根生院の境内をぬけ、湯島の切通しへ出た。

　出て、何気なく左手へ目をやったとき、お松ははっとなり、急ぎ足で切通しを突切り、向い側の町家の軒下へ入った。

　切通しの茶店の前で、饅頭を買っている女に、見おぼえがある。

　前に、お松が奉公をしていた田原町の加賀屋で、同じ女中だったおきねが、四つか五つかの男の子の手を引いていたのだ。

　おきねは、すっかり町女房の姿になっている。男の子は、おきねが生んだ子と看てよい。

いったんは、逃げるように町家の軒下へ身を隠したお松だが、そこで振り向き、茶店で饅頭を包んでもらっているおきねの後姿を見つめたまま、立ちつくしている。

そのうちに、何とおもったのか、お松は顔を包んでいた女頭巾をぬいだのである。

そして、切通しの坂をのぼり切り、また、振り向いた。

このとき、饅頭を買ったおきねが男の子の手を引き、お松のほうへ歩みはじめた。

お松も、ゆっくりと歩み出す。

頭巾に包まれていない顔を、正面から、おきねに向けつつ、お松は歩む。

二人の女は、根生院の惣門前で、接近した。

おきねは、お松の顔へ眼を向けたが、すぐに視線を転じ、子供へ笑いかけた。

お松とは、気づかなかったのだ。

おきねと、お松は擦れちがった。

少し、坂を下ってから、お松は振り向いたが、おきねは振り返ることもなく、本郷の方へ遠ざかって行くではないか。

(わからなかった。おきねさんは、私を見ても、わからなかった……)

加賀屋で奉公をしていたときは、毎日、顔を合わせ、一つ屋根の下で寝起きをしていたのに、おきねは正面からお松を見ても、わからなかった。よくよく見ればそれと気がつくだろうが、道で擦れちがっただけではわからぬ。

つまりは、それほどに、七年の歳月がお松を変えてしまったといってよい。おきねにしても、だれかの女房となって眉を剃り、鉄漿をつけ、姿かたちがすっかり変ってしまっていたが、お松は一目見ただけでわかったのである。

いま、お松のしたことは、一つの賭けであった。

七年前の、自分の顔をよく見知っている相手へ、正面から顔を見せても気づかれなかった。顔の傷痕も、ほとんど消えかけている。

湯島天神の境内へ入って行きながら、お松は、おもってもみなかった興奮をおぼえた。

(油断さえしなければ、この顔をさらして、江戸の町すじを歩いていても、むかしの私だとわかる人は、先ず、いない……)

この後、歳月が積み重なれば、尚更に、わからなくなる道理だ。

お松は、まるで生まれ変ったような気分になってきた。

勘蔵殺しの一件と自分とは、もう、むすびつくことはないのではあるまいか……。

(見られていなかった。あのとき、勘蔵の家から出て来る私を、見た人はいなかったにちがいない)

そのように、おもえてくる。

何分、あのときは無我夢中だったのだから、あたりに目をくばる余裕もなく、必死で逃げたのだ。

（もう、大丈夫……かも知れない）

お松は、裏門の鳥居をくぐり、拝殿に近づいて行った。

そのとき、神楽殿《かぐらでん》の右側の松の木蔭に立って、こちらを見つめている男に気がついた。

男は、松浦屋庄三郎であった。

薬を取りに行くお松を、此処で待ち受けていたのだ。

お松は、松浦屋へ頭を下げた。

松浦屋庄三郎の顔に血がのぼっだ。

（松浦屋さんは、まだ、私のことをあきらめて下さらないのか……）

迷惑だとはおもうが、このときのお松は興奮に胸が躍っていて、不快感は少しもなかった。

おきねに顔を見せた前後の、自分のうごきを松浦屋が何処かで見ていたとしても、何のことやらわからなかったろう。

お松は、神楽殿の左側をぬけ、松浦屋へは言葉をかけず、拝殿にぬかずいた。

拝んでから振り向くと、松浦屋庄三郎は木蔭に立ちつくしたまま、こちらを見つめている。

また、お松は頭を下げた。

松浦屋も頭を下げたが、声をかけかねているらしい。あのはなしを、また持ち出して、お松に断わられることをおそれているのであろうか。

石畳の参道を歩みつつ、突然、お松の躰の奥底から、じいいんと熱いものが衝《つ》きあがってきた。

これは、一種の、異常な快感のようなものであった。

（あ……）

その感覚に、お松は自分でおどろき、そそくさと鳥居をぬけ、急な男坂を東へ降りて行った。

松浦屋庄三郎は、追って来なかった。

七

二月の十二日になって、与力・佐嶋忠介を通じ、岩五郎から盗賊改方の長谷川平蔵へ連絡が入った。

倉ヶ野の徳兵衛一味の押し込み先である芝口二丁目の菓子鋪・海老屋へ、

「そろそろ、見張りをおつけ下さるがよいと存じます」

〔豆岩〕の岩五郎は、そういってきた。

天明八年の二月十二日は、現代の三月十九日に相当する。

いつの間にやら、冬が去ろうとしていた。

倉ヶ野一味の押し込みの月日がいつなのか、それはまだ、岩五郎の耳へは入っていない。

おそらく倉ヶ野の徳兵衛は、押し込み当日の間際まで、それを配下の盗賊たちへ洩らさぬにちがいない。

「かほどの男が、よくも、岩五郎を信用したものよ」

と、長谷川平蔵が、

「それもこれも、おのれが片腕とたのむ、赤堀の芳之助とやらを信ずればこそなのであろう」

「はい。盗賊にしておくには……」

惜しい男、と言いかけて、佐嶋忠介は口を噤《つぐ》んだ。

平蔵は、たちまちに、その佐嶋の腹中にあるものがわかったとみえ、にんまりとしてうなずいた。

二人は、目と目を見合わせ、微笑をかわした。

押し込みの日がわからなくとも、どうやら、それも間近くなった気配を岩五郎は感じとったらしい。

菓子鋪の海老屋を見張るということは、海老屋の奉公人になりすましている倉ヶ野の一味の〔引き込み〕の行動を見張るわけだ。

〔引き込み〕は、金蔵の錠前の蠟型をとるほどだから、よほどの腕利《き》きと看てよい。

そして、押し込みの当日は、この〔引き込み〕が内部から盗賊一味を手引きするのである。

押し込みの日が近くなれば、引き込みと一味の者との連絡も必ずあるにちがいない。

それを見張っていて、一味の者を尾行し、一味の盗人宿を突きとめる。これが探索の第一歩だ。

山之宿の船宿〔小串屋〕については、岩五郎が佐嶋与力へ、

「いまのところは、うっかり近寄らねえで下さいまし」

と、念を入れたそうな。

「なれど長谷川様。小串屋についての聞き込みなれば、私一人《いちにん》にてやれると存じますが……」

佐嶋は、そういったが、平蔵は、

「いや、岩五郎の申すままにいたせ。聞き込みも迂闊にはできぬ。それよりも、海老屋の見張り所を設《もう》けねばならぬ。これも、むずかしいが……」

「はい」

見張り所には、少くとも同心の二、三名を変装させ、詰めさせておかねばならない。

平蔵と佐嶋は、その人選について相談をし、同心筆頭《ひっとう》の酒井祐助《ゆうすけ》に、同心・竹内孫四郎、小柳安五郎の三名をえらんだ。

それから芝口周辺の絵図をひろげ、見張り所を、

「どの辺りにしたらよいか……」

その下調べにかかった。

海老屋へ入っている一味の〔引き込み〕は、二人の女だそうで、岩五郎は、まだ二人の名前を耳にしてはいないが、おそらく女中として住み込んでいるのであろう。

下調べを終えると、佐嶋忠介は、別の浪人姿となって編笠をかぶり、清水門外の役宅を出て行った。

見張り所を探しに、芝口へ向ったのだ。

芝口二丁目は、現代の国電・新橋駅の近くである。

このあたりは、初代将軍・徳川家康が江戸へ入り、東海道の駅路を定めたとき、江戸の起点（後に日本橋となる）となったところで、大小の商鋪、料理屋などが軒を連ねている。

その中に、眼鏡師・白石市郎兵衛の家がある。

眼鏡師の家は、菓子鋪・海老屋清兵衛方の筋向いにあった。

佐嶋忠介は、海老屋の周辺を歩いて、

（ここならばよい）

と、目をつけた。

家は小さいが、二階家で、その二階を見張り所にすれば、海老屋を見張るに絶好

といってよい。

家族が何人いるか知らぬが、主人のほかには弟子が二人ほどで、近辺の評判もよい。

そこで佐嶋は、眼鏡師の家へ入り、

「実は、拙者の老父の目が、いけなくなったので……」

と、主人の白石市郎兵衛へ、

「どのような眼鏡をしたらよいものか？」

相談をもちかけてみると、市郎兵衛は親切にこたえてくれ、ともかくも眼医者に診てもらい、老父ともども、

「お越し下さいますよう」

と、いう。

身なりもよくない浪人に変装した佐嶋忠介を、いささかも見縊《みくび》ることなく応対し、その篤実《とくじつ》な人柄がよくわかった。

そこで、佐嶋与力は役宅へもどり、眼鏡師の家について、長谷川平蔵へ報告をした。

見張り所を設けるのは、実にむずかしい。

先ず、火付盗賊改方の〔御用〕であることを打ちあけねばならぬ。

それでなくては、部屋を貸してくれるものではない。

また、見張り所にする家の人びとが、いずれも、口が堅くなくてはならぬ。

近辺の人びとに、

「いま、私のところは盗賊改メの見張り所になっているのですよ」

などと、口に出されてしまったら、たまったものではない。

そのうわさは、たちまちにひろまるから、目ざす見張りの家なり店なりへも聞こえてしまう。

となれば、当然盗賊一味の〔引き込み〕の耳へも入る。

「こいつはいけない」

とばかり、盗賊どもはすぐさま手を引き、逃げてしまうにちがいない。

ゆえに、見張り所を設けることは、盗賊改方にとって、

「伸《の》るか、反《そ》るかの……」

兼ね合いになる。

佐嶋忠介は、前《さき》の盗賊改方から引きつづいて長谷川平蔵の組下へ残った老功の与力だけに、眼力もたしかで、これまでに見張り所の選択で失敗したことは一度だけであった。

「よし」

長谷川平蔵は、佐嶋の報告を聞き終えるや、

「その眼鏡師のところに決めようではないか」

ためらうことなく、そういった。

八

翌二月十三日は、朝から、けむるような雨になった。

もはや、冬の雨ではない。

目ざめた長谷川平蔵が、妻の久栄に、

「もはや、火桶も要らぬほどだ」

「今朝は、ことさらに、暖うございますな」

「後で、佐嶋忠介をよんでもらいたい」

「はい」

平蔵が朝餉《あさげ》を終えたところへ、佐嶋が入って来た。

「これより、眼鏡師の家へ行ってまいります」

佐嶋は羽織・袴の正装であった。

眼鏡師・白石市郎兵衛のところへ、見張り所の交渉に出かけるのだ。

「承知してくれようかな？」

「大丈夫でございます」

「わしが顔を見せたほうがよければ、いつにても出向く。遠慮なく申してくれ」

「その折は、お願い申しあげます」

「今日は、駕籠で行け。よいな」

と、平蔵が、

「酒井と小柳は、姿を変えさせ、役宅を出るときは別にしたほうがよい」

「心得ました」

同心の小柳安五郎は、すでに役宅の髪結いの手で、髷《まげ》を町人のものにゆいあげ、待機していた。

浪人姿になった酒井祐助は、一足先に芝口へ向っている。

佐嶋忠介は昼すぎに役宅へもどり、眼鏡師の市郎兵衛が快諾してくれたことを告げた。

「あの主人なれば、安心でございます。まことに、たのもしげな男で……」

「それは何より」

「酒井と小柳は、そのまま詰めさせておきましたが、いまのところ、この二人のみの見張りでよろしゅうございましょうか？」

「いまのところは、な。わしも明日、様子を見に行くつもりだ」

「私、これより、豆岩の様子を見てまいります。岩五郎よりの連絡《つなぎ》があるやも知れませぬ」

「そうしてくれるか、たのむ」

佐嶋は浪人姿となり、役宅を出て行った。

それから間もなく、めずらしい客が長谷川平蔵を訪れて来た。

「中村の勝四郎さんが、見えましてございますよ」

久栄に告げられて、

「そうか。久しぶりだな。すぐに通しなさい」

「はい」

平蔵の父・長谷川宣雄《のぶお》の屋敷が本所にあったころ、すぐ近くに百五十石の幕臣・中村新右衛門の屋敷があった。

新右衛門と平蔵の父とは、仲のよい碁敵だったので、両家の子たちも行ったり来たりしていたのだ。

中村勝四郎は、新右衛門の四男にあたり、平蔵より一つ年下の四十二歳になる。

何しろ、兄が三人もいるのだから勝四郎は父の跡目を継ぐわけにはまいらぬ。

そうなると養子の口を探すか、父兄の許で部屋住みの厄介者になるよりほかに道はない。

それは勝四郎も年少のころから、よくわきまえていたらしく、十八歳の折に、平蔵の父のところへ来て、

「小父様に、お願いがございます」

大きな双眸《そうぼう》に、ひたむきな色をみなぎらせ、

「小父様は、表御番医《おもてごばんい》を相おつとめおられます井上立泉《りゅうせん》先生と、御交誼《ごこうぎ》がおあり

のよし、うけたまわっております」

「おお、親しくしておる。それが何ぞ？」

「はい。何とぞ、私を立泉先生に、お引き合わせ願いたく存じます」

井上立泉は、幕府から二百俵の扶持をいただき、芝の新銭座に屋敷をかまえている。

少年の中村勝四郎が、その井上立泉への紹介をたのんだというのは、

（なるほど……）

すぐに、長谷川宣雄には納得が行った。

「勝どのは、学問が好きゆえ、医薬の道をまなび、身を立てるつもりなのか？」

「はい」

「それは、よい思案じゃ」

「先行き、父や兄たちの厄介になっているわけにもまいりませぬ」

「年若なるに、ようも早々と、おのが歩む道を決めたものじゃ。それに引きかえ、わしのせがれは……」

いいさして、宣雄が沈黙したのは、我子の銕三郎（平蔵）は当時、屋敷を飛び出し、放埒と喧嘩の明け暮れを送っていたからだ。

したがって平蔵は、このときの中村勝四郎を見たわけではない。後年に父から聞いたのである。

「小父様。いかがなされました？」

「む……いや、何でもない。よし、勝どののたのみは引き受けたぞ」

「まことでございますか？」

「まことじゃ」

「かたじけのう存じます。うれしゅうございます」

言葉づかいまでが、我子とは全くちがう。

このごろの我子は、まったく屋敷へ寄りつかぬ。

長谷川宣雄はおもわず嘆息を洩らした。

そして……。

中村勝四郎は、平蔵の父の手引きによって、井上立泉の弟子となり、立泉の屋敷へ住み込み、修業にはげむことになった。

井上立泉は、

「見どころのある若者でござる」

と、平蔵の父にいって、勝四郎が医者として独立したとき〔彭庵〕の号をあたえたのである。

すなわち、中村彭庵といえば、あほうがらすの長次郎や仙助お兼の夫婦、さらにはお松にとっても、なじみの深い町医者だ。

「これは勝さん。よくまいられた」

居間へあらわれた中村彭庵を、長谷川平蔵はなつかしげに迎え、

「雨の中を、よく立ち寄ってくれた」

「この近くに用事がありまして……いつもいつも、お目にかかりたいと存念していながら、こたびの御役目のことを思うにつけ、お邪魔になってはいかぬと遠慮いたしておりました」

「なんの。御妻女に、お変りはないか？」

「相変らずの暖気《のんき》者にて……」

「いやいや、いまの世は暖気に生くるが何よりじゃ」

「子供でもおりますと、いま少し、気も引きしめるかとおもいますが、あいにくと……」

「こればかりは、さずかりものゆえ」

「はい」

「勝さんのような子が生まれればよいが、むかしのわしのような子ができたなら、親は苦しむばかりだ」

久栄が侍女と共に酒肴を運んで来た。

久栄も、むかしの実家が長谷川・中村両家と近かったので、中村彭庵については、よく知っている。なればこそ、むかしのままに「中村の勝四郎さん」と、よんだのだ。

総髪を肩のあたりまで垂らした中村彭庵は、

「お疲れの折に、煎《せん》じて、おのみ下さるとよいとおもいます」

自分で調合した保健薬を、平蔵にさし出し、

「さしあげようと存じ、いろいろに試みてみましたが、よく効くようにおもいます。よろしきようなれば、これより欠かさず、おとどけいたすつもりでおります」

「さようか。それは何より、ありがたいことだ」

彭庵は、久栄にたのみ、仏間へ入って、亡き平蔵の父の位牌を拝み、ふたたび居間へもどってから、はじめて盃を手にした。

平蔵夫妻と、はなしがはずむうち、中村彭庵が、

「煙草を、かまいませぬか？」

「さあ、御遠慮なく」

「では……」

と、彭庵が袂落《たもとおと》しの煙草入れを出した。

携帯用の銀煙管に煙草を詰める彭庵の手もとへ、何気なく眼をやった長谷川平蔵が、

「勝さん。その煙管を、何処で手に入れられた？」

「この煙管……」

「さよう」

平蔵の眼が、わずかに光っている。

九

「この煙管は、私の患者で、本郷二丁目の道具屋のあるじにもらいましたが、それが何ぞ……？」

と、中村彭庵が不審げに問うた。

その道具屋は、井口屋喜助といい、別に怪しい男ではない。

井口屋は、中村彭庵の煙草好きなのを知っていて、

「まあ先生。ひとつ、この煙管で、やってごらんなさいまし」

こういって、件《くだん》の銀煙管をさし出し、

「こんな煙管は、はじめてでございます。他人が口にしたものを、こうして持ってまいったのも、あまりに吸い心地がよいものですから……」

いいながら井口屋が煙草を詰め、

「どうぞ、ひとつ」

「さようか」

彭庵が、その煙管で煙草を吸い、

「ふうむ……」

低く唸った。

「ね……いかがなもので？」

「なるほど」

「お気に召しましたか？」

「気に入った」

「よろしければ、さしあげたいのでございますが……」

「かまわぬのか？」

「はい。お受け取り下さるならば、こんな、うれしいことはございません」

「いや、ありがとう」

さらに彭庵は、吸い心地に魅入られたかのごとく煙草を吸いつづけつつ、

「この煙管は、どこから手に入ったのじゃ？」

「いえ、他の古道具と一緒に仕入れたのでございますよ。一目見て、何となく、よい煙管におもえました。先生、いかがでございます」

「変哲もないように見えるが、かたちといい、手に持ったぐあいといい、なかなかのものじゃ。何という煙管師の手になったものであろうか？」

「よくよく見ましたが、わかりませぬ」

特別な細工もほどこしてなく、文字も模様も彫り込まれてはいない。

「ま、こうしたわけですが……」

と、中村彭庵は、長谷川平蔵に語りのべた。

すでに平蔵は、彭庵が手わたした銀煙管で、煙草を吸いはじめている。

「いま、おもい出しましたが、先ごろから、私の家へ顔を見せる女も、その煙管を見て、何やら、おどろいたようでございます」

「女……」

「患者に代って薬を取りにまいる女で、近ごろは私の妻《さい》とも親しくしております、お松と申す女ですが……」

お松の名を耳にしたとき、長谷川平蔵の両眼が、すっと閉ざされて、

「何故に、その女は、この煙管を見て、おどろいたのであろうな？」

そのとき、もらったばかりの銀煙管の吸い心地のよさに、家にいても手放せなくなった中村彭庵が煙草を吸いはじめたのを見て、お松が、

「あ……その煙管、先生は、どこから、お手に入れられましたか？」

「道具屋にもらったものだが、どうかしたのか？」

「ちょっと、拝見させていただきとうございます」

「よいとも」

ぽんと、灰吹《はいふき》へ灰を落した銀煙管を、彭庵がわたすと、お松は一礼して受けとり、凝と見つめたまま、身じろぎもしなくなった。

その様子が異様におもえたので、中村彭庵が、さらに問いかけると、

「これは、ずっと、むかし、私の叔父が持っておりました煙管に、よく似ておりま

したので、つい、なつかしくおもいまして……」

「それで？」

「はい」

うなずいて、お松が煙管を彭庵へわたし、

「やはり、ちがいました」

微笑して見せたというのである。

「ほう……」

長谷川平蔵は、彭庵のはなしを促そうとはしなかったけれども、

「その、お松と申す女は、茅町に住む竹細工師の女房の孫娘でござるが、左の頰に、よくよく見ぬとわからぬほどの刀痕《とうこん》のようなものがありまして……」

「ほう」

「長らく、上方のほうにいたそうで、以前には何やら深い事情があったように看うけられます。なれど、無口ながら、まことに気だてのよい女で、妻も気に入って、養女にしたいなどと申しましてな」

「さようか」

平蔵は、銀煙管を中村彭庵へ返し、さりげなく話題を転じた。

このため彭庵は、平蔵の胸底に在るものに、気づかなかったようである。

やがて……。

中村彭庵は帰って行った。

彭庵を見送った長谷川平蔵は、居間に接している小さな納戸へ入った。

この納戸については、すでにのべておいたが、平蔵の父・長谷川宣雄の遺品が納めてある。

亡父が蒐集した、百二十におよぶ煙管は特製の桐の箱へ納められてあるが、その中から平蔵が取り出したのは、煙管師の勘蔵がつくった品である。

お松に殺害された勘蔵は、その子に生まれ、父と同じ職、同じ名前であった。勘蔵は父がつくった煙管を手本にしていたので、形状といい、吸い心地といい、よく似ていたのである。

お松の目が中村彭庵の煙管に吸いよせられたのも当然であって、

(あのひとがつくった煙管に、そっくり……)

思わず、勘蔵の亡父の煙管に見入ったわけだが、やはり、どこか違っていた。

さて……。

煙管を手に、長谷川平蔵は居間へもどった。

煙草を詰め、火をつける。

一服、二服……。

しずかに吸い、けむりを吐き出し、平蔵は黙然《もくねん》としている。

中村彭庵の煙管と、かたちも吸い心地も寸分ちがわぬ。

（まさに……）

中村彭庵宅へ出入りしている、お松という女は、かつて浅草・田原町の足袋問屋〔加賀屋治助〕方の女中をしていて、突然、行方不明となった女にちがいない。

このことを、御用聞の三次郎へ告げたところで、いまは、どうにもなるものではあるまい。

平蔵は、お松が勘蔵を絞殺したと直感しているが、勘蔵のように無頼な男は、世に生きていればいるほど、諸人に迷惑をかける。

当時の町奉行などは、むしろ、悪漢が消えて、

「手数が省けた……」

というわけで、何年もかかって、深く犯人を追いもとめたりはしない。

そのようなことをしていると、いくら人手があっても足りなかった。

「もし。もし……」

居間へ入って来た妻の久栄に声をかけられ、長谷川平蔵が夢からさめたような眼の色になった。

「いかがなされました？」

「いや、なに……」

「なんぞ、面倒なことでも？」

「いや……」

かぶりを振った平蔵が、

「世間は狭い、ということよ」

ほろ苦く笑った。

十

これより先……というと、中村彭庵が長谷川平蔵の役宅を訪れたころであった。

下谷・茅町の長次郎の家では、昼すぎから、お松が店番をしていた。

お松が仕度をした昼餉をすますと、長次郎は煙草を吸いながら、

「今日は、ほんとうに暖いねえ」

「もう、これからは一雨ごとに暖くなるのですねえ」

「今年は、冬も暖くて、すごしやすかった」

「ええ」

「こんな暖い雨の日に、昼寝をするのはいいものだ。お松、少し、店番をしておくれかえ」

「はい。いくらでも、おやすみなさいまし」

「では、たのむよ」

長次郎は、そこへ身を横たえた。

それへ薄い掛蒲団をかけてやり、お松は店へ出て、縫い物をしながら店番をして

いたのである。

この日、となりのお兼婆さんは、朝に顔を見せて、

「なんだか頭が痛むから、お昼には、お松さんをよこしますよ」

長次郎にいい、すぐに帰って行き、昼どきになると、お松がやって来たのだ。

で、長次郎が昼寝をはじめてから、どれほどの時間《とき》が過ぎたろう。

お松は、時折あらわれる客の相手をしながら、洗い張りをしておいた長次郎の着物を縫っていた。

すると……。

奥の部屋で、長次郎の起き出す気配がした。

それに、お松が気づかなかったわけではない。

長次郎は手洗いに立ったのか、それとも水をのみに台所へ行ったのかとおもっていた。

間もなく、台所の方で物音がした。

やはり、水をのみに起きたらしいと、お松がおもった途端である。

台所で、何ともいえぬ大きな物音が、響いてきこえた。

重いものが倒れる音と、何やか器物が落ちて割れたような音が同時に起った。

台所にいたらしい猫の〔お京〕が店を走り抜け、雨がふりけむる外へ飛び出して行った。

お松が台所へ走って行くと、水瓶の傍《わき》に長次郎が俯せに倒れているではないか。

「あっ……」

飛びついて抱き起し、

「おじさん、おじさん……し、しっかりして……」

懸命によびかけたり、水をのませようとしたりするが、長次郎は固く歯を食いしばり、白眼をむき出し、まるで反応がない。

お松は身をひるがえし、店から外へ走り出て、となりのお兼婆さんを大声でよんだ。

「どうしたのだえ？」

すぐに、お兼が出て来た。

「おじさんが、急に、倒れてしまって……」

「ええっ」

お兼もびっくりして、お松ともども台所へ走り込んだ。

お兼は、長次郎を見て、脈をとってみたが、

「いけない……」

つぶやくように、いった。

「いけないって？」

「旦那は、もう、息を引きとりなすったよ、お松さん」

お松は、声もなく立ち竦《すく》んだ。

生まれてこの方、これほどの衝撃を受けたことはない。

母親が死んだときは、まだ子供だったし、酒乱の父親が死んだときは、悲しさよりも、ほっとしたものだ。

わが手に勘蔵を殺したとき、これは、まったく別のものである。

あのときの怒り、あのときの狂乱は、いまの衝撃とまったく別のものであった。

このとき、となりの家から、竹細工師の仙助老人も駆けつけて来て、このありさまを見るや、

「お兼。ど、どうした？」

「冷たくおなりになんなすったよ」

「げえっ……」

その場に、へたへたとなってしまった。

「お前さん。しっかりしておくれよ。こんなときに、お前さんまで妙なことになっては、手がまわりきれやしない」

毒口《どくぐち》をたたきながらも、長次郎を抱えているお兼の両眼は泪をたたえている。

ともかくも、こうして、アゴの長次郎は、

「まことに呆気《あっけ》なく……」

あの世へ、旅立ってしまったのである。

盗賊改方・役宅から我家へ帰った中村彭庵は、妻の睦から、

「少し前に、お松さんが見えまして、アゴさんが急に倒れ、そのまま息を引きとったそうでございますよ」

「ふうむ……」

「けれども、ぜひとも彭庵先生に見てやっていただきたいと、かように……」

「よし。すぐに行こう」

着替えもせず、彭庵は茅町の長次郎宅へ向った。

長次郎は、心ノ臓の発作に襲われたのだ。

「すっかりよくなりました」

とばかり、長次郎は安心しきってしまい、

「まだまだ、油断はならぬぞ」

中村彭庵から念を押されたにもかかわらず、お松やお兼の前では、つつしむ様子を見せていても、ひとりきりになれば酒も煙草も好き自由にやっていたのだ。

奥の部屋に横たわった長次郎の遺体へ合掌した中村彭庵は、

「おのれのおもうままに世をわたってきて、アゴは、しあわせな男よ」

と、いった。

こうなったからには、長次郎の実家（日本橋・大伝馬町の茶問屋・長井屋利三郎）へも知らせなくてはならぬ。

「よし。私が手紙を書こう」

実家と長次郎の関係を、よく知っている中村彭庵が手紙を書き、自分の下男を使いに出してくれた。

その夜のうちに、長次郎の兄にあたる長井屋利三郎方の番頭がやって来て、香典を置き、

「それでは、ひとつ、よろしくお願い申します。こちらの長次郎さんは、長井屋とは縁の切れたお人でございます」

さっさと、帰ってしまった。

しかし、お兼婆さんは、長次郎の叔父で、下北沢の大百姓・井沢忠兵衛のことを聞いていた。

「その叔父さんのところへは、ここの旦那も泊りがけで遊びに行くほどだったから、知らせなくてはなるまいねえ」

お兼は、近所の酒屋の若い者に駄賃をあたえ、下北沢の叔父へ長次郎の死を知らせることにした。

お松は、まるで、実の父親の通夜をしているような悲しみに沈みきっていた。

十一

長次郎の通夜から葬式にかけて、お松は顔を出さなかった。

「お前さんは、顔を見せないほうがいい。私のところで、凝としておいで」

お兼婆さんが、お松の胸の内を見通したかのように、そういってくれた。

下北沢の井沢忠兵衛夫婦や、忠兵衛の知らせを受けた道玄坂上の茶店の老夫婦もあらわれたし、近辺の人びとも寄りあつまった。

長次郎の実家の長井屋では、骨も引き取らぬという。

「それでは、わしのところの墓へ埋めましょう。そのほうが、アゴもよろこぶでしょうよ」

と、井沢忠兵衛がお兼にいい、万端、事を運んでくれた。

井沢家の菩提所《ぼだいしょ》は、下北沢の浄土寺である。

すべてが終るまで、お松は、お兼の家に閉じこもり、胸の内に長次郎の冥福を祈っていた。

それにつけても、いまこのとき、おもい出されるのは倉ヶ野の旦那・徳兵衛が、京都にいたころ、お松へ語った言葉であった。

何年か前の雪の夜ふけに、徳兵衛は酒を酌みながら、お松に、こういった。

「お前も知ってのように、私は商売《あきない》で旅をしていることが多く、故郷《くに》に帰るのも年に一度、二年に一度ほどだから、死んだ両親や、御先祖の墓参りも、人にまかせている。母親の死目にも会えなかったよ。まあ、その言い逃れではないが……冥福を祈るということは、いつも、絶えずに胸の内で、死んだ人たちのことを思いつづけていることが肝心なのだよ。わかるかえ？」

徳兵衛が、そのようなことを口にのぼらせたのもめずらしかったけれど、いつもは口数が少いのに、しんみりとした口調で、

「人をあつめ、金をつかって、追善供養《ついぜんくよう》をしても、すぐにまた、故人のことを忘れてしまうのでは仕様がない」

むしろ、何かにうったえるようにいったのが、強く印象に残っている。

いま、お松は、あのときの徳兵衛の言葉を思い浮かべつつ、

（おじさん。お見送りもできずに、ごめんなさいね）

手から数珠《じゆず》をはなさず、胸の内で長次郎に詫びていた。

ところで……。

あの松浦屋庄三郎は、長次郎が急死したことを、全く知らなかった。

こちらから知らせなかったのだから、当然ともいえようが、松浦屋も、お松をあきらめたのかして、姿を見せなくなっていたのである。

いや、松浦屋は、あきらめたのではなかった。

風邪をこじらせ、寝込んでしまっていたのだ。

長次郎の死後も、お兼が店を切りまわしている。

店は借家だし、下北沢の井沢忠兵衛が、

「お兼さんにまかせるから、好きなようにして下さい」

と、いう。

この辺りに、小さな小間物の店があることは、まことに便利なので、依然として客足は絶えぬ。

そこで、お兼は思案のあげくに、店をつづけることにした。

「私がねえ、しばらく店をつづけ、折を見て、お前さんに引きわたそう。そのつもりでいておくれよ」

と、お兼が、お松にいった。

「いいえ、私は、そんなこと……」

「いいえ、そのほうが死んだ旦那もよろこびなさる。それが、いちばんの供養なのだから、お前さんが土地《ところ》へ馴染《なじ》んだところで、店を引きわたすよ。いいね」

お兼は、そう決めこみ、お松に有無をいわせなかった。

亡き長次郎の店へは、お兼が泊り込むようになり、お松は、双方の家へ交互に泊った。

さいわいに、仙助老人は健康を取りもどしている。

二軒の家といっても、となり合っているのだから、一つの家のようなものであった。

いささかも我欲がない、仙助お兼の老夫婦に甘えているのは心苦しいが、いまとなっては、

（甘えさせてもらうより、仕方もない……）

お松なのである。

もとより仙助夫婦は、お松がいることを何よりもよろこんでいる。

「なんだか、お前さんが、ほんとうの孫のような気がしてきた」

とお兼が、

「お前さんも、その気になっておくれな」

「かまいませんか？」

「いえ、こっちから、たのんでいるのだよ」

お松は、一所懸命に、この老夫婦へ仕えようと決意をした。

十二

「ええっ……」

松浦屋庄三郎は、長次郎の急死を知るや、心底から驚愕《きょうがく》した。

ようやく床ばらいをした松浦屋が、長次郎の店へ窶《やつ》れた顔を見せたのは二月二十五日の午後であった。

お兼から、それと聞いて、松浦屋庄三郎が、

「ああ、とんだことになってしまった……ここの旦那ひとりをたのみにしていたのに……」

声をふるわせ、身を揉んでくやしがるありさまが、徒事《ただごと》には見えぬ。

お兼は、沈黙したまま、松浦屋を見まもった。

このとき、お松は中村彭庵宅へ出かけていた。

長次郎も死んでしまったし、仙助老人も全快したので、いまは医薬の用もなくなったのだけれども、彭庵の妻女・睦は、すっかり、お松が気に入ってしまい、何かというと使いをよこし、

「遊びにおいでなさい」

とか、

「お茶をのみにおいでなさい」

などと、さそいをかけてくる。

子がない睦は、やはり、お松を養女に迎えたいのであろうか……。

「あの、お松さんは……？」

ややあって、松浦屋庄三郎が怖々《おずおず》と、お兼に尋ねた。

「いま、彭庵先生のお宅へ」

「では、あの、まだ仙助さんのぐあいが、いけないのでございますか？」

「いいえ、遊びに行ったのでございましょうよ」

「さようで……」

また、二人は押し黙った。

空は、晴れわたっている。

まだ夜は冷え込むが、何といっても、日の光りがちがってきた。

いまは、すっかり、お松の飼猫になってしまった〔お京〕が裏口から表の道へあらわれ、ゆったりとした足取りで、となりの仙助老人の家へ入って行った。

「こうなったら、もう、ほかに道はない……」

松浦屋が、自分にいいきかせるかのごとくつぶやいたとおもったら、居住《いずま》いを正して、

「あの、お兼さん……」

何やら、痰《たん》が喉《のど》へ絡《から》んだような声になり、

「実は、その、お松さんのことなのでございますが……」

「はい。前に、お松から耳にいたしましたが、後添いのことでございますか？」

「はい。そのとおりなので……」

「それは、お松から、おことわりをしたように聞いておりますが……」

「はい、はい」

うなずきながら松浦屋は、膝をすすめ、

「これは、あの、色だの恋だのという、浮かれた気持ちで申しているのではございません。お松さんならば商人《あきんど》の女房として、きっと立派にやって下さると、おもいきわめたからなのでございます」

「まあ……」

「後添いにというのは、まことに、申しにくいのでございますが、いまの私には、どうしても後添いに来ていただく女《ひと》がいませんと、商人として、諸事やりにくいことばかりなので」

「松浦屋さんのようなお人ならば、何も、お松にかぎったことでは……」

「ま、お聞き下さいまし。いまの私には、子もございませんし、お松さんに来ていただいても、揉め事が起きるようなことはございません。かならず……きっと、お松さんを、しあわせにするつもりでございます。どうか、ひとつ、あなたから、お松さんへ私の胸の内をつたえては下さいませぬか。このとおりでございます」

松浦屋庄三郎は、面上に誠意をあらわし、両手をついた。

「まあ、そんなことをなすっては困ります。どうか、お手を……」

「はい、はい」

「松浦屋さん。これは、何といっても、お松しだいのことでございます。そのお松が、おことわりを申しあげたのでございますから……」

「そこを、もう一度、……何とか、曲げて、もう一度、あなたからおたのみができませんでしょうか？」

病弱の身ながら、松浦屋は、いったん決意したら、なかなか簡単には後へ引かぬ男らしい。

「困りましたねえ」

お兼は、あぐねきってしまった。

「いかがなものでございましょう？」

「さあ……」

「おちからを、お貸し下さいませんでしょうか？」

「松浦屋さんのような、立派なお人から望まれて、そりゃもう、ありがたいことなのでございますが、それだけに……」

「それだけに？」

「いえ、実は、あの子は、私の孫娘にあたりますが、ずっと、上方で育ちましてね」

「はい、はい」

「いろいろとわけあって、一度ならず、二度、三度と世帯を変えたこともあるそうでございます。私もねえ、松浦屋さん。この齢になり、はじめて見た孫娘というわけで、お松がこれまでに、どのような暮しをしてきたのか……ま、私から尋ねもしませんし、お松もあらためて、口には出しませんのでございますよ」

松浦屋は、そのようなことに、ほとんど関心をもたぬようだが、お兼の言葉に、いちいちうなずいてはいる。

お兼は、そうした松浦屋の眼の色を覗き込むようにしながら、

「こんな女を、立派なお店の、御主人の後添いに入れるのは、いかがなものでございましょうかね」

止《とど》めを刺すようにいった。

長谷川平蔵が、上野の元黒門町にある中村彭庵宅へ近づきつつあったのは、ちょうど、そのころであった。

格別に、用事があったわけではない。

先ごろ、久しぶりに中村彭庵が役宅へ訪ねて来てくれたのを思い出したからで、この日は平蔵、佐嶋与力と同様の浪人姿となり、単身の市中見廻りに出ていたのである。

浅草から上野の山下へ出たとき、近くに住む彭庵を訪ねる気になったのだ。

山下の菓子鋪・松村屋へ立ち寄った平蔵は、この店の名物〔羽二重餅〕を大ぶりの木箱へ入れさせ、これを小脇に抱え、彭庵宅へ向った。

中村彭庵が住むあたりは、天台宗の関東総本山で、徳川将軍家と深いつながりをもつ東叡山・寛永寺の門前町といってもよい。

下谷広小路をはさむ両側には、さまざまな店鋪や料理屋が軒をつらね、日中の雑《ざっ》沓《とう》はいうまでもなかった。

その元黒門町に、伊勢屋という蠟燭問屋がある。

伊勢屋の傍に細道が通っていて、突き当りが、中村彭庵宅であった。

細道といっても、これは彭庵宅への通路のようなものだから、玄関まで六、七間《けん》にすぎない。

長谷川平蔵が、伊勢屋の前を通りぬけたとき、彭庵宅から出て来た女が、細道から表通りへあらわれた。

女は、鶸色《ひわいろ》の頭巾をかぶりながら通りへあらわれ、伊勢屋の軒下に立ち止まった長谷川平蔵の前を南の方へ歩み去った。

平蔵は、女と入れかわりに細道へ入り、彭庵宅へ向った。

玄関の手前に、小さな門がある。

平蔵は浅目の編笠をぬぎ、玄関の戸を開けた。

折よく、中村彭庵は在宅していて、

「これは、ようこそ……」

よろこんで、平蔵を居間へ迎え入れる。

そこへ、彭庵の妻女・睦があらわれた。

すると、彭庵が、

「睦。お松は帰ったのか？」

と、尋ねた。

「はい。たった、いましがたに帰りました」

長谷川平蔵は、

(すると、あの頭巾の女が、お松であったか……)

それと知らず、ちらと横顔を見ただけの平蔵である。

「いやなに、長谷川様。先ごろ、私が御役宅へ参上いたしました折、お耳に入れましたお松と申す女が、つい先ほどまで、此処におりましてな」

「ほう……」

「妻《さい》が、お松を養女にしたいと、しきりに申します。これは、長谷川様へ、お引き合わせができるところだったのに……」

彭庵が語尾を妻へかけたところをみると、彼も、お松を養女に迎える心がうごいているらしい。

平蔵は、眉一筋もうごかさなかったが、

(そうなると、これは、捨ててもおけぬことに、なるやも知れぬ)

そうおもった。

十三

もしも中村彭庵夫妻が、お松を養女にするとなれば、その身元について、くわしく聞きとることになろう。

彭庵の実家は、百五十石の幕臣であるから、こうした縁組ともなれば、身分の上下はさておき、養女にする女の身元だけは、くわしく知っておかねばなるまい。

（お松は、養女に望まれても断わるに相違ない）

長谷川平蔵は、そうおもったが、

（なれど……？）

微かな不安もおぼえないではない。

これが、まったく見ず知らずの人ならばともかく、中村彭庵が怪しげな女を養女にするとなれば、平蔵も黙ってはいられない。

先ごろ、彭庵が語ったところによると、お松は、茅町に住む竹細工師の孫娘だそうな。

「なれど、まだ、子も生まれぬと限ったものでもあるまい」

と、平蔵は巧みにもちかけ、お松が身を寄せているという竹細工師の家と、亡き長次郎の小間物店のことを、ざっと彭庵からききだしておいて、それから話題を転じた。

平蔵が彭庵宅にいたのは、半刻ほどであった。

彭庵夫妻は、酒肴の仕度などをして、さらに念を入れ、もてなしたかったようだが、

「すまぬが勝どの。今日は、これより役宅にもどらねばならぬ。近きうちに必ず、立ち寄らせてもらい、ゆるりと馳走になろう」

「まことでござるか？」

「まことじゃ。わしも、たのしみにしていよう」

「では、こちらも、その折をたのしみに……それにしても日々の御骨折にて、まことに御苦労な……」

いいさして彭庵は、頭を下げた。

長谷川平蔵が中村彭庵宅を辞去したのは、八ツ半（午後三時）を少しまわっていたろう。

編笠をかぶった平蔵の姿を、やがて、茅町とは目と鼻の先の根生院の裏門のあたりに見出すことができる。

平蔵は歩みつつ、懐紙《かいし》を出し、それを袂から内ぶところへ入れ直した。こうすれば外見《そとみ》にはわからぬ。

（ふうむ……あの小間物屋か）

平蔵は、わけもなく、長次郎の店を見つけ出した。

このとき、松浦屋庄三郎は帰ってしまっている。

それと一足ちがいで、お松が彭庵宅からもどり、

「いま、帰りました」

お兼に声をかけると、

「ま、ちょっと、ここへおいでなさいよ」

「何か……？」

「松浦屋さんが、つい先刻《さっき》まで、此処にいなすったのだよ」

「まあ……」

「それでねえ……」

お兼が、あがって来たお松へ語りかけたとき、編笠をかぶったままの長谷川平蔵がつかつかと店へ入って来て、さりげなく、

「懐紙をくれい」

と、いった。

「へい。こんなので、よろしゅうございますか？」

お兼が出す懐紙を、

「結構」

受け取って代をはらいつつ、平蔵は頭巾をぬいだお松の横顔を、はっきりと見た。

「ありがとう存じます」

頭を下げるお兼へ、

「うむ」

うなずいて見せ、懐紙の束を胸元へ入れ、平蔵は後も振り向かずにさっさと引きあげてしまった。

お松もお兼も、この行きずりの浪人が盗賊改方の長谷川平蔵だとは夢にもおもわ

なかった。

通りがかりの浪人が懐紙を遣《つか》い果して、最寄りの小間物屋から新たに買いもとめることなどは、当時、少しもめずらしいことではない。

平蔵が去ったので、お兼が、

「ともかく、お茶をひとつ、いれてもらいましょうかね」

「はい」

お松は、長次郎が居間にしていた奥の部屋へ入って行った。

長谷川平蔵は、湯島の切通しの下へ向って歩みながら、

(あの婆さんも、徒の婆さんではない)

それにしても、

(お松という女、なかなかに善い顔をしているではないか)

何となく、おもしろくなってきた。

(あの女が、勘蔵を殺したのか……いまは、そのようにも見えぬが、なれど、女という生きものは……)

笠のうちで、ほろ苦く笑った平蔵が、客を待っている辻駕籠へ歩み寄り、腰をあげた駕籠舁《か》きへ、

「芝口のあたりまで行ってくれ」

「へい」

「急いでたのむ」

「ようござんす」

平蔵を乗せた駕籠が、ふわりとあがって、池ノ端仲町の方へ去った。

平蔵が「芝口のあたりへ……」と言ったのは、芝口二丁目の菓子鋪・海老屋を見張るために設けた眼鏡師・白石市郎兵衛方の様子を見に行くつもりなのであろう。

見張所には、いま、酒井・竹内・小柳の三同心のほかに、長谷川平蔵腹心の老密偵・相模の彦十が詰めきっていた。

しかし、これまでのところ、倉ヶ野の徳兵衛一味はしずまり返っている。

〔豆岩〕の岩五郎が佐嶋忠介に告げたところによると、

「いま、徳兵衛お頭は、何処かに、姿を隠しているようでございます」

とのことだ。

岩五郎と、与力・佐嶋忠介との連絡は慎重をきわめた。

岩五郎は、佐嶋へ、

「いまが、いちばん肝心なところでございます」

暗に、焦らぬようにと、念を入れてよこしたそうな。

海老屋へ潜入している二人の〔引き込み女〕は、一人は奥向きの女中になりすましていて、名はおせき。別の一人は台所にはたらく下女のおうめだ。

二人の女の名は、岩五郎が探ってきたものである。

眼鏡師の家の二階から見張っている盗賊改方は、おせきの顔を見とどけているが、おうめのほうは、まだ見ていない。

海老屋の内儀が通用口から出て来て、供の女中を、

「おせき」

と、よんだ高声が、見張りの小柳同心の耳に入ったので、それとわかったのである。

長谷川平蔵と佐嶋忠介は、いつ、どのような事態となっても、

「すぐさま、それに応じられるよう……」

万全の手筈を、ととのえつつあった。

十四

ところで、松浦屋庄三郎についてだが……。

通りがかりの浪人が懐紙を買って立ち去った後で、お兼婆さんは茶をのみながら、奥にいるお松へ、先刻の松浦屋とのはなしを聞かせ、

「ともかくも、お前さんの気持をつたえて、帰ってもらったのだが……」

「ああ、それでよかった……」

「いえ、どうもねえ……」

「え？」

「あれだけで、あきらめてくれるか、どうか……？」

「それは、どういうことなんです？」

「松浦屋の旦那は、ああ見えても、なかなかどうして芯が強い。いったん、こうと決めたら、梃子《てこ》でもうごかないところがあるようだよ」

「でも、私にその気がないんですから、どうしようもありません」

松浦屋庄三郎は、お松の過去などというものは、まったく問題ではなく、そうしたことに関わっていては、人の世のことは、

「一寸《いっすん》もすすみませんでございます」

むしろ、お兼を諭《さと》すように言ったという。

「すっかり、松浦屋の旦那に説教をされてしまった」

お兼は、苦笑をして見せ、

「あの旦那は、御養子に入ってから、ずいぶんと苦労をしてきているらしいねえ」

そういった声は、松浦屋への好意がこもっているのを、お松は知った。

だからといって、お兼もお松も、松浦屋の申し入れに心が傾いたわけではない。

いずれにせよ、お松のような女が、合わせて十八人も奉公人がいる店の後添いに入り、松浦屋庄三郎の病死した先妻の親類たちを相手にするのは、おもってみただけでも不安なことなのである。

「私のようなもののことで、いろいろ御面倒をかけ、ほんとうに申しわけもありま

せん」

お松は、深く頭を下げた。

「なあに、お前さん。面倒なことがなくなったら、人は惚《ぼ》けるばかりだ」

夕暮れになると、となりから仙助老人がやって来て、三人で夕餉をすませた。

この夜、お松は、長次郎の家の中二階の一間へ泊ることにして、湯を沸かし、髪を洗った。

「いつの間にか、暖くなったねえ」

「だから、わしの躰もよくなってきたのだよ。年寄りには寒さも暑さもいけない」

夕餉のときの仙助夫婦の声を、床へ入ってから、お松はおもい出した。

目を閉じたが、眠れない。

(どうしてだろう？)

いつまでも、なんだか眠れないのだ。

なぜか、この二月のはじめに、湯島の切通しで見かけたおきねの顔が、しきりに脳裡《のうり》へ浮かんでくる。

おきねは、むかし、お松と共に浅草の加賀屋ではたらいていた女中であった。

あの折、おきねを見かけたとき、一種異様な衝動に駆られ、お松は女頭巾をぬぎ、自分の顔をさらして正面から、おきねと擦れちがった。

おきねは、こちらをちらりと見やったが、お松とわからなかった。

よくよく見ればわかるだろうがちょっと見ただけでは、正面からでもわからぬほどに、自分の顔も姿も、

(変ってしまった……)

ことを、お松は、知ったのである。

(油断さえしなければ、これから、ずっと、江戸で暮して行ける……)

先行き、歳月が積み重なるたびに、お松の顔も姿も、さらに変って行くわけだから、それと歩調を合わせ、お松の安全度は高くなるばかりといってよい。

(勘蔵さん。こんなことを考えている私を、どうか、ゆるして下さい)

おのれの手で殺害した勘蔵へ詫び、冥福を祈る心に変りはないが、罪悪感は年ごとに、日ごとに薄らいでゆく。そうした自分を、お松は恐ろしいとおもった。

湯島天神社の境内へ先まわりをして来て、物陰から凝と自分を見つめていた松浦屋庄三郎の眼の光りを、いまも、お松は忘れていない。

(松浦屋さんは、どうして、こんな私に、執心をしなさるのだろう?)

そこが、どうしてかわからない。

わからないといえば「あほうがらす」の長次郎や倉ヶ野の旦那。そして仙助、お兼の夫婦、中村彭庵夫妻など、今日の自分の在るのは、この人びとあってのことなのである。

そうした人びととの好意と親切を受けるだけの資格がある女だとは、いささかもお

もっていないお松であった。

そこには何といっても、

(私は、人をひとり、殺している女なのだ)

世間に対しての深刻な負い目があるからであろう。

お松が殺人を犯した女と知っていたなら、到底、世の人びとは、

(私を、ゆるさなかったにちがいない……)

のである。

(人というものは、これほどまでに、自分の罪を隠して生きのびたいものなのだろうか……それとも、女だけがこうなのだろうか?)

つぎからつぎへ、おもいひろがって行き、とどまることを知らぬ。

(ああ……私は、何という浅ましい女なのだろう)

つまるところは、そこへ思案が落ちついてしまう。

いつもは、そこまでだったが、この夜……というより明け方に近くなって、はじめて、お松は、

(そうだ。私は……生きているかぎり、私は、罪ほろぼしをしなくてはならない)

このことに、はじめて、おもい至ったのである。

(それには、どうしたら……どうしたらいいのだろう?)

自分で自分に問いかけるうち、さすがに想い疲れ、お松は眠りに落ちて行った。

翌日は、雨になった。

お松は、寝《は》すごしてしまった。

目を赤く腫らし、下りて来たお松を、お兼はちらりと見たが、何もいわなかった。

霧のようにけむる春の雨だ。

そして、この日。

芝口二丁目の菓子鋪・海老屋へ、倉ヶ野一味の連絡《つなぎ》の者が姿を見せたのである。

〔引き込み〕に入っている女中のおせきが、奥の用事で、店先の傍の通用口から外へ出て来ることはめずらしくない。

むろん、そのたびに、眼鏡師の家の二階から海老屋を見張っている盗賊改方が二人、おせきの後を尾ける。

買物へ出たついでに、おせきが一味の盗賊と会ってのつなぎを想定してのことだ。

これまで、おせきは用事をすませると、すぐに海老屋へ引き返している。

「倉ヶ野一味は、別の方法で、つなぎをつけ合っているのではなかろうか?」

同心筆頭の酒井祐助が、そう洩らしたこともあった。

だが、この日のおせきは、飯倉神明宮の門前にある料理屋・玉屋へ行き、用事をすませ、外へ出て来たが、そのまま海老屋へ帰らなかった。

海老屋では、客に食事の膳を出すとき、玉屋から料理を取り寄せることが多く、ときには料理人をよぶこともあった。ゆえに、おせきが玉屋へ使いに出ることは、めずらしくない。

おせきは、玉屋を出ると、増上寺の表門から境内に入って行った。

このとき、おせきを尾行していたのは、町人姿に変装した小柳安五郎と、老密偵・相模の彦十で、二人は、はなればなれに、おせきを尾行していたが、増上寺の境内へ入って行くおせきを見るや、先ず小柳同心が表門から境内へ入り、常照院という子院《しいん》の傍の細道へ姿を消した。

おせきは、表門からの道を、まっすぐに歩みつつある。

十五

芝の三縁山・増上寺は、関東・浄土宗の本山で、徳川将軍家の菩提所だ。

宏大な境内に、おびただしい子院と堂宇がふくみ込まれ、整然たる松の樹林が本堂を中心に南北へ展開している。

表門から境内へ入った〔引き込み〕のおせきは、山門前の松原に沿った東側の小道を、北へ向って足早に歩む。

と……。

向うの昌泉院という子院の傍の細道から、人影がひとつ、あらわれた。

変哲もない、中年の町人である。

おせきは、この町人の男と擦れちがいざまに、何かささやいた。

男も、ささやき返した。

同時に、おせきは手にした物を男へつかませ、男もまた、手の中の物をおせきへつかませた。

結び文を、たがいに手わたしたらしい。

すべては、一瞬の間のことといってよい。

そのまま、二人は何事もなかったように擦れちがって行った。

おせきは裏門の方へ向い、男は南へ行く。

このありさまを、すでに松原の向うの広い道へ出て、木蔭に身を隠していた同心の小柳安五郎が、たしかに見とどけた。

おせきは裏門を出て海老屋へもどるにきまっているから、これを尾行する必要はない。

おせきと連絡《つなぎ》をつけた倉ヶ野一味の男の行先を、ぜひとも突きとめなくてはならぬ。

小柳同心の胸は躍った。

彼方を見やると、老密偵・相模の彦十の姿が、開山堂の向うの堀に架けられている極楽橋《ごくらくばし》のあたりに、ちらりと見えた。

倉ヶ野一味の男は、その方向へ歩いて行く。おそらく、南の柵門から赤羽根橋へ出るつもりなのだろう。

彦十の姿が、また、消えた。

彦十も、つなぎをつけるおせきを見たにちがいない。境内には参詣人も歩いているし、それにまぎれて尾行もしやすいが、外の道では、どうであろうか。

いずれにせよ、尾行は小柳一人ではない。相模の彦十が先へまわり、二手に別れて尾行をするわけだから、

(かならず、突きとめて見せる)

小柳安五郎は、強い自信にあふれている。

果して、男は柵門から赤羽根橋・北詰の広場へ出て行った。

ちょうど、そのころ……。

松浦屋庄三郎が、長次郎の店へあらわれた。

亡き長次郎への香典と、桐の箱へおさめた線香を持ち、

「まことに、知らぬこととはいえ、申しわけもございません」

お兼と、お松が新しくしつらえた仏壇に向って、長い祈りをささげた。

このとき、お松は、仙助老人の家にいたので、松浦屋とは会わなかった。

また、松浦屋も、お松のことにはふれず、すぐに帰って行ったのである。

(松浦屋の旦那は、どうやら、あきらめて下すったらしい)

お兼婆さんは、そうおもったが、なかなかそうではない。

松浦屋は執拗《しつよう》であったが、ふしぎに嫌味なところがない。それは、お松への心情が、色欲のみから出たのではないからであろう。

なればこそ、お兼も、松浦屋の来訪を迷惑にはおもっていなかった。

アゴの長次郎の急死は、たしかに松浦屋を驚愕させ、衝撃をあたえた。

それというのも松浦屋は、長次郎ならば、いつかは自分の心を理解してくれ、自分の味方になって、お松を説きふせてくれるだろうとおもっていたからである。

松浦屋が、それほどまでに、お松へ執着をしているのは何故か……。

すでにのべたとおり、お松が美しいからとか、そのために一目惚れをしたとかいうのではない。

松浦屋は、養子に入った男だけに、

(自分の跡をつぎ、養家をまもってくれる子がほしい)

それと同時に、お松の人柄を松浦屋なりに買って、

(このひとならば、申し分のない商家の妻になってくれるだろう)

と、見きわめをつけたのである。

松浦屋庄三郎は、駒込片町の小さな薬屋の三男に生まれ、十四歳の折に、回生堂・松浦屋へ修業奉公に出された。

そして、回生堂の先代に見込まれ、家つきの娘お幸《こう》と夫婦になり、一子をもうけたが、妻子共に病歿してしまった。

この間の、松浦屋庄三郎の苦労は一通りのものではなかったらしい。

その苦労が実って、いまの松浦屋は薬種屋の主人として押しも押されもせぬ男になっているし、人を見きわめる眼力もある。

その松浦屋に見込まれたのは、これまで生きてきた道程が、お松の心身へあらわれていて、それを松浦屋が見ぬいたということになる。

お松自身は、ただもう、夢中で、これまで生きて来たのだが、自分が、どのような女になっているのか、むろんのことにわからないのだ。

また、松浦屋が、お松を、

(一日も早く後添いに……)

と、急く心の底に潜んでいたものが、何であるか、それはやがてわかることになるであろう。

松浦屋庄三郎は病弱の所為もあって、非常に勘のはたらきがするどい。

お松を見込んだのもそれだろうし、自分と養家の宿命に一種の予感をもっていたのもそれゆえにであったろう。

同時に松浦屋は、肚が太く据わっているところもあって、お松の過去については、いささかも気にかけなかった。

妻子が死んだ後、親類たちのすすめで、再婚のための見合いを二、三度しているが、いずれも断わってしまったのは、

（人柄が、いかによくとも、商人の妻には向かないから……）

このことであった。

つまりは、それほどに、養家への責任を感じているのであろう。

さて……。

松浦屋が長次郎への香典として、金十両もの金を持って来てくれたので、

「これは、こちらからも挨拶に出向かなくてはなるまいねえ」

と、お兼婆さんが、お松へ、

「私が行って来ようか。駕籠をたのめばわけもない」

「いえ、そのことなら、私が行ってまいりましょう」

ためらうことなく、お松はいった。

「でも、お前さん。行きづらくはないかえ？」

「どうして？」

「だって、松浦屋の旦那が、ぜひとも後添いにというのを、お前さん、きっぱり断わったのだから……」

「それとこれとは、別ですよ、おばさん」

十六

松浦屋庄三郎が経営している薬舗・回生堂は、早稲田の馬場下町にある。

このあたりは、むかし、牛込村の内であったが、四、五十年ほど前から町家も増えた。

かの赤穂義士の一人、堀部安兵衛が義理の叔父を助け、村上兄弟と決闘をした高田の馬場が近いので馬場下町の町名が生まれたのであろう。

回生堂は、穴八幡の鳥居前の坂を東へ下り、道が二つに別れた南側にあった。

店構えは、さして大きくはないが、このあたりでは知らぬ者がないほどで、江戸市中の町医者にも、回生堂の薬は信用がある。

奉公人は、番頭から下男・下女をふくめて十八人で、お松が挨拶に出向くと、大《おお》形《ぎよう》にいうなら、

「うちの旦那の、いのちの恩人……」

と、いわんばかりのもてなしをした。

番頭は二人いたが、ともに松浦屋庄三郎より年下である。

十年前までは、先代からの大番頭がいて、松浦屋も主人ながら遠慮をするかたちだったらしい。

その大番頭が七十をこえて病死して後、松浦屋庄三郎は、だれに気がねをすることもなく、経営に打ち込めるようになった。

口うるさい親類の老人たちも、ほとんど死絶えてしまっている。

これは、一個の薬舗のみにかぎったことではない。

大名や旗本の家も、いや将軍家においても同じことであって、新旧の世代が交替するまで、新しく伸びようとするちからは上から押えつけられているのだ。

こうしたわけで、回生堂が名実ともに自分のものになるまでに、松浦屋庄三郎は十五年も辛抱をしなくてはならなかった。

ちなみにいうと、松浦屋の亡くなった妻は、病弱だが、まことにおとなしい女《ひと》だったそうな。

松浦屋は少年のころ、回生堂へ奉公にあがり、養子に迎えられるまで、それこそ、身を粉にしてはたらいたらしい。

「男が若いときは、身を痛めるほどにはたらきぬかなくては一人前にはなれぬ」
と、実家の父にいわれたことを、松浦屋は忘れなかったらしい。

若いころの松浦屋は病弱というわけでもなかったのだが、養子となってからも前述のごとく、苦労が絶えず、躰が悪いときも寝込むようなことをしなかった。そして、そのように、気を張りつめていたので、妻子を失ってから、くずれた体調が、なかなか元へもどらなくなってしまったようだ。

薬をあつかう商売だけに、松浦屋庄三郎の経営は、どこまでも堅実であった。

苦労をしているだけに、奉公人へは、きびしい眼と、やさしい労《いたわ》りを兼ねそなえている。

ゆえに、たとえば女中たちなども、松浦屋ではたらいていることを誇りにおもっているらしい。

なればこそ、路上で倒れた松浦屋を介抱してくれたお松へも感謝の心が向けられることになる。

（だれもがすることを、しただけなのに……）

そうおもいながらも、主人の松浦屋を慕う奉公人の気持ちが、お松にもよくわかった。

松浦屋は先に立ち、店や、住居の中を、お松に隈《くま》なく見せてまわった。

薬のにおいがこもっている家だが、何処も彼処も清らかにととのえられており、女中たちの手料理で昼餉もよばれ、いつの間にか二刻が過ぎてしまった。

この日の松浦屋庄三郎は、お松を後添いにという一件を口に出さなかった。

出さなかったが、その胸の内は、お松にはっきりとつたわった。

（松浦屋さんは、まだ、あきらめては下さらない……）

このことである。

店や家や、土蔵の中までも丹念に見せてまわった松浦屋の意中は、

（私の店は、このような店で、奉公人は、こういう人たちです。よく見て下さい。そして、もう一度、考え直しては下さいませんか……）

口には出さなくとも、物腰や眼の光りで充分に察知することができた。

お松が帰るとき、松浦屋は近くの駕籠屋から駕籠をよんでくれた。

ここ数年の間に町屋も増えたし、武家屋敷も増えた。そして、むかしから寺院が多い土地だし、お松が想像していたよりも、馬場下町は不便なところではなかった。

松浦屋庄三郎は、町の外れまで駕籠につきそって来て、

「では、お松さん。明後日に、かならずうかがいますから、どうか家にいて下さいまし」

と、いってよこした。

お松が、うなずくと、

「お願いをいたしますよ」

その一言に、万感がこもっている。

駕籠にゆられつつ、お松の心境が、しだいに変ってきはじめた。

もとより、お松は松浦屋を不快におもったことはない。

しかし、これは恋情ではない。

松浦屋にしても、お兼婆さんに、

「浮いた気持ではございません」

そういっている。

(松浦屋さんが、これほどまでに望んで下さるのだから、おもいきって、あのお人のちからになってあげるのも……それも、一つの道のような気がする)

以前に、同じ店の女中としてはたらいていたおきねに顔を見られても、それとさ

とられなかったことが、無意識のうちに、お松の自信となっていたのやも知れぬ。

（人を殺した身で、こうして生きのびている私なのだから、人のために役立つことなら、どんなことでもしていいのではあるまいか……それが、罪ほろぼしになるとはいえないけれど、これから生きて行く目安の一つになってくれるかも知れない）

いつであったか、京都で、倉ヶ野の旦那が笑いばなしに、

「女という生きものは、いつ、どんなときでも、自分にいいような理屈をこしらえてしまい、その気になってしまうのが困りものだねえ。お松には、そうしたところが一つもない。ないからこそ、私とこうなったのだよ」

と、いったことがある。

（けれど、いまの私は、倉ヶ野の旦那にきらわれてもいいような女に、なっているのかも知れない）

お松は、さびしい笑顔になった。

お松には、何の欲もない。

ただ、勘蔵を殺したことがわかって、お上に捕えられ、処刑されることを怖れているのみなのだ。

たとえば、松浦屋の後添いになってから、あの一件が発覚し、自分が捕えられたとなると、これは当然、松浦屋の身にも影響がおよぶ。

（でも、もう大丈夫。きっと、見つかりはしない）

われ知らず、お松は駕籠の中で、ひとり頷いている自分に気づき、はっとなった。

(これでは、ほんとうに、倉ヶ野の旦那にきらわれても仕方がない)

お松が、茅町の長次郎の店へ帰って来たとき、

「おや、お帰り」

店番をしていたお兼が声をかけたが、急に、息をのんだような顔つきとなって、お松を凝と見つめた。

お松の顔へ、わずかに血がのぼっている。

すぐに着替え、台所へ入って行くお松を、お兼は店にいて見まもりながら、黙って煙管を手にとった。

猫の〔お京〕が台所へ入って来て、お松へ甘えかかった。

夕暮れどきが、めっきりと長くなっている。


そのころ、すでに、盗賊改方は倉ヶ野の徳兵衛が潜《ひそ》んでいる盗人宿を突きとめ、万全の手配をととのえつつあった。

十七

翌々日の午後。

松浦屋庄三郎は、茅町の店へあらわれ、あらためて、お松に結婚の事を申し入れ

た。

このときの松浦屋の様子は、以前の、求婚の折のそれとはちがっていた。

(今日、お松さんに断わられたなら、いさぎよく、あきらめるよりほかはない)

突きつめた、そのおもいが眼ざしにも物腰にもあらわれているのを、お松とお兼は知ったのである。

これより先……。

前日の夜に、お松は、お兼に松浦屋の求婚を受けいれる決意を打ちあけた。

お松は、決意に至るまでの、自分の心のうごきなどについて、くわしくは語らなかった。

お兼なら、

(くだくだしくいわなくても、何も彼もわかってくれる)

そうおもったのだ。

人の心などというものは、言葉にして、口にのぼせてしまうと、却って真実がつたわらぬ。

そのことを、お松は無意識のうちに体得していたといえよう。

お兼もまた、泥水や清い水を何度もかぶり、長い暦日を生きぬいてきた老婆だけに、勘のはたらきはするどくても、いざとなれば、よけいなことを少しも口に出さぬところがある。

こうした二人であればこそ、はじめて会ったときから、何やら胸の内が通じ合っていたのであろう

「まあ、おもうように、やってみなさるがいいよ」

お兼は、そういっただけであった。

お松は、お兼と仙助老人を自分の親代りとして、共に松浦屋へ来てもらうことを条件に、婚約を承知しようかとも考えた。

しかし、よくよく思案をしてみれば、お兼も仙助も、これを受けいれるはずがないのだ。

この老夫婦は死を迎えるまで、はたらきつづけるにちがいない。

倉ヶ野の旦那が別れるとき、番頭の芳之助を通じて、お松へよこした二百両の大金は、ほとんど残っていたが、このうちの百両を、

「どうか、何もいわずに、気もちよく受けて下さいまし」

お松が、お兼の前へ差し出すと、

「そうかえ。それでは……」

金包を手にして、お兼は、こういった。

「私が、たしかに、あずかったよ」

お松が松浦屋の後妻になった翌々年の梅雨どきに、仙助老人が病死した。

ここで、お松は懸命に説いて、お兼を手許に引き取ったわけだが、そのとき、お

兼は件《くだん》の百両を、

「もう死金がなくとも安心だから、お前さんに、お返ししますよ」

「まあ……」

「こんな大金、私のようなものには、鬱陶《うっとう》しいばかりだねえ」

はなしを、もどそう。

お松の承諾を得た松浦屋庄三郎は、泪ぐんで深く頭をたれたまま、しばらくは声もなかった。よほどに、うれしかったのであろう。

このとき、お松は、

「ですが松浦屋さん。私には、子が生まれないかも知れません。そのときは、どうなさいます?」

念を入れたものである。

石女《うまずめ》ときまったわけではないが、勘蔵のときも、倉ヶ野の旦那のときも、お松は一度も身籠ったことはなかったからだ。

松浦屋庄三郎は、事もなげに、

「そのようなことが、どうしてわかります?」

「でも……」

「お松さんに、子が生まれぬはずはございません」

きっぱりと、松浦屋がいいきったのには、お松もお兼もおどろいた。

「けれど松浦屋さん。もしも、あなたのお子が生まれないときは、このひとを後添いにする甲斐がございませんでしょう」

お兼がいうと、

「いえ、そうなれば、養子を迎えればよろしゅうございます。松浦屋の血をひいた女房も子も、いまは亡くなってしまったのですから、松浦屋の家業が正しく後の世に引きつがれて行けば、それでよいのでございます」

松浦屋の声には、その場かぎりではないいちからがこもっている。

「はい。よくわかりました」

お松は両手を突き、

「それでは、お願い申します」

「ありがとう存じます。こちらこそ、お松さん。おたのみ申しましたよ」

お松が松浦屋へ入ることをきいて、おどろいたのは仙助老人であった。

「わしの孫娘ができたとおもっていたのに、……こんな年寄りを、がっかりさせるものじゃあないよ。おもい直してくれるわけにはいかないのか」

仙助は、何度も、お兼に掻きくどいたそうな。

「でもねえ、お前さん。お松さんは月に一度、泊りがけで、かならず此処へ訪ねて来ると約束をしてくれたし、松浦屋の旦那も、しっかりとうけあっておくんなすったから、孫娘を嫁にやったつもりでいればいいじゃあないか」

この約束を、松浦屋庄三郎は忘れなかった。

月の中旬《なかごろ》になると、

「二晩《ふた》、泊っておいでなさいよ」

と、お松にいい、みやげものを持たせ、町駕籠で茅町へ送りとどけてくれた。

ところで……。

お松が松浦屋へ嫁ぐ日は、三月十五日に決まった。

この年の三月十五日は、現代の四月二十日に相当する。

(おもいもかけないことに、なってしまった……)

事が決まると、

(こんなことをしてしまって、いいのだろうか。先行き、松浦屋さんに迷惑がおよぶことになるのではあるまいか……)

またも、不安が萌《きざ》しはじめたし、自分が殺した勘蔵の、

「お前《めえ》は、まるで不作の生大根《なまだいこ》みてえな女だ」

吐き出すようにいった言葉が脳裡によみがえってくる。

(私は、どうかしていたのではあるまいか……商人《あきんど》の女房になるなぞと、大それたことを、なぜ承知してしまったのだろう)

仙助老人は、お兼に、

「お松は、そんなに、男が欲しかったのかねえ」

と、いったそうだが、そのとき、お兼は、

「男の肌身が恋しいというのなら、わざわざ、松浦屋の旦那をえらぶこともないだろうよ」

「だって、お前……」

「まあ、あのひとにはあのひとの思案があってのことだろうから、おもうままにさせたほうがいい」

お兼は、そういった。

そして、お松が松浦屋の人となる前夜に、

「ねえ、お松さん……」

「はい？」

「こんなことを、いま口に出してはいけないのかも知れないが、松浦屋さんへ行って、もしも……もしも、だめなようなら、また此処へ帰って来りゃあいいよ。人の一生なんてものは、まことにもって呆気ないものなのだから、何をしても同じことさ。あっという間に冥土からお迎えが来てしまう。私なんか、これで六十年の余も生きて来たけれど、いまになって見ると、それこそ、お茶を一杯、のむ間に齢をとってしまったようだ。なあに、お前さん。そうおもえば怖いことなんか、一つもありゃあしないのだよ」

十八

倉ヶ野一味の引き込み女・おせきが、一味の者と連絡《つなぎ》をつけるのを見とどけ、その一味の男を尾行した同心の小柳安五郎と密偵・相模の彦十は、ついに、彼らの盗人宿を突きとめた。

後にわかったことだが、浅草・山之宿六軒町にある船宿〔小串屋〕は、倉ヶ野一味と何の関わり合いもなかったのである。

小串屋では、倉ヶ野の徳兵衛を、商家の主人と信じてうたがわなかった。

倉ヶ野一味の盗人宿は、芝・増上寺の柵門を出て赤羽根橋をわたった河岸道に面した小さな宿屋であった。

宿屋名を〔桐屋〕という。

〔桐〕の一字は、京都の仏具所・桐山宗助を思い出させるではないか……。

倉ヶ野一味の男が、長さ十一間の赤羽根橋を南へわたるのを、小柳同心は増上寺・柵門外の材木置場の陰から見まもっている。

すでに、相模の彦十は橋をわたりきってい、有馬家（筑後・久留米二十一万石）の上屋敷・塀外の道に立ち、橋をわたってくる男を、待ちかまえていた。

（これから、何処へ行くのだろう？）

彦十がおもううちに、男はすっと、松本町二丁目の河岸道にある〔桐屋〕へ入ってしまった。

彦十は、橋をわたり返して来て、材木置場の陰に立っている小柳同心へ、

「あの宿屋が、盗人宿なのでござんすかね？」

「まだ、わからぬ。船をたのんで、宿のところへ行くのやも知れないぞ」

「へえ……」

それから二人は、日が暮れるまで見張っていたが、倉ヶ野一味の男は、あらわれなかった。

いよいよ、盗人宿の匂いが濃厚となったので、小柳安五郎は彦十を見張りに残し、見張り所へもどって様子を告げてから、すぐさま火付盗賊改方の役宅へ駆けつけ、長谷川平蔵に報告をした。

「そうか。よく突きとめてくれた」

平蔵は与力・佐嶋忠介をよび寄せ、小柳が絵図面にして書き示した件《くだん》の盗人宿の見張りを、

「どのようにしたらよいか……」

三人で、検討にかかった。

何しろ、倉ヶ野の徳兵衛という盗賊は隙を見せないので、見張りも迂闊にはできぬ。

徳兵衛は、松本町の盗人宿のことを、一味に加えた豆岩の岩五郎にさえ洩らして

いないのだ。それほどに用心深い。

長谷川平蔵は、佐嶋与力へ、

「このことは、こちらからも岩五郎へ告げぬほうがよい」

「何故でございましょう？」

「耳に入れてしまえば、岩五郎も、よけいに気をつかうことになるし、何かの拍子に、それが匂い出て、倉ヶ野の徳兵衛に感づかれぬものでもない」

岩五郎は、このごろ、佐嶋与力との連絡については以前にも増して、細心の注意をはらうようになってきている。

したがって佐嶋も、岩五郎と密会するときは、さまざまに姿を変えたり、場所を変えたりしていた。

「倉ヶ野一味の盗人宿は、松本町の宿屋のみではあるまい」

と、長谷川平蔵はいった。

だが、一つの盗人宿さえ突きとめれば、あとは芋蔓式に、彼らの連絡を追って行き、つぎからつぎへと発見できるものゆえ、

「かくなれば、遠からず、すべての盗人宿を突きとめることができましょう」

こういって、小柳安五郎が勇躍するのへ、

「いや待て、小柳」

平蔵はかぶりを振って、

「倉ヶ野一味にかぎって、それは危い。こちらが手をひろげれば、それだけ失敗も多くなろう。せっかくに辛抱をして、これまでやって来たのだから、いま少し、堪《こら》えてみよう」

佐嶋と小柳は、不審の顔を見合わせた。

長谷川平蔵は、微笑をして、

「のう、佐嶋」

「は……?」

「わしは、この御役目を、はじめてうけたまわった。したがって、わしの組下の者たちも、はじめてということになる。盗賊改方になってより、まだ日も浅い。前《さき》の盗賊改方・堀帯刀殿の組下に在った佐嶋の目から見ると、いかにも間怠《まだる》く見えようが、いま少し月日がたたねば、手がそろわぬ」

密偵の数も、いまのところは少い。

では、どのようにして、長谷川平蔵は大盗・倉ヶ野一味を捕えるつもりなのか。

こたえは、ただ一つであった。

「豆岩の岩五郎を、たのむのみじゃ」

と、平蔵宣以は静かにいった。

岩五郎さえ、倉ヶ野一味になりきっていれば、菓子鋪の海老屋へ押し込む日どりが、かならず、

「岩五郎の耳へ入る……」

のである。

なんとなれば、当夜、海老屋の金蔵の錠前二つのうちの一つを、岩五郎が外さなくてはならないからだ。

その、特殊な仕事のためにえらばれて、岩五郎は倉ヶ野の徳兵衛の盗みばたらきを助けることになった。

「倉ヶ野の徳兵衛は、押し込みの日どりを、おそらく二、三日前か……または、その当日に岩五郎へ知らせるつもりであろう」

平蔵の言葉に、小柳安五郎は息をのんだ。

「ゆえに佐嶋。岩五郎との最後のつなぎに遺漏《いろう》があってはならぬ」

「はい」

「そこが、むずかしいぞ」

いわれて、佐嶋も緊張のあまり、声が出ない。

「おそらく岩五郎は、直《じ》かに佐嶋へつなぎをつけることができまい。そのときは倉ヶ野一味が、岩五郎を見張っているであろう」

佐嶋と小柳の額が、にじみ出る汗に光っていた。

長官《おかしら》が、ここまで事態を深く読んでいるとは、さすがの佐嶋もおもい至らなかった。

「そこでじゃ」

長谷川平蔵は、亡父遺愛の銀煙管へ煙草をつめながら、

「よく聞きとってくれ。浅草の新堀端、行安寺の門前に柏やという茶店がある」

「柏や、でございますな」

「さよう。そこのあるじの糸吉というのは、わしと親しい間柄で、老いたりといえども、なかなかに、しっかりした爺さんだ。これに、わしがはなしをしておく」

どういうことになるのか、よくわからないので、佐嶋と小柳は唾をのみこむばかりだ。

「で、いざとなったとき、岩五郎は女房に、新堀端の柏やへ行き、名物の月夜饅頭を買って来いといいつけるのじゃ。それだけでよい。饅頭の数で、押し込みの日を告げればよいのだが、一つ、二つでは女房にも怪しまれるゆえ、押し込みの日に十を加えた数にして饅頭を買わせればよい。さすれば、われらは柏やへのみ、目を向けていればよいことになる。どうじゃ」

「まことにもって、周到なる御手配、おそれ入ってございます」

月夜饅頭

一

下谷の金杉下町の裏あたりから、浅草の東本願寺の西側をながれ、やがて大川へ入る堀川は、万治のころに掘られたもので、大川から汐がさしてくると、舟が通ることもできる。

この川を新堀川といい、川端を新堀端とよんだ。

行安寺は、東本願寺前を浅草の方から来て、新堀川をわたると、すぐ右手にある。

このあたりは大通りの両側が大小の寺院に埋めつくされ、それが上野の山下までつづいているので、俗に、新寺町とよぶ。

行安寺・門前の茶店〔柏や〕は、三代もつづいていて、いまのあるじの糸吉は、若き日の長谷川平蔵が、

「放埒のかぎりをつくしていた……」

ころの、年上の遊び友だちであった。

遊び友だちには身分も階級もない。そこが何よりで、平蔵が浪人姿となって、単身〔柏や〕にあらわれ、

「あるじどのをよんでくれ」

小女《こおんな》にたのむと、めっきり白髪の増えた糸吉が、編笠をぬいだ平蔵を見て、

「ひえっ……」

おどろきの声をあげ、

「鋲つぁん……」

と、平蔵若き日の名をよび、

「とうとう、御浪人になりなすったか……ああ、幕府《こうぎ》は目がないねえ」

嘆いたところをみると、平蔵が盗賊改方へ就任したことを知らぬらしい。

当時は新聞もテレビもない。長谷川平蔵が「鬼の平蔵」などとよばれ、江戸の人びとなら、だれ知らぬ者はないといわれるようになるのは、二年先のことだ。

平蔵は、にやりと糸吉を見やって、

「大層、肥えたのう」

「饅頭が、よく売れましてねえ」

「これでは糸吉でなくて、樽吉になってしまった」

「相変らず、手きびしいことを……」

奥の一間へ通されると、すぐに、茶と名物の月夜饅頭が出た。

この饅頭は、〔柏や〕の先代が考案したものだが、特別の工夫があるわけではない。皮が淡い黄蘗《きはだ》色で、その上に柏の葉の図柄が焼きつけてある。この皮がよく、餡《あん》がよい。女でも一口で食べられる形がよい。そこで名物となり、いまでは、名ある料理屋からの注文があるほどになり、饅頭をつくる場所は別に設けてあるらしい。

「実は、な……」

平蔵が、いまの御役目を告げ、協力をたのむと、糸吉はおどろきもし、よろこびもして、よけいなことは少しも尋《き》かずに引き受けてくれた。

「それでな、糸さん。此処に、わしの手の者を詰めさせておかねばならぬ」

「ようござんすとも」

「相模の彦十を詰めさせたいのだ」

「へえっ……あの極道者が、まだ生きていたのでござんすか」

糸吉は、むかしの彦十をよく知っている。

「何とまあ、因縁の深いことだろう」

ひとりごとのようにつぶやいた糸吉が、

「むかしは一緒に、極道のかぎりをつくした彦十と私が、いまになって、お前さまのお役に立てようとは……」

「そのことよ」

平蔵も、ほろ苦く笑って、

「おれも、この御役目に就こうとは、夢にも思わなんだ」

「銕つぁん……いえ、お前さまなら、この御役目は打ってつけでございますよ」

「ふふん……」

「いえ、まったくのことで」

「実は、おれも、そうおもっているところよ。堅苦しく上下《かみしも》をつけての御城づめには飽き飽きしてなあ」

「そうでござんしょうとも」

「では、たのむぞ」

「ようございますとも」

長谷川平蔵があらわれた、その日の夕暮れどきに、

「へい、ごめんよ」

相模の彦十が、身のまわりの物を入れた風呂敷包みを抱えて〔柏や〕へあらわれた。

「よう、来たな」

「糸さん。久しぶりだね。おれの親方から委細《いさい》は聞いたろうね」

「おお、たしかに聞いた」

「まあ一つ、客に茶でも出していようかね」

「お前なぞに茶を出されたら、客が来なくなってしまう。裏へまわって、薪でも割

ってくれ」

こうして、相模の彦十は〔柏や〕へ住み込むことになった。

三日、四日と日が過ぎて行く。

火付盗賊改方では、長谷川平蔵の綿密な指揮により、いつでも捕方が出動できるようになっていたが、佐嶋忠介・酒井祐助・小柳安五郎・竹内孫四郎、それに相模の彦十のほかには、倉ヶ野の徳兵衛一味を召し捕るのだということを知っていない。

「酒井さんや小柳の姿が見えぬが、いったい、何を探っているのか？」

「わからぬ。竹内孫四郎も、このところ御役宅へ姿を見せぬ」

「これは、何かあるな？」

「おれも、そうおもう」

同心たちは、ひそかに語り合っているようだ。

佐嶋忠介は、浪人姿となって、毎日のように市中見廻りに出て行く。

このころの佐嶋は、まだ正式に、長谷川平蔵・組下の与力となってはいなかったので、他の与力・同心たちと親しく語り合うこともなかった。

佐嶋は、岩五郎の店の前を通り、店の軒下に菅笠の看板が出ていないのをたしかめては、役宅へもどって来る。

岩五郎は、屋台の店のほうへ出ていることもあったが、佐嶋が前を通っても知らぬ顔をしているのである。

ただし、押し込みの日を行安寺の茶店に知らせる手筈だけはつけてあった。

そのとき、岩五郎は、

「そうしていただけるなら、何よりでございます。ともかくも、倉ヶ野のお頭は用心深い上にも用心深いので、ちっとも油断はできません」

と、いったそうな。

以来、岩五郎は佐嶋忠介との連絡《つなぎ》を、ほとんど断ったかたちになっているのだ。

長谷川平蔵も、芝口二丁目の菓子舗・海老屋の見張りのみにとどめ、引き込み女のおせきが一人で何処かへ出て行っても、

「後を尾けるな」

と、命じた。

したがって、赤羽根橋の宿屋〔桐屋〕に対しても見張りはつけなかった。

時折、佐嶋忠介や小柳同心が、それとなく見廻る程度にとどめておいた。

平蔵も佐嶋も、いまは、すべてを〔豆岩〕の岩五郎へ托している。

しかし、さすがの佐嶋忠介も、日がたつにつれ、焦燥《しょうそう》の色を隠しきれなくなってきた。それは、他の者の眼にそれとわかるほどのものではなかったけれども、長谷川平蔵の眼には隠しきれなかった。

「佐嶋。まさかに、岩五郎をうたぐっているのではあるまいな？」

「は……」

「どうじゃ?」

「そのように、見えましょうか?」

「うむ」

「恐れ入りまする。あまりにも音沙汰がなく、ときに、店の前で顔を見ましても、まったく、こちらへ眼を向けませぬ」

「佐嶋忠介ともあろうものが、どうしたことじゃ」

平蔵は、落ちつきはらっている。

「このようなことは、はじめてでございます。岩五郎は、これまでに……」

「もうよい。わしが受け合う。大丈夫じゃ」

この、平蔵の予見は狂っていなかった。

二

いつしか桜花《はな》が咲き、いまや、散りかけている。

その三月十四日(現代の四月十九日)の昼ごろに、浅草・御厩河岸の〔豆岩〕へ、

「こちらの親方は、おいでなさいますか?」

入って来た客が、岩五郎の女房お勝へ声をかけた。

その客は身なりのよい、言葉づかいも慇懃《いんぎん》で物やわらかな中年の町人である。

「はい、はい。ちょっと、お待ち下さいまし」

こたえておいて、お勝は裏手へ出た。

折しも岩五郎は、裏手で桶を洗っていた。

「お前さん。お客さまだよ」

「そうか、だれだ？」

「見たこともない人だけど……」

「ふうん」

岩五郎は手をふきながら、店へ入って行った。

ちょっと間を置き、お勝が店へもどって、茶をいれにかかると、町人の客は、

「ああもう、おかまいなく。私は、これで御免をこうむります」

お勝にいってから、岩五郎へ、

「それでは、これで」

「へい。おかまいもいたしませんで」

客は去った。

岩五郎は板場へ入り、庖丁を手にした。

「お前さん。いまの人、品のいい人だねえ」

「大店の番頭さんなんてものは、ああしたものだ」

「何の用？」

「なに、ちょっと、たのまれたことがあってな」

「そうかえ」

お勝は、別に気にもしなかった。

こうしたことは、めずらしくもない。お勝は、そのころの女房のだれもがそうであったように、よけいな事へ口をさしはさむような女ではない。

岩五郎夫婦は、夕暮れ近くなるまで酒の肴の下ごしらえをしていたが、そのうちに、

「お勝。ちょいと出て来るぜ」

と、岩五郎が、

「一刻ほどで、もどって来る」

「ああ、よござんす」

着替えて、外へ出て行った岩五郎は、一刻もたたぬうちにもどって来て、

「お勝、すまねえが、使いに行ってくれ」

「どこへ？」

「新堀端の行安寺の門前に、柏やという茶店がある。そこの月夜饅頭というのを二十五、買って来てくれ」

「何でまた、そんなものを？」

「いま、耳にはさんだばかりなのだが、何しろ、とても旨《うめ》え饅頭だそうだから、一つ、食ってみたいのだよ」

〔豆岩〕の屋台店でも、饅頭を売っているのだから、岩五郎がそういったのを、お勝は怪しむこともなく、

「でも、二十五も買わなくったって……」

すると、岩五郎はにっこりと笑いながら、

「いいから二十五だ。二十五って数は、おれにとって、縁起がいいのだ」

「おや、そうかえ」

お勝は、すぐに身仕度をし、店を出て行った。

〔豆岩〕の店から新堀端の行安寺までは、斜めに道を抜けて行くと、わずかな道のりであった。

行安寺・門前の柏やへ入って、お勝が、

「こちらに、月夜饅頭というのがござんすか？」

「へえ、ございます」

小女《こおんな》にかわってあらわれた、あるじの糸吉が、

「うちへは、初めてでございますねえ？」

「ええ、お初に……」

「どちらさまでございますか？」

「いえ、あの、御厩河岸に住んでいます」

「さようで」

問いかけなくても充分だったが、これで糸吉にはすべてがわかった。

「その、お饅頭を、二十五ほどいただきたいので」

「二十五……二十、五でございますね？」

「ええ」

「ありがとう存じます。すぐに持ってまいります。ま、そこへ、おかけなさいまし」

糸吉が奥へ入ると、そこに相模の彦十がいて、うなずいて見せた。

糸吉は饅頭を箱へ入れ、ゆっくりと包装にかかった。

糸吉の女房も、そこにいたが、何も知らない。

糸吉も彦十も、黙っていた。

相模の彦十の両眼が微かに光り、顔に血がのぼってきた。

糸吉のほうは平常と少しも変ることなく、包み終えた饅頭を手に店先へ出て行き、

「お待ち遠さまでございました。これからもどうぞ、ごひいきに」

何も知らぬ、お勝が立ち去るのを見送っている糸吉の傍へ、彦十が近寄って来た。

「爺《とっ》つぁん。わかっているな、二十五だぜ」

「十五日。明日だ」

「さ、急ぎねえ」

「いろいろと、ありがとうよ」

「長谷川様へ、よろしくな」

「合点だ」

相模の彦十は、かねて平蔵から、

「いざというときは、駕籠を使えよ」

と、命じられていたので、本願寺の前で客を待っていた辻駕籠を拾い、清水門外の盗賊改方・役宅へ向った。

一方、お勝は〔豆岩〕へもどり、

「茶店といっても、お前さん、なかなかの店構えだよ」

「そうだってな」

「これが、そのお饅頭だけれど……」

「開けてみねえ」

「あいよ」

「何だ、大《てえ》したことはなさそうだぜ」

「でもまあ、一つ、おあがりよ。せっかく買って来たのだから……」

「よし」

「おっ……」

手に取った饅頭を二つに割り、口へ入れてみて、

「どうだえ」

「こいつは、うめえ」

「どれ、私も一つ……」

「さ、やってみねえ」

「あら、ほんとうだ。こりゃあ、うまいねえ」

「おふくろにも、持って行ってやりねえ」

「あいよ。あの茶店の御亭主にちがいないとおもうのだけれど、年寄だが何処となく灰汁《あく》が抜けた、むかしはかなり遊んだ人のように見えましたよ」

「ふうん。だが、お勝、もう遅いぜ」

「ばかをおいいでないよ」

夕闇が、たちこめてきている。

やがて〔豆岩〕へ灯が入った。

それを待ちかねたように、一人、二人と客が入って来る。

岩五郎は、いつもと変らず、板場ではたらきはじめた。

三

盗賊・倉ヶ野の徳兵衛一味の押し込みは、明十五日に決まったが、その時刻まではわからぬ。〔豆岩〕の岩五郎は、明日の夜に、倉ヶ野の徳兵衛が指定してよこした場所へおもむき、押し込みの時刻を待つことになるのであろう。

いずれにせよ、十五日の夜半から十六日の夜明け前までの間と決まったわけである。

相模の彦十の急報を得て、

「では、すぐさま手配を……」

と、勇みたつ佐嶋忠介へ、長谷川平蔵は、

「まあ、急《せ》くな」

「は……」

「明日になってからでよい」

明日は、日中のうちに、配下の与力・同心を合わせて十五名、一人、二人と役宅を出発させ、長い時間をかけ、日が暮れるまでに、見張り所の眼鏡師の家の二階へ集結させる。このほうは佐嶋忠介が指揮をとり、平蔵は与力・同心四名、小者の捕手十名をひきいて、新銭座にある旧知の御番医師・井上立泉邸で待機をする。

倉ヶ野一味が、どのようにして海老屋へ潜入するか、それはわからぬ。

しかし、海老屋から目をはなさなければよい。

平蔵と佐嶋は、彦十も加えて、芝口周辺の絵図をひろげ、綿密な打ち合わせに入った。

「倉ヶ野一味は、おそらく、よほどのことがないかぎり、押し込み先で、血をながすまいと存じますが……」

「いや、それはわからぬ。海老屋の奉公人が下手に騒ぎ出したりすると、やりかねまい。そのことをも、われらは考えておかねばなるまい」

「いかさま……」

それから、出動する与力・同心の人名を書き出し、

「これでよいか？」

「結構と存じまする」

「この者たちは明日、非番ではなかった筈じゃ」

「はい」

彼らは、まだ何も知らぬ。

明日になってから、盗賊召し捕りのことを聞かされるのだ。

倉ヶ野の徳兵衛の仕様が、あまりにも用心深いため、これを捕える長谷川平蔵も、徳兵衛同様に神経をつかわねばならぬ。

平蔵は、明日も日暮れに近くになってから、海老屋に近い旗本屋敷をえらび、

「御役に立ってもらおうとおもう」

と、いった。

その旗本屋敷へ、井上邸に待機させておいた捕方を少しずつ移すつもりなのである。

「倉ヶ野一味も、明日は日中から、海老屋のまわりに眼をくばるに相違ない」

「さようでございますな。これは、よほどに……」

「向うの出方に合わせてうごかねばならぬ。むずかしいぞ」

平蔵は、彦十の意見も聞いてから、

「よいか。お前と小柳で、佐嶋とわしの連絡《つなぎ》をつけるのだ。大丈夫か？」

「へえ。まかせておいて下せえよう」

「よし。お前は今夜、此処へ泊り、朝になったら見張り所へもどって、このことを告げよ」

三人は、絵図の前へ額をあつめた。

日が暮れた。

平蔵は居間で夕餉をとり、佐嶋も与力部屋へもどって弁当をつかう。

彦十は台所へ行って、腹ごしらえをすませた。

そしてまた、二人は、平蔵の居間へもどって来て、打ち合わせをつづける。

夜が更けて、雨になった。

その雨の音を、お松は、下谷・茅町の小間物屋の中二階で聴いている。

この家に住み暮すのも、今夜が最後だ。

いよいよ、明日は馬場下町の回生堂・松浦屋へ嫁ぐことになった。

だが、嫁入りだからといって、格別のことをするわけではない。

それは、お松から松浦屋庄三郎へ申し入れたことであった。

嫁入りの仕度をするわけではなく、

「この身一つで嫁ぐ……」

つもりなのだから、そちらも、そのつもりで迎えていただきたいと、お松はいった。

松浦屋も、それをよろこび、

「私は二度目だし、どうも、大形《おおぎょう》なことがきらいですから、そうしていただけるなら、否やはありません」

そのかわりに、

「私のところの近くに、松韻庵《しょういんあん》といって、精進料理を出す料理屋があります。此処へ、親類たちをよび、お松さんを引き合わせたいとおもいます」

それについて、お松のほうでも、仙助・お兼の夫婦に出席をしてもらい、その夜は松浦屋へ泊ってもらうつもりだと、松浦屋は語った。

「さあ……承知してくれますか、どうか？」

と、お松は危ぶみながら、お兼にこのことを告げると、

「ああ、よござんすとも」

意外にも、お兼は即座に承知をしてくれたのだ。

「すみません」

「何をいってなさる。私は、お前さんの、おばあちゃんなのだからね。このことを

忘れてはいけませんよ」

いかに身一つで嫁ぐとはいえ、それはそれなりの仕度がある。

あれからこの方、お松は、お兼と相談しながら、身のまわりの品々や道具をととのえ、それは今日の昼前に、松浦屋からの手配で荷車が来て、一足先に馬場下町へ運ばれて行った。

仙助老人は、仕事をするときだけ、となりへ行き、眠るときはこちらへ来る。いずれは夫婦そろって、引き移ることになるであろう。

いま、お松が寝ている中二階の一間を、仙助は仕事場にするつもりらしいが、お兼は、

「いえもう、ちょうどいいから、この折に仕事はやめてもらうつもりなんだよ」

と、お松に洩らした。

お松の身の上が、急に変ったことを、中村彭庵夫妻はまだ知らぬ。

これは後になって、彭庵夫妻が、お松を養女にもらい受ける決意をし、夫妻そろって訪ねて来た折に、はじめて、お松の嫁入りを知ることになる。

「あなた、このはなしを早く、お松さんの耳へ入れておけばようございました」

彭庵の妻の睦は、しきりに残念がったそうな。

それを聞いて、お松が中村彭庵宅を訪れ、挨拶をしたのは、これより一カ月ほど後のことで、すでに、お松は再び眉を落し、鉄漿をつけた人妻になりきっていたの

である。

お松の左頰の傷痕は、ほとんど消えかけていた。

濃く化粧をしたら、まったく、わからぬ。

もともと浅い傷だったし、若かったお松だけに、躰や顔に肉がのってくるにつれ、傷痕は薄くなり、ことに江戸へもどってから、お松の顔だちがふっくらとしてきたので、たとえ、目についても、これが刃物の傷だとはおもわれぬほどになっている。

以前の……あの勘蔵を殺したときの、お松の顔や躰は浮腫《むくみ》がきたようにふくらんでいたが、事件後、長次郎に拾われて、この家へ移って来たときは、すっかり肉が落ちてしまっていた。

それから、倉ヶ野の旦那に従って京都へ上ったお松の顔や躰には、ほんとうの〔女の肉〕がのってきたのだ。

四

翌三月十五日の朝になると、雨はあがっていた。

清水門外の火付盗賊改方の役宅から、第一番に出発したのは、密偵・相模の彦十、同心の木村忠吾と沢田小平次の二人であった。

二人とも町人姿で、木村同心は大きな荷物を背負っている。これは捕物のときに使う脇差や長十手である。

与力も同心も、それぞれに変装をして、見張り所の眼鏡師の家へ集結することになっている。

相模の彦十は役宅を出るや、木村・沢田の二同心へ、

「旦那方は、ゆっくりとおいでなせえ」

いいおいて急ぎ足となり、眼鏡師の家へ向う。

一刻ほどして、長谷川平蔵が浪人姿となり、芝・新銭座の井上立泉邸へ向った。

その背後から同心の雨宮秀蔵が虚無僧《こむそう》姿で従う。

平蔵は井上邸へ到着すると、主《あるじ》の立泉のみに事態を告げた。

「よろしいとも。よいように、おつかいなされ」

平蔵の亡父と親交が深かった井上立泉は、一も二もなく承知をしてくれた。

そこで平蔵は、後から入って来た雨宮同心へ、

「承知して下されたゆえ、手配のとおりにいたせ」

「心得ました」

雨宮は、すぐさま、役宅へ引き返して行く。

平蔵は、その後、井上邸を出て、芝口三丁目の西側に屋敷を構える旗本・河野左京を訪ねた。

河野左京は、長谷川平蔵が西の丸・御徒頭をつとめていたときの同僚であった。

事情を聞いて、河野は、

「いかようにも、お役に立ち申す」

引き受けてくれた。

河野左京と打ち合わせをすませ、平蔵は、芝口二丁目の通りへ出た。

右側に、菓子鋪の海老屋。左側に眼鏡師白石市郎兵衛の家。

その前を、編笠をかぶった長谷川平蔵が、ゆっくりと北の方へ向う。

これを、眼鏡師の家の二階から見ていた同心の小柳安五郎が、

「おい。長官《おかしら》が通られたぞ」

「どれどれ……」

「これ、そう顔を出すな」

相模の彦十も、木村・沢田の二同心も、すでに見張り所へ到着している。

雨あがりの道も乾いて、空は真青に晴れあがった。

ちょうど、昼ごろだ。

長谷川平蔵は、せわしげに行き交う人々の中を歩みつつ、芝口橋（現・新橋）をわたり、左側の蕎麦屋〔佐原屋〕へ入り、入れ込みの一隅へ坐って、酒を注文した。

役宅では、佐嶋忠介の指揮の下に、与力・同心たちが、つぎつぎに出て行く。

そのころ……。

松浦屋からの迎えの駕籠が三梃、茅町の小間物屋へ着いた。

今日は、朝から戸を閉め、商売は休みにしてある。

仕度をした、お松と仙助夫婦が駕籠へ乗った。

倉ヶ野の徳兵衛が盗賊とも知らぬお松は、町駕籠に揺られつつ、

(倉ヶ野の旦那は、どうしているかしら?)

ふっと、徳兵衛の顔をおもい出した。

(いまの私を見たら、旦那は、何とおもいなさるだろう?)

自分からは少しもはたらきかけないのに、亡き長次郎に救われて以来、お松は、波のうねりにまかせて世をわたって来た。

それもこれも、勘蔵殺しの発覚を怖れてのことであった。

(けれど、今度だけは……)

いささか、ちがうようにおもう。

なるほど、松浦屋庄三郎の熱意にほだされたといえなくはないが、ついに、これを受け入れたのは、お松の選択といってよい。

本当に好まぬことだったら、断わって断われぬことではなかった。松浦屋も、あきらめる一歩手前にいたのである。

三つの駕籠が、松浦屋へ着いたころ、長谷川平蔵は、いったん役宅へもどった。

それと入れかわりに、佐嶋忠介が役宅を出て行った。

平蔵は、妻の久栄をよび、遅い昼餉の仕度を命じた。

この間にも、一人、二人と同心たちが出て行く。

一方、浅草・御厩河岸の〔豆岩〕では、板場へ入って肴の下ごしらえをしていた岩五郎が、女房お勝へ、

「なあ、おい……」

「え？」

「今夜なあ、ちょっと、遊んで来たくなった」

こういって、岩五郎がにやりとした。

「久しぶりだねえ、お前さん」

「うむ。五ツ半までは此処にいるから、後はお前たのむぜ」

「ああ、いいともさ」

遊ぶというのは、博打のことだ。

大名の下屋敷の中間部屋は、夜ともなれば博打場と化す。すべてがそうではないが、大半がそうらしい。

ふだんは一所懸命にはたらいている岩五郎が、たまさかに遊びたくなってくるのは、

(むりもない)

と、お勝はおもっている。

持って行った金だけで遊んで来るのだから、文句もいえない。

「では、たのむぜ」

「もう、かまわないよ」

「なあに、お前。いまから行ったって、どうにもなるものじゃあねえ」

そのうちに、夕暮れが近づいて来た。

長谷川平蔵が、浪人姿で役宅を出た。

捕手の小者十名は荷車に荷物を積み、すでに出て、いまごろは井上立泉邸へ入っているにちがいない。

この荷物の中身は、突棒《つくぼう》・捕縄《とりなわ》・目つぶしなどの捕物道具と、捕物の折に長谷川平蔵が身につける火事装束《しょうぞく》が入っていた。

同じころ……。

馬場下町の料理屋〔松韻庵〕では、松浦屋の親類一同と、仙助夫婦があつまり、かたちばかりの祝言と披露がおこなわれようとしていた。

お兼は落ちつきはらって、お松につきそっている。

夜が来た。

遠くから来た親類たちは、この夜、いずれも〔松韻庵〕へ泊ることになっている。

妙に、生あたたかい夜であった。

芝口二丁目の海老屋では、大戸を下しつつある。

〔豆岩〕では、今夜も客がつめかけてきて、岩五郎は額に汗をにじませながらはたらいていたが、そのうちに、

「お勝。後はたのむぜ」

「あいよ。着替えは、向うに出ているからね」

「すまねえな」

五

三月十五日も、四ツ（午後十時）をまわった。

馬場下町の料理屋〔松韻庵〕の披露宴も、すでに果てた。

お松と松浦屋庄三郎は、回生堂薬舗の奥の寝間に入っている。

寝衣に着替えてから、お松が臥床《ふしど》へ近寄ると、先に身を横たえていた松浦屋が半身を起し、

「お松さん。ほんとうに、よく決心をしてくれましたね」

お松の手を取って、引き寄せた。

なまあたたかく垂れこめた闇の中に、お松の髪油の匂いがただよっている。

引き寄せられるままに、お松は松浦屋の胸へ顔を埋めた。

「安心だ……これで、安心だ」

松浦屋庄三郎が、つぶやくようにいう。

「あの……」

「え？」

「松浦屋さん……」

「これ、お松さん。私たちは今夜から、もう夫婦なのだよ。松浦屋さんはないだろう」

松浦屋は低く笑った。

「あ……すみません」

お松を抱く松浦屋の腕に、ちか、ちからがこもってきた。

「何か、いうことがあるのかえ？」

「はい」

「何でも、いってごらん」

お松の顔へ寄せた、松浦屋の口から熱い息が洩れる。

「私に、あなたの子が、生めますかどうか、それが……」

「ばかなことをいいなさるな」

微かに、松浦屋の声がふるえた。

松浦屋の右手が、お松の襟元から胸へ差し込まれ、

「こ、こんな、お前さん……」

お松の耳へ口を当てた松浦屋が、

「こんなに、よい、いいものを持っていて、子が生まれぬはずはない」

お松の、こんもりとした乳房を、松浦屋はゆっくりと揉むようにしながら、

「そんな、よけいなことを、考えてはいけませんよ。いいね、いいねえ」

しずかに、松浦屋は、お松を臥床の上へ抱き倒した。

そのころ……。

芝口二丁目の菓子舗・海老屋は、主人夫婦も家族も、奉公人たちも寝しずまっていた。

眼鏡師・白石市郎兵衛方の二階の見張り所では、灯を消した部屋の雨戸の隙間から、酒井・小柳の二同心が、通りの向うの海老屋の表を見まもっている。

同心・竹内孫四郎と、老密偵・相模の彦十は此処にいない。

変装をして、何処かの闇の底に蹲《うずくま》っているのであろう。

海老屋の裏手は、掘割に沿った道になってい、掘割をへだてて、脇坂淡路守屋敷の塀が長々とつづいている。

長谷川平蔵は、いま何処にいるかわからぬが、おそらく、倉ヶ野一味を捕えるための準備は万全のものとなっているにちがいない。

何処かで、しきりに犬が吠えている。

見張り所の小柳安五郎は、緊張に堪えかね、何度も、ためいきを吐いた。

浅草・御厩河岸の〔豆岩〕では、まだ客がいる。

亭主の岩五郎がいるときなら、八ツ（翌日の午前二時）ごろまで店を開けているが、今夜はいないので、女房お勝は四ツ半（午後十一時）には店を閉めるつもりであった。

そこで、お勝は、客にわけをはなし、

「まだ、ゆっくりしていてよござんすが、表の戸だけ締めておきますよ」

軒行燈の灯を消し、戸を締めはじめた。

残った客が、すべて帰ったのは、それでも四ツ半をまわっていたろう。

(うちの人は、今夜、ついているとみえる)

まだ帰って来ない岩五郎には、博打場でツキがまわっていると、お勝はおもいこんでいた。

そうして……。

真夜中になった。

〔豆岩〕の客は、みんな、帰ってしまった。

お勝は、板場へ入り、小女のおきちと二人で洗い物にかかっている。

「旦那、遅いですね」

「おきち。旦那は、これからなんだよ」

「これからって……?」

「ま、いいさ。お前の知ったことじゃあないものね」

おきちは、二月ほど前に雇われたばかりだから、年に何度か、岩五郎が博打をたのしみに出て行くことを知っていない。

たしかに岩五郎は、諸方の博打場へ顔を出すが、いまの彼は博打をしても、たのしんでいるわけではない。

だが、ふだんから、こうしておかぬと、いざというときに、お勝から怪しまれる。

岩五郎が密かに佐嶋忠介の下について、盗賊改方の密偵をつとめていることを、女房のお勝は知っていないのだ。

「こりゃ何だね。明日にならないと帰って来ないかもしれないよ」

「いいんですか、おかみさん」

「さ、後は土間を掃いておくれ。それがすんだら、寝てもいいからね」

「あい」

馬場下町の回生堂では、奥の寝間で、松浦屋庄三郎は寝息をたてている。

お松も、ようやく、眠りに落ちようとしていた。

風は絶えている。

「あ……」

芝口二丁目の海老屋を見張っていた同心筆頭の酒井祐助が、暗い部屋の中で、顔を雨戸の隙間へ押しつけるようにして、

「出た……」

と、つぶやいた。

小柳同心も酒井と肩をならべ、隙間へ顔をつけた。

月は無かったが、闇に慣れた二人の同心の眼は、地の底から湧き出たように、黒い人影が一つ、二つ……海老屋の軒下にあらわれたのを見逃さなかった。

「小柳。すでに彦十と竹内が、河野左京様の御屋敷におられる長官《おかしら》へ告げたとおもうが、念のために、おぬし行ってくれ」

うなずいた小柳安五郎が、脇差をつかんで立ちかけるのへ、

「よいか、気取《けど》られるなよ」

「はい」

小柳は、音もなく部屋から出て行った。

酒井が再び、雨戸の隙間へ顔を当てたとき、海老屋の軒下に蹲る人影は合わせて七つに増えている。

よくはわからぬが、いずれも黒か灰色の〔盗《ぬす》み装束《しょうぞく》〕に身を固めているらしい。

酒井祐助は、

(もう、大丈夫だ。彼奴《きゃっ》らを取り逃すことはない)

と、おもった。

さらに一つ、二つと人影が増えた。

たちならぶ商鋪の軒下から軒下をつたわって、倉ヶ野一味が、海老屋の表口へ集結しつつある。

長谷川平蔵は、

「裏手より侵入するやも知れぬ」

と、いい、そのための手配をしてあるはずだが、一味は、表口傍《わき》の通用口から入り、石畳の通路を抜けて、中へ押し込むつもりらしい。

軒下の盗賊どもは、合わせて十五人となった。

その中の一人が、立ちあがった。

倉ヶ野の徳兵衛である。

徳兵衛が何かささやくと、傍《かたわら》の一人が立って通用口の戸を、軽く叩いた。

と……。

通用口の戸が内側から開いた。

開けたのは、女中になりすましていた引き込み女らしい。

十五人の盗賊が、いまやまさに、通用口から潜入しようとしたとき、芝口二丁目の通りの北側に、盗賊改方の高張提灯《たかはりぢょうちん》が五つ、夜の闇の中に浮きあがった。

「倉ヶ野の徳兵衛。盗賊改方・長谷川平蔵である。神妙にいたせ」

と、これは通りの南側から、長谷川平蔵の声が凛々《りんりん》として響きわたった。

雑司ヶ谷・鬼子母神境内

一

それから、また、五年の歳月が過ぎ去った。

すなわち、寛政五年（一七九三年）の夏も過ぎようとしている、或日のことだが……。

その前日に、長谷川平蔵は寸暇を得て、妻の久栄と共に清水門外の役宅から、目白台の私邸へ帰った。

私邸は、平蔵の長男・長谷川辰蔵が老いた用人と共に留守を預かっている。

妻は、十日ほど私邸に残るはずだが、平蔵は明日になったら役宅へもどるつもりでいた。

この年、長谷川平蔵は四十八歳になった。

あれからの平蔵は、火付盗賊改方として、多くの盗賊・兇盗を捕え、盗賊たちは平蔵のことを、

「鬼の平蔵」

とよんで、密かに畏怖《いふ》しているそうな。

いまや、長谷川平蔵の名は、江戸市中に隠れもないものとなってしまったが、さいわいに当時はテレビや週刊誌があったわけではない。いや、新聞すらもなかったし、写真もなかったのだから、この日の昼すぎに、

「腹ごなしに、その辺を歩いて来よう」

塗笠《ぬりがさ》をかぶり、着ながしに脇差のみを帯し、ぶらりと、私邸の近くの鬼子母神《きしもじん》の境内へあらわれた平蔵の顔を、参詣の人びとが見たとしても、それと気づくことはなかった。

この日は、申し分のない晴天であった。

数日前までの、激しい暑さに喘《あえ》いでいた日々が、まるで、夢のようにおもわれる。

二、三日前から涼風《すずかぜ》がたち、江戸の空は高く澄みわたった。

長い夏の暑熱に苦しめられていた人びとは、

「ああ、生き返ったようだ」

「これで、ようやく、ぐっすり眠れる」

近寄って来た秋の気配に、眉をひらいた。

もっとも、この季節を、盗賊どもは待ち構えている。

人びとは、よく眠れなかった夏の夜をすごしてきて、心身が疲れきっている。そ

こへ秋風が立ち、夜の寝床では正体もなく、深い眠りへ落ち込んでしまう。これを、盗賊どもは待っているのだ。

また、夏の夜は早く白む。

ゆえに、盗賊どもにとっては、夏の夜の押し込みは禁物といってよい。

さいわいに、いまのところ、江戸市中は平穏であるが、いつ何時《なんどき》、何が起るか知れたものではない。

長谷川平蔵は、境内をひとまわりしてから、鳥居傍にある〔米屋〕という茶店へ入り、

「酒をたのむ」

毛氈《もうせん》をかけた席へ、腰をおろした。

雑司ヶ谷の鬼子母神は、江戸の西郊にあたり、当時は、豊島郡・野方領であった。

当時の、このあたりの景観は、現代の人びとの想像を絶している。なるほど、鬼子母神はいまもあるが、周辺の情況が全くちがう。むかしの、この辺りは田園そのものであった。

鬼子母神の境内は、松・槙・杉・銀杏《いちょう》などの古木がそびえ、門前には藁屋根の茶店、茶屋がたちならび、名物の、芒《すすき》の穂でつくった木菟《みみずく》の玩具《おもちゃ》や、芋田楽・水飴・焼だんごなどを売っている。

鬼子母神は、安産、求児、幼児保育の守護神だそうな。

さわやかな晴天の昼下りのことで、今日は参詣の人も多い。

「これはこれは……お久しぶりでございます」

茶店の老爺《おやじ》は、長谷川平蔵の顔を見おぼえていたが、まさかに、この人が噂に聞く〔鬼の平蔵〕だとはおもってもみない。

この近くに住む、裕福な浪人だとおもっているらしい。

「久しかったな。達者で何よりのことじゃ」

「ありがとう存じます」

この茶店にも、子供づれの客が入っていて、子供たちは木菟の玩具や麦藁細工を手に、焼だんごを頰張るのに夢中だ。

平蔵は、一本の酒をゆっくりとのんだ。

明日、役宅へもどれば、事件は起らぬにせよ、市中見廻りに明け暮れる日々が、平蔵を待っている。

いまの、束の間の憩いを、平蔵は胸の内に嚙《か》みしめている。

(さて、そろそろ、屋敷へもどろうか……)

ふところの紙入れへ手をかけた平蔵の眼が、茶店の前を通りぬけて行く女の横顔へとまった。

(あ……)

平蔵は、おもわず立ちあがった。

その女は、三つか四つの男の子を女中に抱かせ、となりの茶店へ入って行った。

となりの茶店は〔坂屋〕といって、境内の茶店の中でも〔米屋〕とならんで古い店だ。

（五年前とは、見ちがえるばかりだが……まさに、あの女じゃ）

平蔵の眼に狂いはなかった。

女は、お松である。

お松は、三十一歳になっている。

お松が、回生堂・松浦屋庄三郎方へ嫁ぎ、男の子を産んだことを、平蔵は知っている。

年に、二、三度、役宅へ立ち寄り、疲労回復の保健薬を届けてくれる医師の中村彭庵から耳にしたのだ。

「お松は感心に、時折、私《わたくし》宅を訪ねてくれますが、何分にも、このごろは主人の松浦屋に代り、家業を切りまわしておりますので、なかなかに暇もできぬようでござる」

と、彭庵が語ったのは、去年のいまごろ、役宅へ訪ねて来たときであった。

「主人に代って……？」

「はい。その主人が、重い病にかかりまして、どうも長いことはないようにおもわれます」

「さようか……」

うなずいたが、いまの長谷川平蔵には、お松についての関心は、ほとんどないといってよい。

二

今年になってから二度ほど、中村彭庵が薬を届けに来てくれたが、長谷川平蔵は見廻りに出ていて会えなかった。

したがって平蔵は、およそ一年ほど、彭庵に会っていないことになる。

浅草・駒形の御用聞・三次郎は、いまも健在だが、お松のことなど、すっかり忘れてしまっているにちがいない。

平蔵は勘定をすませ、茶店を出て、いったんは私邸へ帰りかけたが、何をおもったか引き返して来て、お松が入った茶店〔坂屋〕へ入り、酒を注文したのである。

これは何も、お松をどうしようというのではない。明日になって役宅へもどるまでは、役目をはなれて休日をたのしむ長谷川平蔵なのだ。

ゆえにこそ、平蔵は、

(あの女の変り振りを、もっとよく、見ておきたいものだ)

そう、おもったにすぎない。

茶店へ入った平蔵は、客の頭ごしに、お松の左の横顔が見える席へ腰をかけた。

茶店の中に、合わせて四組の客がいたけれども、子供づれは、お松のみであった。

（ふうむ……変れば変るものよ）

さりげなく、お松の横顔を見ながら、平蔵は盃を口にふくむ。

お松の頸すじにも、胸にも腰にも、みっしりと肉がついて、顎のあたりが括《くく》れかかっていた。

男の子を抱いた中年の女中が、何か語りかけるのへ、お松はゆったりとうなずく。背すじを伸ばし、胸を張るようにした、その物腰には商家の内儀の貫禄が自然にそなわっている。

男の子は女中の胸の中で、よく眠っていた。

きれいにゆいあげた髷、眉の剃りあとも青々として、口唇《こうしん》から微かに鉄漿が洩れる。

着物は地味な上田紬《つむぎ》で、それが却って、お松の女房振りを引きたてている。

（なるほど。いかにも重病の主人《あるじ》に代って、店を切りもりしているように見える。五年前のあの折、茅町の小間物屋で見たときのこの女は、わが身の落ちつく場所に迷っていたようなところがあったが……）

しかし、さすがの長谷川平蔵も、お松と倉ヶ野の徳兵衛との関係までは知っていない。

五年前の、あの夜、倉ヶ野の徳兵衛と一味の者は火付盗賊改方に包囲されたと知って、いさぎよく御縄にかかった。

徳兵衛は覚悟をきわめ、これまでの犯行のすべてを自供したけれども、むろんのことに、お松や京都の仏具所・桐山宗助については一言も洩らさなかった。赤堀の芳之助も同様であった。

長谷川平蔵は、徳兵衛と芳之助について、

（この二人は生かしておいて、お上の御用をつとめさせてみようか……）

おもいたって、二人にすすめてみたが、二人とも、仲間の処刑を知らぬ顔で、密偵になることなど、

「おもいもよりませぬ」

と、はねつけてきた。

ともあれ、徳兵衛の犯行は、自供しただけでも合わせて二十余件におよぶ。いかに人の血をながさぬ本格の盗みばたらきとはいえ、見逃すことはできなかった。

倉ヶ野一味が首を斬られたのは、あの年の夏の盛りだが、お松はそれと知らぬ。

自分が松浦屋庄三郎の後添いに入った、その初夜の夜半に〔倉ヶ野の旦那〕が盗賊改方の御縄にかかったとは、お松にとって想像もつかぬことだ。

ややあって、長谷川平蔵は立ちあがって勘定をすませ、茶店を出て行った。

お松は、まったくこれに気づかぬ。

松浦屋との間に生まれた子は、当年三歳で、名を庄太郎という。いずれは、この

子が回生堂・松浦屋の主人となるわけだが、その日が来るまで、

（なんとしても、御店《おたな》を守らなければならない）

と、お松はおもいきわめている。

松浦屋庄三郎は、この夏のはじめに世を去っていた。

松浦屋が死去して後、お松は庄太郎を連れて月に一度は、鬼子母神へ参詣に来るようになった。それというのも、鬼子母神が幼児の守護神だからである。

松浦屋庄三郎は、死に臨んで、お松にこういった。

「もう……もう、安心だ。私は、安心して死ねます。何もいうことはない。お前さんは、ほんとうに、私がおもっていたような女《ひと》だったねえ」

そういわれても、自分が、どういう女なのか、

（自分ではわからない……）

お松なのだが、庄太郎を守り育て、回生堂の跡をつがせることだけが、自分の残された宿命になってしまったことは、よくわかっている。

それにしても、自分が庄太郎という子を産めたことが、お松はふしぎでならなかった。

その点、松浦屋は絶対の自信をもっていたようである。

松浦屋との夫婦生活は、倉ヶ野の旦那のときと同じようなもので、煙管師・勘蔵のように狂気の激しさは無かった。これは当然のことだ。

松浦屋では、主人が死んだあとも、奉公人たちは、お松を中心にして、

「若旦那が大きくなるまでは……」

と、結束している。

お松には私心がない。我欲もない。

ただ、亡き松浦屋庄三郎の遺志に沿って生きているだけだから、親類たちも、これをみとめざるを得ない。

（みんなが、心を一つにして、よくやってくれる。何と、ありがたいことだろう）

若いうちに我欲を捨て切ることができた、その報いは、すべて、お松に幸運をもたらしつつあるといってよいだろう。

仙助老人が病死して後、お兼は、お松に引き取られた。いまは少し、足が弱くなっているが、庄太郎のお守りもするし、内所《ないしょ》の用事に立ちはたらき、女中たちにも慕われている。これまた、お兼に我欲のないことが、だれの目にもあきらかだからである。

「おみよ。そろそろ、帰ろうかね」

名物の〔だんご〕で茶をのんでから、お松は女中に声をかけた。

「ああ、庄太郎は、まだ眠っているのだねえ」

「はい」

そのとき、茶店の一隅で、何やらざわめきが起った。

中年の女の無銭飲食が、店の者に見つけられたのだ。

三

その女は、茶店の片隅の縁台で、酒一本と芋田楽を一皿食べてから、店の者の隙をうかがって逃げにかかった。

これを小女が見つけて、さわぎたてたので、奥から飛び出して来た店の若者が追って行き、店先へ引きもどし、

「もし、お客さま。お勘定を、まだ、ちょうだいしておりません」

そこは客商売ゆえ、物やわらかにいうと、女は、あわてもせず、おどろきもせず、

「そうだったね」

「はい」

わずか一本の酒で、女は、ふらふらしながら、

「銭、ねえのだよ」

「御冗談を……」

「ねえからねえといってるんだ」

「お前さん。それでは通りませんよ」

店の者が、屹《きっ》となるのへ、

「通らなきゃあ、どうするんだ」

女は居直った。

お松は、この女を見たが、もとより見おぼえはない。

けれども、この女は、ひとりの男を間にして、お松とも関わり合いがないとはいえないのだ。

女の名は、おさんという。

十二年前に〔美人局《つつもたせ》〕をやって、浅草の御用聞・三次郎に捕えられ、三宅島へながされていたおさんであった。

おさんは、この春に赦免《しゃめん》となり、島から江戸へもどって来たのである。

齢は四十前後になっていようが、十二年の流人《るにん》暮しで、五十にも六十にも見えるほど、窶《やつ》れ果てていた。

灰色の髪を振り乱し、よれよれの単衣《ひとえ》をだらしなく絡《まと》い、汚れた風呂敷包みの小さいのを提げている。

お松が勘蔵を殺したとき、おさんは勘蔵と同棲していた。これは、すでにのべておいたが、もとより、お松が知るはずもなかった。

「この婆ぁ。いけずうずうしいやつだ。さっ、こっちへ来い」

店の者に腕をつかまれて、おさんは、

「痛《いて》え。痛えよう」

大形に叫んだ。

「何をいやぁがる。来いといったら来ねえか」

「痛えよう、痛えよう」

まんざら、嘘には見えない。

流人暮しで、躰をいためているのやも知れなかった。

「もし……」

このとき、お松が声をかけた。

「ま、ちょっと、待って下さいよ。このひとのお代は、私がいたしましょう」

「とんでもないことで。そんなことをなすっては、癖になります」

「ま、いいから、そうさせて下さい」

こういう女を見ると、お松は、どうしても黙ってはいられなくなる。

これまでにも、同じような例が何度もあって、

「うちのおかみさんは、ほんとうに、なさけぶかい方だ」

などと、奉公人や女中たちがいっているけれども、お松は何も人に見せたいためにしているのではない。

一時しのぎに、このようなまねをしても仕方がないとおもうのだが、どうしても知らぬ顔ができない。

それというのも、若いころの我身に引きくらべ、他人事《ひとごと》とはおもえなくなってしまうのであろう。

お松は、人目にたたぬよう、片隅の縁台へ席を移し、おさんを手で招いた。

「もう一つ、おのみなさるかえ?」

「ありがとうございます。申しわけもござんせんで……」

茶店の中の客は、みんな出て行ってしまった。

お松は、女中に、

「先へ、お帰り」

と、いった。

鬼子母神から馬場下町の回生堂までは、さしわたしにして半里もなかった。

酒がきた。

おさんは、さもうれしげに、手酌でのみはじめた。

「おかみさん、すみませんねえ」

「お酒が好きらしいね」

「ええもう、若いときからね、これがありゃあ、もう何も、いうことはねえので……」

「どこに暮していなさる?」

「あっちへ行ったり、こっちへ行ったり……おかみさんは、おしあわせなおひとだ。わっちのことなんか、何も、わかりませんよう」

お松は、さらに一本、酒を取ってやり、

「さ、これでおしまいになさいよ」

「へえ……どうも、こりゃあ、とんだ厄介をかけちまって……」

曰くありげな女だが、さほどに、ひねくれてはいない。こうなった自分の運命を、

(仕方がねえ。わっちが悪いのだもの)

甘受しているように見える。そこが、お松の心を引いたのである。

「これでもねえ、おかみさん。むかしは、ずいぶんと、男を泣かせたものですよ」

おさんを残して、立ちかけたお松へ、

「でもねえ、この齢になって、忘れられねえ男があるのですよねえ。そいつはねえ、毛深くて、乱暴で、いつも悪態をついて……てめえなんか、不作の生大根《なまだいこ》を齧《かじ》っているようなもんだってね、どの女にも、そういうのですよう」

無言で、おさんを見おろしているお松の顔の色が、少し変っていた。

「そいつは、勘蔵といいましたがね。おれにも、たった一人、忘れられねえ女がいるなんて、ぬかしやあがってね……」

「……」

おさんは酔ってきた。

「その女は、なんでも、深川の漁師の娘だったとか……畜生。そんな女の躰の、どこがいいのだよう」

これを見ている、お松の顔が、見る見るうち、歓喜の色に照りかがやいた。

お松は、小判一両を紙へ包み、

「さ、とっておきなさい。早く仕舞って……」

「へえ……」

押しいただいて、おさんは金を帯の間へ差し込んだ。

「お前さんのはなしを、十二、三年も前に聞いていたらねえ」

と、お松が、つぶやくようにいった。

おさんは、縁台の上へ寝てしまった。

「それでよう。間もなく……間もなく、あいつは、だれかに殺されちまったのですよう」

お松は、茶店へ勘定をはらい、たっぷりと心づけをはずみ、

「このひとを、たのみましたよ」

いいおいて、しずかに、茶店から立ち去って行った。

おさんは鼾《いびき》をかきはじめている。

〇

「それにしても、女という生きものは、まったくもって、しぶとく生きるものよ」

その日、夕餉の膳に向い、妻の久栄を相手に酒をのみながら、長谷川平蔵が、突然、そういったので、久栄が、

「何か、ございましたのか？」

「あった。今日、鬼子母神の境内で、な」

「むかし、悪さをなされたときの女にでも、出会うたのでございますか？」

「ま、そんなところじゃ」

「まあ……」

「いや、嘘じゃ。それにしても、女は強い。女は男にないものを持っているゆえな」

「それは、何のことでございます」

「これよ」

と、平蔵が、胸のあたりへ両手をもって行き、乳房のかたちをしてみせたものだから、

「殿さまとしたことが、おつつしみなされませ」

久栄に、叱られてしまったのである。

解説

常盤新平

『鬼平犯科帳』の第一編「唖の十蔵」で長谷川平蔵が登場するのは、作品の途中からだ。物語が半ば過ぎたところで、長谷川平蔵宣以《のぶため》が火付盗賊改方の御頭に就いたことが明らかにされる。それまでは「唖の十蔵」と呼ばれる小野十蔵、与力の佐嶋忠介、密偵の〔豆岩〕こと岩五郎を通して、火付盗賊改方の活動が描かれていて、そのあとに「鬼の平蔵」、「鬼平」と怖れられる主役が姿を見せるのである。

「小肥りの、おだやかな顔貌で、笑うと右の頰に、ふかい笑くぼが生まれたという」平蔵が火付盗賊改方の長官に就任したのは、天明七年（一七八七年）九月十九日だ。「唖の十蔵」一編では、平蔵は野槌《のづち》の弥平という凶悪無慙《むざん》な怪盗の一味を逮捕して、はりつけにした。

『鬼平犯科帳』の番外編ともいうべき『乳房』はその六年前、天明元年にはじまり、寛政五年（一七九三年）に終っている。十三年にわたる、お松という、裏切った男を殺した女と、やがて火付盗賊改方の御頭となった平蔵とが不思議な縁でつながる人情噺《ばなし》であり、『鬼平犯科帳』の一冊といってもいい小説だ。

お松をヒロインとみれば（まさにそうなのだが）、これは女のサクセス・ストーリーになる。腕のよい煙管《きせる》職人の勘蔵にもてあそばれ、「鼻をかんだ紙のように捨てられた」お松は、彼が姿を暗《くら》ます前の晩に言われた。

「まるで、不作の生大根《なまだいこ》をかじっているようだ」

勘蔵のこの言葉が浅草田原町の足袋問屋の女中になった一年後のいまも、お松の頭からはなれない。たまたま勘蔵を見かけて、あとを追い、首を締めて殺したあとも、忘れることができずに、一生彼女についてまわるかに思われる。お松は生いたちも不幸な女だった。御用聞きの三次郎から話を聞いた平蔵は「よくよく、運のない女とみえる」と言う。「女は、男しだいよ」

平蔵がそう言えば、『鬼平犯科帳』の読者はたちまち納得する。私たち読者は、鬼平が盗人を捕縛するだけでなく、よく人情の機微をこころえていて、悪人をも長谷川ファミリーのなかに迎えいれてきたことを見とどけている。平蔵の手足となってはたらく彦十や小房の粂八や大滝の五郎蔵やおまさなどの密偵は御頭の人柄に惚れきっている。

義理固く人情ぶかい長谷川平蔵は、一方では極悪非道な、「煮ても焼いても食えぬ奴」と断定すれば、寸分の容赦もなく荒々しい処置を行う。町奉行所はそのやりすぎを非難するが、平蔵はびくともしない。人間と、それを取り巻く社会の仕組みのいっさいが不条理の反復、交錯であることを、平蔵はしっかりとわきまえているからだ。「一の悪のために十の善がほろびることは見のがせぬ」と平蔵は言う。「悪を知らぬものが悪を取りしまれるか」

『鬼平犯科帳』のおもしろさは、その悪の魅力を描いていることだ。作者は悪人を魅力的に描いているから、長谷川平蔵の存在がいっそう大きく見えてくる。盗賊の血頭《ちがしら》の丹兵衛や蛇《くちなわ》の平十郎が冷酷無慙であればあるほど、読者にとって平蔵が頼もしく思われてくる。しかも、野槌の弥平や簑火《みのひ》の喜之助、土蜘蛛《つちぐも》の金五郎などの盗賊を作者は描きわけている。これらの盗賊の名前からして『鬼平犯科帳』を読ませる力を持っている。このシリーズがいまもつづいているのは、一つには盗人たちのネーミングのうまさにあったのではないかと思われるほどだ。

『鬼平犯科帳』の一編「谷中・いろは茶屋」にはお松という『乳房』のヒロインと同じ名前の女が登場する。顔は似ていないが、どこに女の魅力があるかがわからない点では、二人のお松は共通している。しかし、『乳房』のお松は阿呆鴉の長次郎に救われるし、盗賊、倉ヶ野の徳兵衛に可愛がってもらうように、もう一人のお松は火付盗賊改方の新人、木村忠吾と、川越の旦那こと実は墓火の秀五郎にいたく気に入られる。さらに、お松に対する倉ヶ野の徳兵衛と墓火の秀五郎の接し方はこの二人が老盗賊でもあるためか共通している。共にお松には優しいのである。

川越の旦那は残忍な盗人であるが、お松の好きな木村忠吾のために十両の大金を彼女にくれてやる気前のよさも持ちあわせている。あるとき、お松はこの凶盗が言ったことばを寝物語に忠吾に伝える。

「人間という生きものは、悪いことをしながら善いことをするし、人にきらわれることをしながら、いつもいつも人に好かれたいとおもっている……」

そうして、木村忠吾の思わぬはたらきで、墓火の秀五郎が捕えられたあと、長谷川平蔵は言う。

「人間というやつ、遊びながらはたらくものさ。善事をおこないつつ、知らぬうちに悪事をやってのける。悪事をはたらきつつ、知らず識らず善事をたのしむ。これが人間だわさ」

善と悪、追うものと追われるものとが同じことを言っている。『乳房』の倉ヶ野の徳兵衛もおそらく同じおもいで、薄幸のお松に同情したのだろうし、また人をはばかる商売を営む阿呆鴉の長次郎にしても、彼の小間物屋の店番をしているお兼ばあさんにしても「知らず識らず」善事をたのしんだのだろう。左の頰から顎へかけて薄い刀痕《とうこん》のある、切長の両眼が白く光って、唇も薄く、すべてが陰気なお松が彼らの手のなかで魅力ある女に変身していくさまは江戸版マイ・フェア・レディである。「女は男しだい」という平蔵の言葉がしだいに重みをもっていく。その間に平蔵は火付盗賊改方の御頭になり、倉ヶ野の徳兵衛とお松との関係を知らぬまま、徳兵衛を追跡している。『乳房』の最後で、平蔵は妻の久栄にむかってふと洩らす。

「それにしても、女という生きものは、まったくもって、しぶとく生きるものよ。

女は強い。女は男にないものをもっているゆえな」

『鬼平犯科帳』は、作者が円熟に向いつつあったときに書きはじめられた。ずいぶん昔から、作者は鬼平を書きたいと思っていた(「余裕ある時代の風俗」——『私の歳月』講談社文庫所収)。新国劇の仕事をしていたころだというから、作者がまだ三十代のころである。

作者は、『鬼平犯科帳』のような「江戸の世話物」は、四十歳を過ぎなければ、浮わついてしまって、うまく書けないのではないかと危惧されたようだ。作者は鬼平についてつぎのように書いている。

「若き日の『鬼平』はなにやら私の若き日に似ているし、俳優、松本幸四郎の若き日にも似ているような気がする。(中略)私が『鬼平』を書いていることは、どうやら自分を書いていることになるのかも知れぬ」。とすれば、女についての鬼平の感慨は作者の感慨でもあろう。

それにしても、『鬼平犯科帳』には盗賊の世界がじつにくわしく、しかもいきいきと描かれている。一つの盗《つと》めに何年もかけて綿密な計画を練るなどということは『鬼平犯科帳』ではじめて知った読者も多いにちがいない。泥棒の三原則というのも実際にあったのだろうか。作者はこうした秘密もエッセーの「余裕ある時代の風俗」で明らかにしていた。

作者がまだ株屋に勤めていた若いころ、一度も捕まることなく泥棒を引退して楽隠居している客がいたそうである。その客がもたらした「むかしは、五年がかりでやったものですよ」といった言葉が、いつまでも作者の記憶にあって、それが『鬼平犯科帳』で作者の豊かな想像力をいっそう刺戟するところとなったらしい。急ぎ盗《ばたらき》や畜生盗などの言葉も作者の想像力の所産である。すなわち、作者の造語であって、それがまた『鬼平犯科帳』の独自の世界をつくりあげている。

『乳房』は『鬼平犯科帳』をもう一度読みかえしたくなる、そんな小説である。『乳房』を読みながら、たとえば豆岩こと岩五郎が登場すると、たしかこの密偵は『鬼平犯科帳』の第一話「唖の十蔵」や第二話の「本所・桜屋敷」で活躍していたことが思い出されてくるのだ。この第二話では、『乳房』のお松とまるで逆の運命をたどった女が描かれている。その女、ふさは、若き日の平蔵の血をさわがせたのであるが、最後は遠島になる。天明八年のことで、この年、『乳房』のお松は二十六歳、長次郎四十七歳である。

豆岩は第四話の「浅草・御厩河岸」を最後に姿を消してしまう。『鬼平犯科帳』では途中で消えてゆく、忘れがたい登場人物が多い。一人ひとりの人物に作者の血が通っているからだろう。

『乳房』を『鬼平犯科帳』の番外編と知らずに読めば、第三章の「十一屋語り草」に長谷川平蔵が登場すると、うれしい驚きを味わうだろう。浅草の駒形に住む御用聞きの三次郎にしても長谷川平蔵の訪問に驚くのである。三次郎の驚きと読者の驚きがいっしょになっているうちに、物語は平蔵とお松を二つの軸にして展開してゆく。平蔵を取り巻く、佐嶋忠介をはじめとする人たちも、またお松を取り巻く人たちもいってみれば、ナイス・ピープルだ。阿呆鴉の長次郎もお松にとっては恩人である。彼の長い顎がまことに滑稽で、お松も安心してこの男にからだをあずけるのである。

「泥水や清い水を何度もかぶり、長い暦日を生きぬいてきた」お兼というばあさんもまたお松にとっては、大事なひとになる。長次郎もお兼も倉ヶ野の徳兵衛も、お松があれこれ言わなくても、彼女のこころをわかってくれた人たちである。「人の心などというものは、言葉にして、口にのぼせてしまうと、却って真実がつたわらぬ」と作者も書いている。『乳房』という題名については、作者自身が小説のおしまいで書いているので、ここでは触れないでおこう。お松がはたして「生大根」のような女であったかどうかも触れまい。この小説を読んだら、『鬼平犯科帳』をはじめから再読する読者がきっと多いことだろうとだけ最後に申しあげておく。実は私がまた、もう二十年もつづいているこのシリーズを読みはじめている。

（作家）

本書は一九八七年十二月に刊行された文春文庫の新装版です

文春文庫

乳《ち》房《ぶさ》

定価はカバーに
表示してあります

2008年2月10日　新装版第1刷
2023年4月15日　第7刷

著　者　池《いけ》波《なみ》正《しよう》太《た》郎《ろう》
発行者　大沼貴之
発行所　株式会社　文藝春秋

東京都千代田区紀尾井町3-23　〒102-8008
TEL　03・3265・1211㈹
文藝春秋ホームページ　http://www.bunshun.co.jp

落丁、乱丁本は、お手数ですが小社製作部宛お送り下さい。送料小社負担でお取替致します。

印刷・凸版印刷　製本・加藤製本
Printed in Japan
ISBN978-4-16-714287-2

（　）内は解説者。品切の節はご容赦下さい。

池波正太郎
鬼平犯科帳　決定版（二）

長谷川平蔵の魅力あふれるロングセラーシリーズがより大きな文字の決定版で登場。「蛇の眼」「谷中・いろは茶屋」「女掏摸お富」「妖盗葵小僧」「密偵」「お雪の乳房」「埋蔵金千両」を収録。

い-4-102

池波正太郎
鬼平犯科帳　決定版（三）

大人気シリーズの決定版。「麻布ねずみ坂」「盗法秘伝」「艶婦の毒」「兇剣」「駿州・宇津谷峠」「むかしの男」を収録。巻末の著者による解説・長谷川平蔵（「あとがきに代えて」）は必読。

い-4-103

池波正太郎
鬼平犯科帳　決定版（四）

色褪せぬ魅力「鬼平」が、より読みやすい決定版で登場。「霧の七郎」「五年目の客」「密通」「血闘」「あばたの新助」「おみね徳次郎」「敵」「夜鷹殺し」の八篇を収録。（佐藤隆介）

い-4-104

池波正太郎
鬼平犯科帳　決定版（五）

繰り返し読みたい、と人気絶大の「鬼平シリーズ」をより読みやすくした決定版。「深川・千鳥橋」「乞食坊主」「女賊」「おしゃべり源八」「兇賊」「山吹屋お勝」「鈍牛」の七篇を収録。

い-4-105

池波正太郎
鬼平犯科帳　決定版（六）

ますます快調、シリーズ屈指の名作揃いの第六巻。「礼金二百両」「猫じゃらしの女」「剣客」「狐火」「大川の隠居」「盗賊人相書」「のっそり医者」の全七篇を収録。

い-4-106

池波正太郎
鬼平犯科帳　決定版（七）

鬼平の魅力から脱け出せなくなる第七巻。「雨乞い庄右衛門」「隠居金七百両」「はさみ撃ち」「搔掘のおけい」「泥鰌の和助始末」「寒月六間堀」「盗賊婚礼」の全七篇。（中島　梓）

い-4-107

池波正太郎
鬼平犯科帳　決定版（八）

鬼平の部下を思う心に陶然、のち悪党どもの跳梁に眠れなくなるスリリングな第八巻。「用心棒」「あきれた奴」「明神の次郎吉」「流星」「白と黒」「あきらめきれずに」の全六篇。

い-4-108

池波正太郎
鬼平犯科帳　決定版（九）
密偵たちの関係が大きく動くシリーズ第九巻。名作「本門寺暮雪」ほか、「雨引の文五郎」「鯉肝のお里」「泥亀」「浅草・鳥越橋」「白い粉」「狐雨」の全七篇に、エッセイ「私の病歴」を特別収録。
い-4-109

池波正太郎
鬼平犯科帳　決定版（十）
密偵に盗賊、同心たちの過去と現在を描き、心揺さぶるシリーズ第十巻。「犬神の権三」「蛙の長助」「追跡」「五月雨坊主」「むかしなじみ」「消えた男」「お熊と茂平」の全七篇。
い-4-110

池波正太郎
鬼平犯科帳　決定版（十一）
色白の同心・木村忠吾の大好物は豊島屋の一本饂飩。シリーズで一二を争う話題作「男色一本饂飩」ほか、「土蜘蛛の金五郎」「穴」「泣き味噌屋」「密告」「毒」「雨隠れの鶴吉」の全七篇。
い-4-111

池波正太郎
鬼平犯科帳　決定版（十二）
密偵六人衆が、盗賊時代の思い出話を肴に痛飲した一夜の後日談「密偵たちの宴」ほか、「高杉道場・三羽烏」「いろおとこ」「見張りの見張り」「二つの顔」「白蝮」「二人女房」の全七篇。
い-4-112

池波正太郎
鬼平犯科帳　決定版（十三）
煮売り酒屋で上機嫌の同心・木村忠吾とさし向いの相手は、眉毛と眉毛がつながっていた（「一本眉」）。ほか、「熱海みやげの宝物」「殺しの波紋」「夜針の音松」「墨つぼの孫八」「春雪」の全六篇。
い-4-113

池波正太郎
鬼平犯科帳　決定版（十四）
ますます兇悪化する盗賊どもの跳梁。密偵・伊三次の無念を描いた「五月闇」ほか、「あごひげ三十両」「尻毛の長右衛門」「殿さま栄五郎」「浮世の顔」「さむらい松五郎」の全六篇。　（常盤新平）
い-4-114

池波正太郎
鬼平犯科帳　決定版（十五）
特別長篇 雲竜剣
火付盗賊改方の二同心が、立て続けに殺害される。その太刀筋は、半年前に平蔵を襲った兇刃に似ていた。平蔵の過去の記憶と、現在進行形の恐怖が交錯。迫力の長篇がシリーズ初登場。
い-4-115

文春文庫　池波正太郎の本

（　）内は解説者。品切の節はご容赦下さい。

池波正太郎
鬼平犯科帳　決定版（二十三）
特別長篇　炎の色

謹厳実直な亡父に隠し子がいた。衝撃の事実と妹の存在を知った平蔵は、その妹のためにひと肌脱ぐ。一方、おまさは女盗賊に気に入られ、満更でもない。「隠し子」「炎の色」を収録。

い-4-123

池波正太郎
鬼平犯科帳　決定版（二十四）
特別長篇　誘拐

国民的時代小説シリーズ「鬼平犯科帳」最終巻。未完となった表題作ほか「女密偵女賊」「ふたり五郎蔵」の全三篇。秋山忠彌「平蔵の好きな食べもの屋」を特別収録。（尾崎秀樹）

い-4-124

池波正太郎
その男
（全三冊）

杉虎之助は大川に身投げをしたところを謎の剣士に助けられる。こうして〝その男〟の波瀾の人生が幕を開けた——。幕末から明治へ、維新史の断面を見事に剔る長編。（奥山景布子）

い-4-131

池波正太郎
旅路
（上下）

新婚の夫を斬殺された三千代は実家に戻れとの藩の沙汰に従わず、下手人を追い彦根から江戸へ向かう。己れの感情に正直に生きる美しい武家の女の波瀾万丈の人生を描く。（山口恵以子）

い-4-134

池波正太郎
ル・パスタン

人生の味わいは「暇」にある。可愛がってくれた曾祖母、「万惣」のホットケーキ、フランスの村へジャン・ルノアールの墓参り。「心の杖」を画と文で描く晩年の名エッセイ。（彭　理恵）

い-4-136

池波正太郎・逢坂　剛・上田秀人・梶　よう子
風野真知雄・門井慶喜・土橋章宏・諸田玲子
池波正太郎と七人の作家　蘇える鬼平犯科帳

逸品ぞろいの「鬼平づくし」。「鬼平」誕生五十年を記念し、七人の人気作家が「鬼平」に新たな命を吹き込んだ作品集。本家・池波正太郎も「瓶割り小僧」で特別参加。

い-4-200

文春文庫　歴史・時代小説

（　）内は解説者。品切の節はご容赦下さい。

安部龍太郎
等伯（上下）
武士に生まれながら、天下一の絵師をめざして京に上り、戦国の世でたび重なる悲劇に見舞われつつも、己の道を信じた長谷川等伯の一代記を描く傑作長編。直木賞受賞。（島内景二）
あ-32-4

安部龍太郎
宗麟の海
信長より早く海外貿易を行い、硝石、鉛を輸入、鉄砲をいち早く整備。宣教師たちの助力で知力と軍事力を駆使して瞬く間に九州を制覇した大友宗麟の姿を描く歴史叙事詩。（鹿毛敏夫）
あ-32-8

安能　務
始皇帝　中華帝国の開祖
始皇帝は〝暴君〟ではなく〝名君〟だった!?　世界で初めて政治力学を意識し中華帝国を創り上げた男。その人物像に迫りつつ、現代にも通じる政治学を解きあかす一冊。（冨谷　至）
あ-33-4

浅田次郎
壬生義士伝《みぶぎしでん》（上下）
「死にたぐねえから、人を斬るのす」――生活苦から南部藩を脱藩し、壬生《みぶ》浪と呼ばれた新選組で人の道を見失わず生きた吉村貫一郎の運命。第十三回柴田錬三郎賞受賞。（久世光彦）
あ-39-2

浅田次郎
一刀斎夢録（上下）
怒濤の幕末を生き延び、明治の世では警視庁の一員として西南戦争を戦った新選組三番隊長・斎藤一の眼を通して描き出される感動ドラマ。新選組三部作ついに完結！（山本兼一）
あ-39-12

浅田次郎
黒書院の六兵衛（上下）
江戸城明渡しが迫る中、てこでも動かぬ謎の武士ひとり。勝海舟や西郷隆盛も現れて、城中は右往左往。六兵衛とは一体何者か？笑って泣いて感動の結末へ。奇想天外の傑作。（青山文平）
あ-39-16

あさのあつこ
燦《さん》**―1―**　風の刃《やいば》
疾風のように現れ、藩主を襲った異能の刺客・燦。彼と剣を交えた家老の嫡男・伊月。別世界で生きていた二人には隠された宿命があった。少年の葛藤と成長を描く文庫オリジナルシリーズ。
あ-43-5

( ) 内は解説者。品切の節はご容赦下さい。

宇江佐真理
余寒の雪
女剣士として身を立てることを夢見る知佐は、江戸で何かを見つけることができるのか。武士から町人まで人情を細やかに描く七篇。中山義秀文学賞受賞の傑作時代小説集。（中村彰彦）
う-11-4

植松三十里
繭と絆
富岡製糸場ものがたり
日本で最初の近代工場の誕生には、幕軍・彰義隊の上野での負け戦が関わっていた。日本を支えた富岡には隠された幕軍側の哀しい事情があった。世界遺産・富岡製糸場の誕生秘話。（田牧大和）
う-26-2

上田秀人
奏者番陰記録
遠謀
奏者番に取り立てられた水野備後守はさらなる出世を目指し、松平伊豆守に服従する。そんな折、由井正雪の乱が起こり、備後守はその裏にある驚くべき陰謀に巻き込まれていく。
う-34-1

冲方　丁
剣樹抄
父を殺され天涯孤独の了助は、若き水戸光國と出会う。異能の子どもたちを集めた幕府の隠密組織に加わり、江戸に火を放つ闇の組織を追う！　傑作時代エンターテインメント。（佐野元彦）
う-36-2

海老沢泰久
無用庵隠居修行
出世に汲々とする武士たちに嫌気が差した直参旗本・日向半兵衛は「無用庵」で隠居暮らしを始めるが、彼の腕を見込んで、難事件が次々と持ち込まれる。涙と笑いありの痛快時代小説。
え-4-15

逢坂　剛・中　一弥　画
平蔵の首
深編笠を深くかぶり決して正体を見せぬ平蔵。その豪腕におののきながらも不逞に暗躍する盗賊たち。まったく新しくハードボイルドに蘇った長谷川平蔵もの六編。（対談・佐々木　譲）
お-13-16

逢坂　剛・中　一弥　画
平蔵狩り
父だという「本所のへいぞう」を探すために、京から下ってきた女絵師。この女は平蔵の娘なのか。ハードボイルドの調べで描く、新たなる鬼平の貌。吉川英治文学賞受賞。（対談・諸田玲子）
お-13-17

乙川優三郎
生きる
亡き藩主への忠誠を示す「追腹」を禁じられ、白眼視されながら生き続ける初老の武士。懊悩の果てに得る人間の強さを格調高く描いた感動の直木賞受賞作など、全三篇を収録。（縄田一男）
お-27-2

奥山景布子
葵の残葉
尾張徳川の分家筋・高須に生まれた四兄弟はやがて尾張、一橋、会津、桑名を継いで維新と佐幕で対立する。歴史と家族の情が絡み合うもうひとつの幕末維新の物語。（内藤麻里子）
お-63-2

奥山景布子
音わざ吹き寄せ
音四郎稽古屋手控
元吉原に住む役者上がりの音四郎と妹お久。町衆に長唄を教えているが、怪我がもとで舞台を去った兄の事情を妹はまだ知らない。その上兄には人に明かせない秘密が……。（吉崎典子）
お-63-3

大島真寿美
渦
妹背山婦女庭訓　魂結び
浄瑠璃作者・近松半二の生涯に、虚と実が混ざりあい物語が生まれる様を、圧倒的熱量と義太夫の如き心地よい大阪弁で描く。史上初の直木賞&高校生直木賞W受賞作！（豊竹呂太夫）
お-73-2

海音寺潮五郎
加藤清正（上下）
文治派石田三成、小西行長との宿命的な確執、大恩ある豊家危急存亡の苦悩——英雄豪傑の象徴のように伝えられるこの武将の鎧の内にあった人間の素顔を剔抉する傑作歴史長篇。
か-2-19

海音寺潮五郎
天と地と（全三冊）
戦国史上最も戦巧者であり、いまなお語り継がれる武将・上杉謙信。遠国の越後でなければ天下を取ったといわれた男の半生と、宿敵・武田信玄との数度に亘る川中島の合戦を活写する。
か-2-43

加藤　廣
信長の棺（上下）
消えた信長の遺骸、秀吉の中国大返し、桶狭間山の秘策——。丹波を訪れた太田牛一は、阿弥陀寺、本能寺、丹波を結ぶ〝闇の真相〟を知る。傑作長篇歴史ミステリー。（縄田一男）
か-39-1